NIGHT CAME BENEATH THE STARS

夜沈於星空下

ire 著

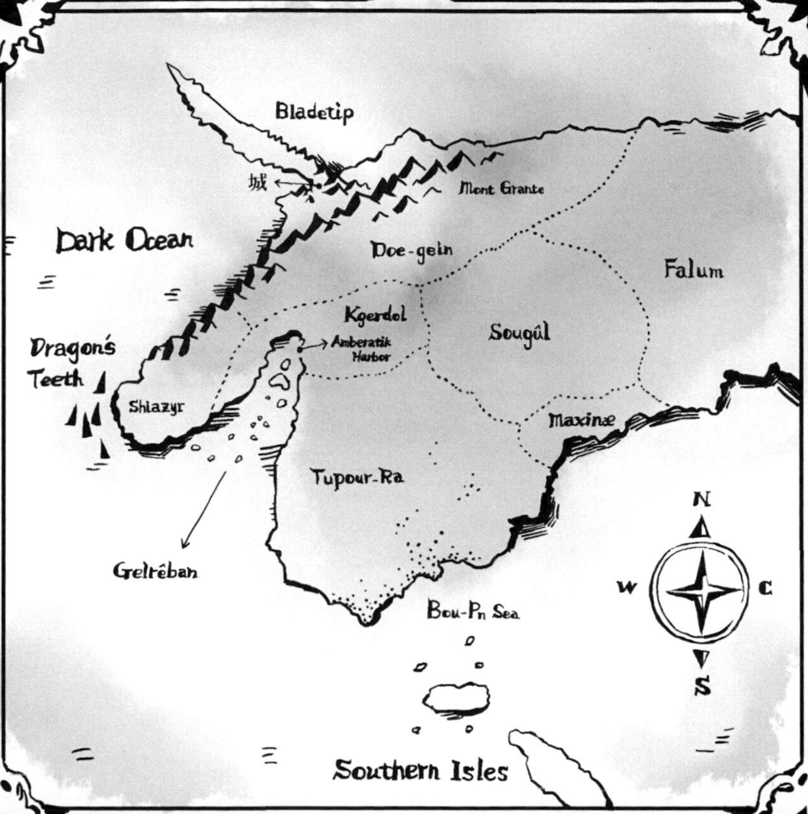

刀鋒港岸 Bladetip
示亞撒 Shiazyr
多柬 Doe-gein
索格爾 Sougûl
克格多爾 Kgerdol
杜博拉拉 Tupour-Ra
法洛 Falum

馬辛納 Maxinæ
南方列嶼 Southern Isles
黑暗洋海 Dark Ocean
龍牙灘 Dragon's Teeth
珀拉提港 Amberatik Harbor
葛勒利班石嶼 Gelrêban
孛龐外海 Bour-Pn Sea
格蘭塔山脈 Mont Grante

目次

第一章：刀鋒港岸

Bladetip Harbor

白色半透明的凝結霜花，細小、脆弱，宛若伸出的觸角緩緩增長，亦如含苞緩綻的花朵滋生。霜肆無忌憚地在玻璃上匍匐，散布冰冷的寒意。天際是毫無溫度的灰白，天連著海，海面是嚴厲漠然的冷灰，沉靜而毫不寬容。

「關上窗簾吧，以夫人的身子，會凍著。」

有一瞬間，她似乎迷惘了，他說什麼？難道他關心她？那是不可能的。他說的是夫人的身子，不是閣下。她是閣下，不是夫人。

面無表情，她放下窗簾，手指順著天鵝絨的布料滑落，滾上金邊的流蘇無聲地晃動，就像她的失落和空寂。

「我們真的很高興妳能來，對夫人的身體有正面影響。」

她並沒有立刻回過頭，只是靜靜地閉上雙眼，空氣間有一股褥熱的酸味，混雜著藥草的香氣以及壁爐內木材燃燒的焦煙。

「無庸置疑。」她聽見自己的聲音這麼說道，深吸一口氣，迎上對方的眉眼：「無庸置疑，城主大人。」

城主大人。這曾經是她父親的稱謂，如今落到了妹夫的身上。城主大人。曾經她與妹妹滿懷敬佩、虔誠與愛意呼喚的名號，在這褐髮灰眼的年輕男子身上極不相稱，喪失了應有的重力。妹夫溫和的灰眼暗示著軟弱，白晰的雙手隱藏著無能。她發現自己正不動聲色地抿出尖酸刻薄的冷笑，她急忙制止自己。

「我妹妹的情況如何？」她輕聲詢問。

「城主夫人正在休息，她今天早上才發作過一次。」妹夫小聲回答。

稱呼自己的老婆為城主夫人，彷彿她是這座城的夫人，而不是你的夫人。她差一點又克制不住自己的冷嘲熱諷，連忙低下頭，不發一語。

不過那也是真的，妹妹確實是這座城的夫人。身為城主大人的父親只有兩個女兒。她看著妹夫擔心猶疑的眼神，暗地低笑。要不是妹夫那陳舊生灰的血脈和斑駁脫落的頭銜，他也沒有資格入贅到這城裡來，當他的……那個字眼是什麼來著？噢，**城主大人**。不是嗎？

而我們不需要任何想像力，亦能知曉父親、當年的城主大人，是多麼希望與古老血脈牽上關係。她一言不發地轉過身子，緩步靠近妹妹的病榻。

她第一眼並沒有認出妹妹的身影，反而是層層覆覆的布料先映入她的眼簾：羽絨被、毛毯、薄被、床單、床套、床簾、裝飾性被套、枕頭、靠枕、墊背、抱枕、亞麻帳。在這些各式各色的布料之間，隱隱約約透露出金黃——那是妹妹的長髮。妹妹的秀髮曾在陽光照耀下閃爍出金黃色的光澤，現在卻只是如雜亂的稻草般纖細無力，彷彿一觸碰，便會宛若枯葉飄落滿地。

她試著很輕柔、很輕柔地坐上妹妹的病榻（這床怎麼軟成這樣？）很輕柔、很輕柔地挪開遮蔽妹妹臉龐的各式被墊（堆成這樣是想悶死人？）很輕柔、很輕柔地……原本想輕喚妹妹的名字，但她打消了主意，只在一片沉默中凝視妹妹緊閉的雙眼。

曾經玫瑰色的雙頰，現在是不健康的蠟黃，浮現著不祥的淡淡褐斑。沉重浮腫的眼皮泛著青灰，長長的睫毛上沾著汙黃的眼屎，而妹妹沉睡的模樣，彷彿是被這眼屎黏住了雙眼，逼不得已才闔上眼瞼的。

曾豐滿豔紅的雙唇乾裂暗沉，曾俏皮鼓起的臉蛋鬆垮凹陷。

她抬起頭，凝視妹夫。你到底對她做了什麼？這些年，你都怎麼對待她？在她控訴的眼神下，她可以感受到偉大英明的城主大人節節敗退，無處可逃，棄甲投降。

「我想妳跟城主夫人，應該有話要說？我就、我、我就不打……我還要忙，我，先走。」

逃吧。逃吧。她冷酷的眼神一直追逐著城主大人，直到對方落荒而逃，消失在沉重的雕花木板門之後。有話要說？我跟妹妹能有什麼話說？她這麼昏睡著、這麼脆弱、這麼不堪。

她默默拉過床頭的銀水盆，取出溼冷的白毛巾，水已經涼了。她只好抱著水盆，至爐火邊尋覓熱水。火不旺，她放下水盆，拿起撥火鉗，添加柴火。她差點遺忘了這座城是多麼寒冷、多麼嚴苛。在這麼多離鄉背井的歲月裡，她在異地自處，遺忘了這些小小的細節：冬夜徹骨的寒凍、晶瑩如畫的海冰、墨黑無雲的星空、柔細即化的雪片。

這曾經是她父親捍衛的城、她父親驕傲的土地，她在這裡與妹妹一同成長茁壯，發生了這麼多事，卻也遺忘了這麼多事。凝視著劈啪作響的乾柴，她搖了搖頭，糾正自己，不、不是遺忘，她並沒有遺忘。她怎麼可能遺忘？

她只是背棄了，背棄了這一切。她未曾遺忘。

拿破布包裹著鐵壺的把手，使勁將熱水倒入銀盆中，她試了試水溫，再添加了些熱水。銀盆的邊緣染上薄薄的水氣，她喜歡這種朦朧，茫茫似窗外長年不散的薄霧，或濃密，或清疏。其實她終究是無法遺忘這城的，喜歡上這種無所謂的小細節，只因提點了自己幾分家鄉。

即便背棄，與，即便遭到背棄。

起身的那一瞬間，她抬起頭，被眼前的景象嚇得倒抽一口氣，差點手一鬆，落下盛著溫水的銀盆。

妹妹枯槁如死灰的面容正對著她，充血的黃綠色雙眼猙獰地瞅著她。

但她很快讓自己恢復正常，握緊銀盆，快步走至妹妹的病榻。妹妹沒有移動，唯有眼睛骨碌碌地跟著她的動作轉。她放下銀盆，試圖忽略那令人發毛的瞪視。妹妹的眼睛是黃綠色，像貓，卻比貓兒更嬌氣。黃綠色的眼珠子密密地布滿細小的血絲，好像下一秒鐘，就能滴出血來。

擰了擰溼毛巾，她開始幫妹妹擦臉，輕輕地、細細地擦。擦去乾黃的眼屎，沾溼乾裂的雙唇，她聽見妹妹細若游絲的嗓音，斷斷續續，像是在叫她的名字。

「凱特……」

「是我。」她試圖讓自己的聲音聽起來沉著又穩重。天啊，多少年了呢？多少年兩個人沒有說話，沒有面對著面，凝視著彼此的雙眼。她還以為妹妹會再沉睡一陣子，她不知道重逢、正式的重逢，是如此地突然而毫無預兆。該死，就算是現在，她缺乏望進那雙眼睛的勇氣。

低著頭，她只能說：「我在這裡。」

「凱特……」

「嗯哼。」是的，那是我的名字，從一出生我就叫這個名字，妳也很清楚，不用重複了。她將顫抖的雙手藏進溫熱的水中，狼狽倉惶地反覆搓洗白色的毛巾。

「凱特，我對不起妳……」

在說什麼呢？她神經質地對著銀盆笑了一下，發顫的手指歇斯底里地搓洗毛巾。提那些做什麼呢？但即便是溫水包覆著的手指，指尖也漸漸寒冷了起來。

「凱特……原諒我。」

她執著而堅持地搓洗著毛巾，力道大得水花四濺，但是她喜歡這個聲音。或者說，什麼聲音都好，隨便，只要蓋過妹妹微弱的低喃，什麼聲音都好。

「凱特，說……說，妳會原諒我……」

這太過分了。這太過分了。她將抹布一扔，發現自己的裙子被水弄得一團糟，但是她不在乎、一點也不在乎。在她能開口之前，她神經質地將自己一絲不亂的頭髮攏到耳後，攏了四五次，幾乎無法停止，用力吞嚥口水，她唇乾舌燥，喉嚨刺痛。

「我去，拿水。」

她僵硬地宣布道。猛然起身，端起銀盆，不看妹妹一眼，直接走出房間。她非常清楚，妹妹像迷途的幼獸，負傷而孱弱，重複著自己的名字。

「凱特……凱特……」

她只能假裝自己聽不見。

打光的石板地面，即便鋪上了燈芯絨地毯，仍舊散發出擋不住的寒意，厚重的木門刮出粗嘎的聲響，闔上。她將額頭貼在木板，嗅著古老的氣息，她的手心摳著木門堅實的鐵拴，鐵拴在她的掌中落下鏽屑。她將重心倚在門板，無力地閉上眼。

她逃開了，她果然還是逃開了。

她以為這麼多年了，她可以遺忘並寬恕。或者，就算無法遺忘、無法寬恕，她也可以裝作眼不見，心不煩。她果然還是太天真。

隱隱約約，她聽見遠處海鷗的淒厲叫聲，屬於城畔海岸的鳥兒漫天飛舞，恣意自在的模樣彷彿牠們才是這塊土地的真正王侯。她從小就覺得海鷗的鳴叫過於哀傷，而父親總是對她說，只有缺乏膽識的人才會這麼想。

她想父親從來不理解她，她並非畏懼那些張開雙翼乘風而上的鳥禽。她只是認為那哀嚎過度孤寂。很諷刺的，這聲聲相連的嗚音，在當年，卻是唯一陪伴她的身影，直到她踏出城門，再也沒有回頭。

轉過身，她滑坐到地上，疲憊地睜眼，端詳這自己曾經居住的臥室。她居住過的痕跡早已一點不剩，桌椅床燈全都換過新的，房間重新整理，連牆壁表面也翻修了。偌大的房間浮盪著一股令人疲憊的俗麗，空洞而缺乏靈魂。爐火還沒升起，整個房間像地窖般寒凍，她的皮膚很快地爬滿了雞皮疙瘩。

房內只有自己帶來的布包，和一只塵埃遍布的破箱。破箱是妹夫讓人扛進來的，說裡面收著她當年沒能隨身帶走的東西。妹妹幫她全扔裡頭了，這幾天因為她的到來，才命人從內室找出來。

破箱看上去沉甸甸的，挪動起來卻意外地輕。她懷疑她當年留下的東西極可能已給人扔去，或被竊奪了一半，這箱裡只是隨便收了幾樣對方挑剩的，胡亂堆成一氣。她用細長的手指磨著箱子表面，木箱本身倒是挺講究，鎖頭鑲上家徽，鍍了銀：不畏颶風的銀鷗。

她的食指撫過銀鷗的雙翼，忍不住冷笑，拿鑲有家徽的箱子來裝這個不孝女的東西？父親要是知道，肯定會氣得從家族世代長眠的墳場裡爬出來。

進城的途中，她不可能沒有注意到，雖然街道上依舊懸掛著銀鷗旗幟，但新發行的銅幣、守衛的盾牌、隊長的制服，上頭或雕刻或細鏽的，全是妹夫那老掉牙的古老家徽，上頭寫著一串沒人理解的古語，是除了妹夫家族之外無人知曉的家訓。

到底有多急迫呢？想要復興自己的家族。她冷冷地想，入贅進來的沒用懦夫，也只敢在這種小東西上玩花招。

她看著那只破箱子，環抱著臂膀並不足以給予自己溫暖，她想她真的低估了這座城的寒氣。曾經，她可以穿著一件短衫，到城外結了冰的湖面滑冰玩耍，現在她身穿絨布長裙，仍是禁不住全身顫抖。

是她遺忘了刀鋒港岸的冷，生疏了？抑或她只是不可避免的，老了？

翻遍布包，她找不著合適的衣物添加，只好將目光落在破箱上。基於某些不可解的原因，她的胸口有些堵塞，但她怕什麼呢？沒什麼好怕的，就那麼個破箱子，裡面裝了些破爛，為什麼不能開？我快冷死了。

一咬牙，她的手用力朝家徽一按、一拉、一推，只聽見喀答、喀啦。她用力推開箱子，箱上的灰塵紛紛落下，箱內散發出一股可怕的霉味，嗆得她咳嗽連連，她揮舞手臂，試圖驅散塵埃。

定睛朝箱內一看，她先是一愣，然後整個人嚇得向後跌坐下去。擺在最上頭的，是一張油畫，年幼的她抱著妹妹，身後站立著嚴峻的父親，父親一絲不苟的短髭末端微微翹著，冷峻嚴苛的灰色雙眼彷彿能看穿靈魂。有一瞬間，她幾乎以為父親真的站在她的面前，從箱內，穿過漫漫的時間長河，依舊鞭策著、監視著、驅勵著她。

到底是誰把這畫放在最上頭的？一股怒火焚燒似的自她心中蔓延，她使勁把畫拿起來，朝一旁憤怒地扔去。木頭鍍金的畫框禁不起摔，在撞上石板地時，發出碎裂的聲響。

聽到那破碎的聲音，她的心卻又揪了起來，她知道那幅畫是母親為他們畫的，母親親自挑的畫框，特別請人裱上，送給她的。她並沒有多少母親的遺物，那幅畫是她珍藏的物品之一，也是在離家時未能帶走的遺憾。

她想起身，卻止住了自己。她受不了畫中父親那穿刺的眼神，宛若永恆的控訴，無盡的審判。她清楚記得父親當年的容貌，桀敖不馴的眉眼好似地獄般焚燒，嘴唇顫抖泛白，聲音如響雷震耳，語句卻破碎不全。

——妳、妳背叛我、妳背叛了家族！

現在回想起，她是可以理解的：父親覺得被自己最深信最親愛的人背叛。但理解，不代表可以原諒。理解，不代表能夠面對。理解，不代表足以讓她容許自己照著父親理想的藍圖構築未來。

她凝視著破敗的畫框，渾身泛起寒意。

——凱特！不要以為妳可以這樣置身事外地轉身就走……凱特，妳背叛了我！

比原先感受到的，更冷、更冷。那是打從心裡的冷。

——妳、妳……好啊，妳走，走了就不要回來！凱特，不要回來！聽見了嗎？

她再也受不了了。這個房間充斥著過往的夢魘，不復存在的面孔在她眼前糾纏。她、她必須離開。出、出去。一秒都不多待。不行了。

隨意抓起箱子裡的一件雜色厚披風，她將自己包裹，推開房門，衝下樓梯。長長的披風在身後飄揚，遠看，就像破碎不齊的羽翼。

†

一路狂奔，無視旁人的眼神、屈膝、致敬，他們都知道前城主的大女兒回來了，尊敬的舉止和言語讓她懷疑自己未曾離開，但是為什麼只有她一個人，一點都不覺得自己到了家？

她的手指在滲血，一直到了冰冷的湖畔她才意識到這件事，並將手指含入嘴裡，大概是剛才開箱子或扔畫時劃傷的。

積雪長年不化的這城，除去不落葉的針樹，只有光禿禿的枯枝。父親總是說，能在這塊嚴苛土地上生存的人，才是真正的勇者。

父親，又是父親。她低聲詛咒，止斷自己的思緒。

城高聳的石塔隱藏於低雲裡，城灰暗的輪廓模糊在迷霧中，無精打采的灰暗天際點綴著無數白色海鷗，淒厲的鳴叫宛若苦痛哀嚎，隨著毫不留情的寒風，放肆橫掃，勢如破竹。她拉緊了身上的披肩，感受這熟悉的酷寒，她幾乎被吹得站不住腳。

這就是她長大的地方、這就是她熟悉的冰冷。在這塊大陸的最北端，她父親的土地，刀鋒港岸；她父親自豪的城，刀鋒灣城。

身邊，比她還要高上許多的鰼黃草在狂風吹拂下，東倒西歪，但她依舊佇立不搖。這塊土地曾是冰灣，冰雪略融後留下千萬的湖泊，和面對無盡黑暗洋海的巨大峽灣——現今的刀鋒港岸。

對刀鋒灣城不了解的外地人，以為擁有完美峽灣的城市應以漁業為生。也對，刀鋒灣城的漁業是挺發達，但僅限於湖上的淡水漁業。峽灣式的刀鋒港岸，即便地形完美，卻因為氣候惡劣而不適合居民出海。不穩定的天候、永不停歇的寒風，浮冰暗湧，經常造成漁船在海面結凍而無法前進。

她的視線掠過面前被風吹得像波浪般起伏的鰼黃草，微微一笑。鰼黃草，寒冷的刀鋒港岸特有植物，這才是刀鋒灣城最有價值的資產。這種在刀鋒港岸隨處可見的纖細植物，長長的硬莖末端結有細細的蒼白穗子，這穗子越寒冷越飽滿，刀鋒灣城的居民將它取下，加工發酵，釀成舉世聞名的刀鋒港岸冰酒，高價賣出。

緩步向前，感受乾枯的地面在腳下碎裂，寒冷冰凍的地表，除了鰼黃草和極度耐寒的針葉林，什麼都長不出來。湖畔歪斜著一枝枯木，枝椏刺破薄冰，插入湖面，海鷗在枯枝上棲息，她一走近，海鷗便發出嗚叫，振翅翺翔。

在運氣非常好的時候，刀鋒灣城會有幾個禮拜的夏日。是的，夏日，這塊土地沒有春季，也沒有秋季。在很罕見的年頭，五月過罄，天氣會突如其來地炙熱，酷暑會延續三五天到三五個星期不等，然後，像出現時一般唐突，冰雪會猛然撲過整片大地，將一切再度化為銀白。

從小到大，她只看過一次盛夏的刀鋒灣城。在她十九歲的那一年，夏日的蔚藍翩然降臨，宛如絨毛般柔軟的茵草席捲了平時僅有灰白的刀鋒港岸，各色的鮮花點綴著翠綠，她這輩子從沒見過這麼多、這麼美的顏色。

依照先祖慣例，有幸與夏日相逢的刀鋒港岸，城主必當舉行比武大賽，選出刀鋒灣城最傑出的武士。一向冰冷寥落的刀鋒灣城湧進了來自各地的旅客，身為城主女兒的她睜大了眼睛，見證未曾看過的盛大場面，豪華宴會，麗裝豔服。

凝視著眼前黑暗寒冷的湖水，遠方，幾艘孤零零的漁船飄盪。她靜靜地想，太美的東西，終究不是永恆的。刀鋒灣城的豔麗夏日、她自己的青春、這個世界的一切美好，都不是永遠的。

她的臉被寒風刮得生疼，頭髮被吹得四處飛散，冰冷的空氣的確有助於她冷卻情緒，但要是不幸感染了風寒，那就太不聰明了。這麼想著，她拉緊披風，準備轉頭回城，卻發現在自己身後不遠處，站立著一道灰影。

那人全身上下像是服喪一般，穿著黑色的衣裳，用粗繩束得高高的皮靴沾滿汙泥，服著凌亂而髒汙，身軀上裹著一片巨大厚重的灰暗熊皮，腰際別了把劍，肩上背著弓，還半掛了個箭袋。如果僅僅是這樣，凱特會毫不猶豫地猜測對方是個獵戶，但對方卻有著令人意外之處。

那人戴了一頂生鏽的破頭盔——過去武士決鬥時專用的頭盔。那頭盔似乎曾是精心打造的亮銀色，卻因疏於照料而泛黑，對方的面容完全隱藏在頭盔的陰影下。看著那破舊的頭盔，她忍不住抿緊了嘴唇，比武的器具，看了，只讓她傷感。那一年的盛夏不會回來了，曾經做過的事情，也無法更改了。

在她審視對方的當頭，對方似乎也凝視著她。她朝對方禮貌性地一點頭，正準備離去，卻見對方右腳向前，左腳朝後，屈膝，彎腰，右手背在背後，左手向外張開，向她行禮。

腳下的步伐完全僵住，她怔了。瞪大眼睛，她不可置信地看著對方。

那是一種特定的禮節，僅限於武士、僅限於比武大賽奪得頭籌的第一武士，對城主家族的致敬禮。

「我的天……」天旋地轉，有一瞬間，她以為自己就要昏倒了：「你沒死。」

「哈。」對方在頭盔下爆出一聲笑，不是她熟悉的爽朗樂天，而是全然陌生的苦澀：「這件事妳應該比我更清楚，**凱特閣下**。」

對方稱呼她的方式帶著竭盡所能的嘲諷，狂風從她身邊呼呼吹過，對方的字句依舊無比清晰地傳入她耳中。她發現自己絕望地顫抖著，宛若遭受痛擊。

「你是怎麼？我以為……」她的聲音在風中微弱又模糊，語無倫次：「他們……我……」

「我已經死了，凱特閣下，在妳面前的是一個**鬼**。」對方挖苦地回答道，冷笑：「儘管招喚妳的衛士吧，叫他們來殺鬼啊。」

「不，我沒有衛士，我並不是城主。」凱特按著太陽穴，試圖重整旗鼓：「艾里莎才是繼承了刀鋒灣城的人。」

「我知道，但是她死了，所以妳才會出現在這裡。」

「她才沒有死。」凱特皺起眉頭：「她只是病了。」

「所以？妳來這裡加速她的死亡嗎？」

「你好大的膽子！」不知道什麼時候開始，凱特發現自己不再顫抖，拳頭攢緊，嘴唇抿成一條細線。

對方隱藏在頭盔之下的面容看不清情緒。一旋身，對方一言不發，大步離去。

「我還沒容許你告退，第一武士。」壓低聲音，她的嗓音帶有濃厚的警告意味。

「妳不是城主，凱特閣下，妳缺乏向我發號施令的權力。」頭也不回地，對方只扔下這麼一句話。

她看著對方離去的背影，心中泛起一陣空洞，像是大意弄丟某種珍貴物品時的懊惱。一咬牙，她索性也背過身子，朝城裡走去，她的每一步、每一步都重重踏下，彷彿將敵人狠狠踩在腳底。

荒煙漫草，冽風咆哮，在冰天雪地中，她彷彿聽到對方的聲音，不再尖酸，而是她所記憶的那樣，諳啞，卻溫柔。

那個聲音憂傷地嘆息。凱特，妳給了我獅子……

倒吸一口氣，她驚慌失措地環顧四周，試圖解釋些什麼。然而，她的身邊毫無人影，而她的敵人，正是自己。

†

冰冷的走廊由磨光的石板鋪成，凱特聽著自己倉促的步履，她該回去照看妹妹了。微弱的火炬搖曳，照亮陰暗潮溼的長廊，她微微撂起裙襬，接近妹妹的臥室。

「……她為什麼在這裡，她在這裡做什麼？」

她聽見女人的啜泣聲，斷斷續續。

「噓……噓……」男人安撫的聲音：「她在這裡，是因為妳病了。」

「我沒有病。」

「妳病了，親愛的。」

凱特錯愕地發現聲音來源正是妹妹的臥房。

「她已經放棄了繼承權，她還回來做什麼？」妹妹在哭，從凱特的角度，她看到妹妹白皙的手臂緊緊環抱妹夫的腰際：「我沒有病，請她離開。」

「噓……噓……」妹夫沒有說話，輕撫妹妹的金色長髮。

「保護我，親愛的，請你一定要保護我。」凱特聽見妹妹的聲音，虛弱卻清晰。她靜靜朝後退，直到確定自己不會被看見，凱特輕手輕腳地轉身，拖著沉重的步伐，回到自己冰冷的臥室。

這果然是大家有志一同的猜測：她回到刀鋒港岸，是為了在妹妹死後，接手刀鋒灣城。妹妹和妹夫沒有一兒半女，刀鋒灣城的城主位置，自然而然落到了她的身上。但是，她在多年前已然放棄繼承權，而父親更是當著眾家臣的面，宣布她的放逐。難道刀鋒灣城的人民如此健忘？如此從善如流？她才不相信。

艾里莎，請妳一定要好起來。我對刀鋒灣城主的位置興致缺缺，但我也不想看到妹夫那該死的老家族噁心至極地統領刀鋒港岸，所以，請妳務必早日康復。

木門傳來篤篤撞擊，有人在敲打她的門板，她連忙起身應門。是一名衛士，面無表情地通知她，午膳的時刻到了。是了，午膳，古老的字眼喚起她塵封的記憶。她想她果然是離開了太久，差一點就遺忘了這個傳統。刀鋒灣城古老的傳統——城主一家人必須與家臣共進午膳，自她有記憶以來，她、艾里莎、父親與母親陪同家臣舉行了無數的午膳。午膳，非正式的討論，意見與眼神的交換，城裡一切的林林總總。

在午膳時別想真正吃飯，吃飯只不過是個形式。父親曾經這麼說，重要的是餐桌上下交換的政治訊息與利益條件。

噢，太好了，我現在需要的正是這個。凱特興致缺缺地想，如果那些家臣也認定我是來繼承城主的，他們會如虎似狼地將我撕裂。

朝衛士一點頭，凱特無聲地跟在對方身後，穿過幽暗的走廊，走廊的兩側懸掛著表情嚴肅的祖先畫像，有些她認得，有些她不知曉，無論如何，他們都以評斷的眼光漠然凝視著往來的人們。凱特從來不喜歡這些先祖肖像，很久以前，她就曾向艾里莎表示，若是哪天她死了，她絕對不要被掛在這裡嚇人。不過後來，她放棄了繼承權，自然也喪失了這項權力。

是的，我放棄了。在列祖列宗的沉默凝視下，她在心裡大聲地說。所以，請不要把我跟城主這個頭銜再度連結在一起，這是不可能的。我妹妹病了，我來照顧她，僅此而已。

「……先生，」她低聲詢問領路的衛士：「能請教你一個問題嗎？」

「是的，凱特閣下。」衛士制式地回答。

「刀鋒港岸上一次夏季是什麼時候？」她小心翼翼地詢問，盡可能讓自己的語氣聽來隨意。

「刀鋒灣城已經十年沒有榮幸碰上夏季了，凱特閣下。」

十年無夏季。凱特默默地想，所以，上一回的夏季，正是她十九歲那年的夏季。那麼，嚴格說來，**那個傢伙**，依舊是刀鋒灣城的第一武士。

她沒有繼續問下去，在眾人誤解她的來意之時，重提這敏感的往事，絕非明智之舉。但是她不明白，那傢伙究竟是怎麼活下來的？即便沒有死在決鬥裡，她不相信父親會容許他苟活，還有，艾里莎……

領路的衛士來到一扇巨大的木雕門前，這是城主家人進入午膳廳的專用門，門上有著精細的浮雕，波濤洶湧的海洋，層疊厚重的烏雲，一隻靈巧的海鷗如閃電般劃過天際，翱翔。

「咚！咚！」

衛士用杖重擊地面，在偌大的走道發出隆隆迴響。

「宣告：前刀鋒灣城主亞道浮・博昂雷歐之女，現任刀鋒灣城主艾里莎・博昂雷歐之胞姐。凱特・博昂雷歐閣下，駕到。」

「咚！咚！」

隨著衛士杖擊的沉重聲響，銀色海鷗的左翅與右翼分離，木雕門咿呀打開，伴隨著一連串從座位上起身，椅腳摩擦地面的窸窣聲。

「不畏颶風！銀鷗永存！」

古老的長型厚木桌旁，眾家臣佇立，脫帽，低頭，齊聲吶喊。

領路的衛士從身邊侍從的銀盤上接過玻璃酒杯，跪下，以雙手呈上。凱特面無表情地接過，高舉，朗聲道：「銀鷗永存！天佑刀鋒港岸！」

「天佑刀鋒港岸！」

眾家臣齊聲喊道，拿起面前的酒杯，一飲而盡。凱特也仰頭，在嗆辣的液體滑過她的喉頭時，她想起小時候她總是困惑，為什麼沒有刀鋒灣城主是被家臣在酒裡下毒毒死的，畢竟下毒是如此輕而易舉。

父親總是回答，下毒是不名譽的。她總默默地想，到了撕破臉的時候，誰還顧得了名不名譽？

凱特將空了的酒杯遞還給衛士，心裡暗想著這套古老的開場她居然還記得，真是不可思議。她見證父親重複了這麼多次，而艾里莎，即便凱特沒有親眼看過，想必也執行了無數次午膳。

這是她的第一次開場。艾里莎臥病在床，午膳開場只好由她代理。她環視全場，揣測她還沒來之前，儀式是由妹夫代理嗎？抑或直接省略？妹夫也喊「銀鷗永存」嗎？還是那傢伙喊他們家族那沒人聽得懂的古訓？

眾家臣一一坐下，她掃視了一眼離自己最近的幾位家臣——離城主越近，職位越高。有些她認識，但大多不認識，看來艾里莎曾經大刀闊斧地改過內閣。

她朝其中一張空木椅走去，卻被一位離她很近，留著捲曲八字鬍的年輕男子微笑制止：「凱特閣下，恕我無禮，但那是攝政王的位置。」

攝政王？原來入贅無實權的城主大人在妹妹生病的這段期間，頭銜變得這麼好聽？不動聲色，凱特看了一眼制止他的年輕男子，對方有著聰明卻深沉的黑色眼睛，黑色頭髮朝後，梳得一絲不苟。凱特雖形容對方年輕，可那只是相對性的說法，對方比自己更年長些，但在內閣這種老謀深算的機構裡，對方是出乎意料的年輕。

注意到凱特的視線，男子露出整齊的白牙，說道：「在下多恩爵士，外交大臣，為銀鷗家族奉獻是我的榮幸。」

多恩？從來沒聽過這個家族。這是艾里莎從哪裡挖來的人？即便困惑，凱特並沒有表露出來，她只是對多恩爵士微笑，點頭。然後向身邊的衛士輕聲吩咐：「幫我在攝政王旁加一個位置。」

「凱特閣下，」在長桌中後段，一個沙啞熟悉的蒼老聲音說道：「我們不介意您暫時坐在城主的大位上。」

看吧，開始了。凱特保持著淺淺的微笑：「挪臨爵士，我是以城主姐姐的身分前來的。」

「可是，凱特閣下，」另一個老邁的嗓音說道：「您剛才主持了開場，您應當坐上城主大位。傳統很重要。」

「是的，傳統很重要，門朵爵士，」凱特從善如流地回答：「在某些時刻我曾看過已故的家母代替已故的家父主持開場，但家母從未坐上城主大位。」

挪臨、門朵，這些老爵士是父親時代政壇的中流砥柱，現在的座位卻離她非常遙遠，她還能依稀看見挪臨爵士的白鬍子，但是門朵爵士就只聽見聲音，不見人，似乎隱沒在長桌的尾端。艾里莎在幹麼？為什麼將這些老將貶謫？

「當然，凱特閣下並不想顯得太急躁，不是嗎？」這次發話的人就在她身旁，語調尖酸刻薄。凱特心裡哀號了一聲，莫奈爵士，天啊，這老傢伙從來沒給她好臉色看過。

「莫奈爵士，多年不見。」凱特優雅地問候：「一切可安好？」

「一切像為刀鋒灣城鞠躬盡瘁的艾里莎城主夫人一樣好，我親愛的凱特閣下。」莫奈諷刺意味十足地說道：「恕我無禮，凱特閣下在多年前已放棄了繼承權，現今為何在此？」

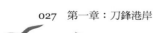

很好，你記得很清楚嘛。凱特無奈地想，那你應該很明白我的立場，你到底還希望我向你證明什麼？莫奈爵士。

但在她能發話之前，年輕的多恩爵士搶先說道：「莫奈爵士，有些無禮是可以被寬恕的，有些則否。如果我是凱特閣下，您的言行顯然是後者。」

莫奈爵士轉頭怒視多恩爵士，簡直想將對方生吞活剝。只見莫奈爵士很緩慢、很緩慢地說道：「多恩爵士，您還年輕。我會原諒您，您不知道您說了些什麼。」

多恩爵士的八字鬍微微震動，他露出了一個無害的微笑，彷彿不理解莫奈爵士的威脅。但是莫奈爵士也沒有追究的意思，低下頭，若無其事地開始進食。

凱特瞇起眼睛檢視。她太清楚莫奈爵士的個性，那老頭跟牛頭梗一樣，一旦咬住了，絕對不會鬆口，多恩爵士卻只需三言兩語就讓對方安靜下來——不得了，多恩爵士這傢伙很可能是艾里莎面前的大紅人。

「……該死的異邦人。」

凱特聽見莫奈爵士詛咒著。她很快地瞄了一眼多恩爵士，相當肯定對方聽見了，卻裝成什麼都沒發生的模樣。外交大臣、八字鬍、異邦人——確實有可能，艾里莎過去曾建議父親任用異邦人為外交大臣。難怪凱特沒聽過多恩這個姓氏，至少不是在刀鋒港岸。

在衛士幫她多架設一個位置後，她沉默地坐下，開始挪動刀叉。時間過快一點吧，拜託，時間過快一點。

「所以，凱特閣下，」在她附近一位胖呼呼的男子開始朝她發動攻擊，她並不知道對方的名字：「您對目前刀鋒港岸的處境見解為何？」

用力嚼著嘴裡的食物，凱特在心裡重複，吃飯不過是個形式，為我爭取一點思考的時間。

「哪方面的處境？」嚥下食物，她平靜地反問。

「當然是政治處境，凱特閣下。」另一位珠光寶氣的男子回答，凱特也同樣不認識這個人。政治處境，嗯哼。我還是不知道你在說什麼。「諸位，政治處境有很多不同的層面。我們可以花上一個月的時間午膳，仍說不完存在於刀鋒灣城的所有問題。」

「就說外交政策吧。」長桌末端有人大喊。

「刀鋒灣城的外交處境，」凱特深吸一口氣。太好了，我連現在的外交政策是什麼都不曉得，艾里莎會遵守父親那套老死不相往來的原則嗎？不大可能。為什麼我那該死的妹夫還沒來？不過這或許是件好事，只要證明我是個無能的白癡，沒有人會懷疑我有篡位的野心。「刀鋒灣城的外交處境，關乎刀鋒港岸的經濟，說到刀鋒港岸的經濟，莫屬……」糟糕了，連我都不知道自己在說些什麼。

「如果諸位對於我所草擬的，與索格爾帝國結盟的提議有意見的話，」多恩爵士帶著一抹挑釁的微笑：「諸位不妨直說。」

多恩爵士的發言適時地解救了她的窘境，但並沒有阻止她朝多恩爵士投以驚愕的神情。結盟？艾里莎要刀鋒灣城與強勢的索格爾帝國結盟？

莫奈爵士大聲說道：「與索格爾，不會是結盟，那叫作被併吞。」

「如果不結盟的話，那我們就真的會被併吞。」多恩爵士毫不客氣地回敬：「想想法洛文明！」

索格爾帝國位於刀鋒港岸以南，與刀鋒港岸隔著高聳的山脈，以及荒蕪的多東沙漠。索格爾皇帝曾御駕親征其東方的法洛森林，把文明進步、技術發達的法洛古城夷為平地。壟斷法洛人特有的技術和知識後，索格爾一躍成為這塊大陸上的領袖，對四周的國家與城邦造成極大的威脅。

「誰跟您**我們**？」長桌某處有人大罵：「該死的多東走狗。」

多東走狗？凱特再次不動聲色地向多恩爵士投以審視的目光，這傢伙是多東人？越過格蘭塔山脈，在隔開刀鋒港岸與索格爾的多東沙漠裡，游牧流浪的多東族人？不像啊。

「針對外交政策的討論我們該保持專業的態度，亞列爵士。」多恩爵士抿起嘴唇，耐著性子說道。

「我可不在乎！」對方吼道：「凱特閣下，您的高見？閣下？」

該死的燙手山芋，矛頭又對準我了。凱特深吸一口氣，斟酌了一下：「身為，艾里莎城主夫人的胞姐，不論城主的決定為何，我支持。」

這是在很罕見的時候，當母親在午膳時，被眾家臣質問城主大人的做法妥當與否的標準答案。

多恩爵士露出淡淡的笑容，家臣們爆出一陣討論聲，嗡嗡不絕。凱特揚起下巴，她終究，不像母親那樣溫和順從的個性。

「但是，」她調高音量，朗聲說道，滿室的耳語瞬間化為靜寂。她直視眾人的眼睛，放輕嗓音：「請容許我提醒諸位，刀鋒港岸背倚格蘭塔山脈，是這塊大陸上最高聳的山脈；刀鋒港岸面向酷寒的黑暗洋海，長年冰凍不化、浮冰暗湧。刀鋒灣城的貿易一向仰賴可敬的多柬民族……」

說到這裡，凱特停頓了一下，向多恩爵士微微點頭致意。她以為會對上一雙冷漠的雙眼，畢竟她正在攻擊對方的政策，沒想到多恩爵士依舊在微笑，黑眼熠熠發光。

「……可敬的多柬民族，翻過格蘭塔山脈，與我們貿易，將我們享有盛譽的刀鋒港岸冰酒轉賣至世界各地。」她續道：「泱泱大國索格爾會千辛萬苦地調動軍隊，穿過多柬游牧騎兵出沒的荒蕪沙漠，攀越寒冷陡峭的格蘭塔山脈，即便他們買通了熟識地形的多柬嚮導——沒有任何不敬的意思，多恩爵士——格蘭塔山脈的地形條件仍舊嚴苛而不適合行軍。索格爾皇帝會發現他的帝國軍隊在多柬沙漠喪失一半，在穿越格蘭塔山脈時，再喪失四分之三的兵力，剩下的那一小撮人，會在刀鋒港岸嚴苛的酷寒中瑟縮著凍死，或者被刀鋒灣城的勇敢人民砍死。」

廳堂裡響起一陣不小的歡呼。

「如果他們從水路來，他們的船會被寒冰凍在海上！」長桌某個位置有人大喊著，幫凱特說完她的理論：「他們的士兵會凍死、餓死、或溺死。」

廳堂裡又是一陣歡呼。

多恩爵士還是沒有喪失他的笑容，或者，更正確地說，凱特其實懷疑對方精神全來了，以一種混雜著玩味和讚許的神情凝視著她：「凱特閣下，請容許我提醒您法洛文明的悲劇，他們也以為自己是安全的，自恃擁有最先進的技術，但索格爾皇帝仍踏平了法洛古城。」

「不，我沒有遺忘，我也沒有否定索格爾皇帝出兵的可能性。」凱特冷靜地回答：「但如果我對歷史的理解是正確的，索格爾皇帝出兵法洛文明的目的在於獲得法洛人的知識與技術，以及解放索格爾奴隸。請指正我的錯誤，多恩爵士，索格爾皇帝跋山涉水出兵刀鋒灣城的目的是什麼？」

刀鋒港岸，一座孤零零的寒港，空寂寥落的霧城，與索格爾一點關係也沒有。既不擁有戰略優勢，也缺乏豐富資源，這樣一個天寒地凍的雪原，索格爾皇帝要這裡做什麼？

長桌鴉雀無聲。

「我們什麼都沒有。」凱特淡淡地說：「與其害怕被侵略，比我們條件更好、離索格爾更近的城池，才更需要擔心這件事情。」

適才與凱特爭鋒相對的莫奈爵士深深呼出一口氣，將身子朝椅背仰：「凱特閣下。」

凱特轉頭望向年邁的爵士。

「我必須要說，」莫奈爵士搖搖頭：「您，真不愧是您父親的女兒。像、真像。」

凱特一直認為，對一位女人說她簡直像一名男子是一件很失禮的事情，你究竟在表達什麼呢？然而，她同時也非常清楚，莫奈爵士很了解「敵人的敵人就是你的朋友」這個道理，所以急急忙忙地拉攏她這位攻擊多恩爵士外交政策的人。

「我相信您誤解了我的意思，莫奈爵士，」凱特輕聲說道：「我一開始便說了，不論城主的決定為何，我支持。我相信我所能想到的，艾里莎城主夫人必然也非常清楚。」

凱特再度將視線落在似笑非笑的多恩爵士身上，猶豫著要不要把話挑明了講。艾里莎不是笨蛋，會決定支持這位多東外交首長，希望跟索格爾結盟，必定還有什麼其他的原因——某些凱特還不知道的原因。

衛士宣告了妹夫的到來，凱特以禮貌的微笑與無關痛癢的中立評論作為擋箭牌，在自己的思緒中企圖捕捉事實的真相。

†

回到艾里莎房間的時候，妹妹已坐起身，背倚在床頭木刻裝飾上，由侍女捧著湯，一口一口地餵著喝。凱特朝侍女揮了揮手，侍女連忙站立，屈膝：「凱特閣下。」

凱特接過湯，說道：「我來就好，妳忙妳的。」

「是的，凱特閣下。」侍女提起長裙，無聲地滑出門外。

艾里莎的氣色比早上好多了，黃綠色的眼睛不再充血，嘴唇也稍稍多了些血色，但她看起來一樣衰弱疲倦，雙頰凹陷，眼眶四周泛著不祥的黑青色。

凱特吞了一口口水，盡可能用平靜的口吻，揚了揚手上的湯：「我可以嗎？」

艾里莎只是看著她，面無表情。凱特想起艾里莎早上如夢囈般地道歉，她猜想艾里莎可能不記得了，於是她決定當作這件事情未曾發生，艾里莎不會喜歡別人記著她脆弱的時刻。

在她自顧自地於艾里莎床畔坐下之際，她聽見艾里莎的聲音低聲詢問：「這些年，妳去了哪裡，凱特？」

「這個嘛……」凱特舀了一匙湯，朝妹妹的嘴裡送。露出妳不喝下去我就不說的神情，暗自斟酌該說實話還是謊言。

在順從地喝下去之前，艾里莎凝視著凱特的眼睛，輕續：「我試著找過妳，在父親過世前。我也曾想要回來，凱特有些哀傷地想。但父親終究、不會想見我的。

「妳該回來的。」艾里莎看穿了她的想法，指了指腦袋：「父親到了晚年，腦子不大靈光。」

「什麼意思？」

「對著我喊母親的名字、走進妳空著的房間到處找妳，這些都是小事。」艾里莎的態度謹慎，仔細地觀察凱特的反應：「可怕的是他執掌大權、仍是城主。」

凱特從沒想過竟是如此，愣愣地望向艾里莎，只能勉強擠出幾個字。

「他、他做了什麼……」

「我提這些做什麼？」不等凱特問完，把話題扯到這裡的艾里莎反倒退縮了，她瞇起眼，討好地笑了一下：「這些年，妳究竟去了哪裡？」

再舀一匙湯，凱特壓下心中混亂的思緒。

「……我去了示亞撒半島。」

「示亞撒？」艾里莎揚起眉毛，相當意外：「妳去三教九流出入複雜的示亞撒半島做什麼？」

「我在吞紋塔。」

艾里莎抿著嘴唇，瞪視著她半晌，好不容易才吐出一個字：「……噢！」

噢這個字眼，雖然只有短短一個音節，卻可以因發話者的抑揚頓挫而展現出千變萬化的意涵。噢？句尾上揚微帶笑意，暗示發話者的好奇心性。噢。發音輕弱異常短促，代表發話者心不在焉，壓根沒在聽。

而隔了一段沉默後，用力加重的……噢！隱藏了發話者不知所措，卻百分之百不苟同的堅決態度。

「吞紋塔，」凱特看著艾里莎小心翼翼地挑選適當的字眼：「凱特，妳……皈依了嗎？」

「沒有。」正確的字眼應該是蛻蛹，因為這是重新蛻變成嶄新自我的過程，像毛毛蟲變成蝴蝶。但是凱特決定省略解釋，她看得出當她說出沒有二字時，艾里莎臉上露出的緩解：「吞紋先知告訴我，我還沒準備好，我還沒……」成蛹。我還是毛毛蟲，我還在學習。「我的時候還沒到。」

艾里莎沒有說話，但表情並不自然。凱特也閉緊嘴巴，決定不挑起任何不必要的爭端。

「如果沒有皈依，那妳在吞紋塔做什麼呢？」

「我幫助吞紋先知，協助迷途的靈魂歸家。」凱特留意到艾里莎眼中逐漸流露的詭異神情，只好改變措詞：「我打掃吞紋塔，侍奉吞紋先知，照顧……皈依者。」正確的字眼應該是放下萬象的蛻蛹者。

「沒有不敬的意思，凱特，」艾里莎皺著眉頭：「那到底是、妳知道的，皈依。那是一種手術嗎？像割掉肉瘤之類的？」

簡直是褻瀆。「不，那是重獲新生的過程，是一種昇華。」

「……噢！」

又來了。

一陣沉默。

「午膳如何？我想他們一定朝妳集中砲火。」艾里莎試圖以一種輕鬆的語調改變話題。聰明，剛才那個對話還是不要繼續下去好了：「沒錯。」

「別理他們，他們就是那樣。」艾里莎做了一個手勢，似乎想要拿餐巾，凱特搶先一步將餐巾遞給妹妹。

「我聽說妳打算與索格爾帝國結盟？為什麼？」凱特仔細地觀察艾里莎，但艾里莎只是慢條斯理地擦著嘴巴，凱特急迫地追問下去：「妳為什麼貶謫了那麼多老臣？那個多恩爵士，他是哪裡來的？妳信任他嗎？」

「請支持我的提議，凱特，像一個城主的好胞姐所該做的那樣，我知道我在做什麼。」艾里莎抬起眉眼，如貓一般的黃綠色雙眼在長長的睫毛下逐趨銳利：「我做的一切，背後都有絕佳的理由。」

凱特看著妹妹，不知道該說些什麼好。

「親愛的凱特，」艾里莎伸出手，凱特遲疑了一下，才緩緩用雙掌包覆妹妹瘦骨如柴的雞爪：「妳絕對無法想像的……」

「什麼？」

艾里莎漂亮的眼睛圓睜，她的氣息低微，神色透露出不安與恐懼：「……他們試圖暗殺我！」

凱特愣住了。艾里莎大大的眼睛四處張望，似乎擔心隔牆有耳：「父親的老家臣認為由次女繼承城主有違傳統。兩次，他們試圖謀殺我，我太清楚了。相信我，凱特，我知道我在做什麼。」

雙唇顫抖，凱特想說些什麼，卻被艾里莎制止。艾里莎鬆開她的手，費力的挪動身軀，準備躺下，凱特連忙伸手幫助妹妹。

「凱特，」艾里莎斷聲說道，充滿緬懷地望著她：「我好高興妳來了，親愛的。」

凱特伸手理了理艾里莎的金髮，在妹妹的額頭上輕輕一吻。

「……終於，有一個我能信任的人。」她聽見妹妹滿足地嘆息。

但是凱特清晰地記得自己稍早意外聽見的對話。

——她已經放棄了繼承權，她還回來做什麼？我沒有病，請她離開。

太清晰了。尖銳刺耳，刺著她的心。

——保護我，親愛的，請你一定要保護我。

✝

絕對，不要信任艾里莎。這是凱特切身體驗的痛楚。

別誤會了，她非常愛艾里莎，但這並不妨礙她從小看這名女孩長成女人，以靈活卻毫不留情的各式手段，得到她所要的一切。

從很早的時候，凱特就注意到，艾里莎是可以為了達到目標在所不惜的人。艾里莎與生俱來精於察言觀色的天賦，這項能力在歲月的沖刷下臻至完美。從小時候對保母的惡作劇、向家庭教師的反抗、到廚房偷東西吃，艾里莎總有辦法把所有人打理得服服貼貼，避開所有的怪罪與懲罰，無論是透過撒嬌、威脅或是利誘。即便最後做壞事被逮到了，艾里莎也永遠有辦法找到代罪羔羊。

到後來，艾里莎的能力敏銳到幾乎能看透一個人，並預測對手可能採取的行動，進而編織漂亮的計劃，對方永遠不會知曉事件背後的始作俑者，竟是天真無邪的艾里莎。

凱特太清楚了，凱特看過太多次了。

沒有人會懷疑柔弱的艾里莎，艾里莎有著最完美的不在場證明，缺乏決定性的動機，艾里莎做事，絕對不玷汙自己的雙手。父親啊，有誰比艾里莎更適合做城主？沒有人比她更理解這塊土地的勢力運作。艾里莎會說謊、承諾不會實現的夢想、背棄誓言、大玩雙面手段（不只，千面手段）。所以，絕對、絕對不要相信艾里莎，她有著她的計劃，而為了達成計劃，艾里莎不擇手段。

凱特太明白了，凱特自己就曾被艾里莎狠狠咬過一次。

但是，她的心裡仍有個小小的聲音說著：艾里莎道歉了，艾里莎乞求原諒。

凱特是如此地深陷思緒，導致她在長廊轉彎時差點一頭撞上迎面走來的多恩爵士。

「小心啊！」多恩爵士抱著一疊文件，皺著眉頭抗議，然後才意識到撞他的人是誰：「噢，凱特閣下，請原諒我！」

「不不，」凱特連忙攔住深深鞠躬道歉的外交首長：「是我的錯，抱歉，多恩爵士。」

多恩爵士朝她低下頭，致敬。

凱特打量了他一下：「您……這是打算去城主夫人艾里莎那裡嗎？」

「是的，」多恩爵士回答：「城主夫人要求在下每天向她做政治決策的彙報。」果然是艾里莎眼中的紅人。凱特暗暗地想，她還以為艾里莎會傾向找自己的丈夫為她做彙報。

「城主夫人剛睡下，」凱特好心地告知對方：「一時半刻不會醒來。」

「噢，」多恩爵士再度低頭致意：「感謝凱特閣下的告知。」

凱特禮貌地點點頭，準備離開，但是多恩爵士卻盯著她瞧，似乎有什麼話想說的樣子。然而，凱特並沒有談話的意願，提起裙子，她打算繞過多恩爵士。

「凱特閣下，」多恩爵士直起腰桿，相當正式地詢問：「您有幾分鐘的時間嗎？」

凱特放下裙子，凝視著多恩爵士，將錯愕藏進心裡。或許因為對方是多柬人的緣故，不了解刀鋒灣城的習俗：城主及城主家人的階級是最高的，爵士沒有權力要求城主家族的人做任何事。**任何事**，包括談話。

「我的身分是城主夫人放棄繼承權的胞姐，」凱特試圖溫和地拒絕：「我不知道這是否合宜，我親愛的爵士。」

「為什麼不合宜？」多恩爵士笑了，他笑起來臉頰兩側會露出小小的酒窩，這讓他看起來格外年輕，即便凱特很肯定對方的年紀絕對比自己大：「凱特閣下，談話是無害的。」

「城主夫人很好心地提供我休憩的臥室，但我恐怕沒有能力提供爵士一個舒適的談話空間。」在臥室談話是絕對不合宜的，也就是說，我不想跟你說話，你還是走吧。

「那不成問題，凱特閣下，」多恩爵士笑道：「城主夫人很慷慨地在刀鋒灣城堡壘內提供我一間辦公廂房，凱特閣下，歡迎。」說著，他做出請的動作。

凱特以一種不可思議的眼神看著對方，最起碼，多恩爵士也該在句尾加一句：如果凱特閣下願意的話。這樣一來，她就可以推辭說不方便或是不合適。然而，多恩爵士的態度卻是不留餘地的堅持——即便他保持著笑容，不讓凱特感到過度冒犯。

然而，在刀鋒灣城堡壘內給一位非血親的異邦人廂房？對方既不是城主的客人，更不是外交使節（噢是的，多恩是外交首長，但並非代表他國來到刀鋒港岸的外交使節），艾里莎到底在想些什麼？

「領路吧。」凱特維持淡淡的微笑，接受多恩爵士的邀請。

「請，凱特閣下。」

這麼堅持要求跟我談話，我就看看你有什麼話想說。

艾里莎給多恩爵士的廂房位於堡壘的偏僻角落，在打開門之前，多恩爵士先是轉頭向凱特笑著致歉，表示像凱特閣下這樣的淑女請務必原諒一名單身漢的髒亂。凱特只是微笑，沒說話，暗暗驚訝像這樣年齡的人，特別是多東人，居然沒有家室。

可是，廂房內部證實多恩爵士關於單身漢的髒亂云云不過是謙虛之詞。多恩爵士的辦公桌相當乾淨，書架上的書本整整齊齊地擺放著，信件和羊皮紙用紙鎮壓得穩穩的，鵝毛筆浸在墨水裡，所有的東西都有專門擺放的位置，一絲不苟地分類。多恩爵士請凱特坐下，詢問她要不要茶。凱特禮貌地拒絕，多恩爵士便幫自己泡了一杯，小小的廂房很快地充斥著茶葉的香味。

「告訴我，凱特閣下，」多恩爵士在木椅上坐下，開門見山地問：「請問是城主夫人親自向凱特閣下寫信，請您回到刀鋒港岸，抑或這是培賽利攝政王的意思？」

凱特不可置信地瞪著多恩爵士，這已經不只是無禮了，這種問題，簡直是僭越。不管是妹妹或是妹夫聯絡她回來，都不關這小小外交首長的事吧？

抿出一個微笑，凱特才不管艾里莎有多信任這該死的多束豬，無禮就是無禮，這侮辱是對方咎由自取，她不需要客氣：「告訴我，親愛的多恩爵士，依照多束的習俗，唔，如果我說錯了，請原諒我，一位年過二十的男人，未娶家室，戴著假鬍子，若無其事地喝著索格爾的清茶，在外族的城堡寄居——這是一件能被普羅大眾接受的事情嗎？」

多恩爵士停下喝茶的動作，有些困難地將嘴裡的熱茶吞下。凱特預想他會破口大罵，太好了，罵吧，這樣她就有絕佳的理由離開了。

「哈哈，哈哈哈哈，」多恩爵士爽朗地大笑出聲，一點都沒有被冒犯的神色，只見他抓起自己漂亮的八字鬍，一扯，露出刮得乾乾淨淨的白皙下巴。去掉鬍子的臉龐，讓多恩爵士看起來比之前更加年輕：「凱特閣下，您是對的，完全是對的。除了一事，我不是年過二十，而是年過三十，我今年三十七了，這讓我的所作所為被我的同胞視為驚世駭俗。一名三十七歲的多束男人應該是做爺爺的年紀。」

凱特保持漠然的神色，即便訝異於對方的實際年齡，她怎麼樣都想不到多恩爵士比她大上這麼多。

「我必須向您致歉，凱特閣下，並容我正式介紹自己。」多恩爵士說道，他的酒窩讓他看上去稚氣未脫：「我相信您一定質疑我身為一位正統多柬游牧獵人的身分，因為我看起來簡直像，怎麼說？多柬人的相反。」

你知道就好。

「不像多數的多柬人，我不蓄鬚，我曾經在索格爾帝國求學多年，在那裡，蓄鬚是極不禮貌的，索格爾宗廷的國教士宣布蓄鬚是野蠻人的行為，是不神聖的。多年下來，我習慣不蓄鬚。」多恩爵士解釋：「啊哈，但是為什麼戴假鬍子？因為，凱特閣下，正如您所看到的，以我的年紀來說，我不該出現在內閣。然而我的外貌實在沒有正面幫助，只讓我看起來比實際年紀更小，所以我戴著假鬍子，讓自己看來成熟些，也避免多嘴的人詢問為什麼身為多柬人卻不蓄鬚。」

刀鋒灣城現任外交大臣，來自親近索格爾的多柬部族。凱特不安地想。她冷冰冰地詢問：「請問我有榮幸知道您屬於哪一支多柬部落嗎？」

多柬民族是外人對多柬游牧民族的統稱，多柬有許多複雜的小部落，每一個部落有自己專屬的動物圖騰，部落與部落之間有著相當複雜的勢力關係。

「我來自沙漠之蠍。」多恩爵士高傲地揚起頭，似乎認為凱特有義務聽說該部落的輝煌事蹟，但是很可惜的，凱特這輩子從來沒聽過這個多柬部落，可為了禮貌起見，她並沒有對此做出評論。

「多㯃民族，普遍來說，並不是特別親近索格爾。」凱特小心翼翼地試探。艾里莎到底為什麼要跟這名親索格爾的奇怪多㯃人牽扯上關係？

「是的。」多恩爵士平淡地說道：「但這幾年事態在改變，凱特閣下，與索格爾為敵，只有壞處，沒有好處。」

「我想，對於多㯃人來說是的，畢竟多㯃的地盤南緣與索格爾北疆相連。」凱特毫不退讓：「但是我不理解刀鋒港岸到底要怎麼樣才會碰上與索格爾為敵的狀況？我想我在午膳時已經解釋得很清楚了。」

「非常清楚。」多恩爵士微笑：「但凱特閣下，無庸置疑地，您相當在乎您的妹妹。」

「這話什麼意思？」凱特繃緊了一張臉，警戒地問道。

「避免內鬥的最佳方式，就是創造一位共同的敵人。」多恩爵士輕聲說道：「我猜測，您已經知道，有人曾經試圖暗殺城主夫人，不只一次。」

老臣們。凱特想，所以，對付索格爾只是個幌子？讓老臣誤信刀鋒港岸正面臨來自索格爾這個共同敵人的壓力，使他們將心思從暗殺艾里莎上轉開，好讓艾里莎趁機做掉他們？

「別插手城主夫人和我的計劃，凱特閣下。」多恩爵士的聲音相當輕柔：「我相信您能聽懂我的意思。」

凱特一言不發。

「現在，既然我回答了您的問題，也請您告訴我，凱特閣下，」多恩爵士再度問道：「您的回歸，是城主夫人的意思，抑或是培賽利攝政王的意思？」

凱特毫不退縮地凝視多恩爵士的黑眼：「以您和城主夫人的交情，何不直接詢問艾里莎？」

「城主夫人，哈！」多恩爵士大笑一聲：「凱特閣下，您應該非常清楚，城主夫人是不對任何人說實話的。」

凱特揚起眉毛。這傢伙，竟已看清了艾里莎的本性。

「那您也沒理由認為我會向您說實話。」凱特冷冷地指出。

「的確，」多恩爵士愉悅地說：「只可惜我認為您是一位誠實而坦率的人。」

「哼。」

「我對您沒有惡意，凱特閣下，這是一筆交易，」多恩爵士說道：「用一個誠實的答案，換一個誠實的答案；以一個祕密，換一個祕密。您回答我的問題，我就回答您提出的任何問題，您不向艾里莎城主夫人提起我的提問，我就不向任何人提起您的提問。」

「我沒有什麼問題好請教您的，多恩爵士。」

「喔，您會有的，凱特閣下。您和我同樣清楚，您不可能向培賽利攝政王討教，而艾里莎城主夫人更不可能坦白回答您的疑問。」一聳肩，多恩爵士信心滿滿：「為了釋出善意，我可以警告您即將發生的事情，不加計任何代價。」

凱特還來不及嗤之以鼻，只見多恩爵士的黑眼促狹地閃爍著：「老臣們會邀請您參加晚宴，而可敬的城主夫人，將試探您對這項邀約的反應。」

「我會拒絕的，毫無疑問。」凱特嚴正地回答，挺起胸膛。

「哼嗯。」多恩爵士淡淡一笑：「凱特閣下，明智地多想想。」

「你是什麼意思？」凱特沉不住氣了，有些動怒地質問。

多恩爵士笑而不答：「我相信凱特閣下還有很多事情必須處理，我就不多耽擱閣下的時間了。」

雖然正確地說，爵士沒有資格向城主及其家人下達這樣的逐客令，但凱特並不在意，因為她一分鐘也待不下去了。

「謝謝您，多恩爵士。」

「這是我的榮幸，凱特閣下。」

凱特心浮氣躁地回到房間，決心把多恩爵士跟他糟糕的禮儀與愚蠢的提議都拋諸腦後。然而，等在她房間的——正如多恩爵士該死的預測——是一張邀請函。

†

我從來不是政治的動物。暴躁地將桌上寫到一半的回絕函扯下，凱特將拳頭收緊，感覺厚實的羊皮紙在掌心皺摺。我從來不是政治的動物，凱特在心裡反覆怒吼，不要把我扯進你們的紛爭。

將紙張投進爐火中，任由火焰吞噬。凱特朝窗戶貼近，還沒站到窗邊，徹骨的寒意就朝她迎面撲來。她掀起厚重的窗簾，向晚刀鋒港岸的天空呈現抑鬱的灰藍，在那遙遠的天際，海鷗飛舞。

她想拒絕。她不想去。但是，她可以拒絕嗎？如果她不去，無疑是對老臣明白地宣示自己向艾里莎靠攏，不是嗎？如果她是老臣，她就會這麼認為。

但是，黑色眼眸的多恩爵士是怎麼說的？凱特閣下，**明智地**多想想。

喔，是嗎？她的唇角露出嘲諷的笑容。多恩爵士究竟想要暗示些什麼呢？他想激我去嗎？但這麼做的用意是什麼呢？艾里莎絕對不會樂見我去的，如同多恩爵士提點的，艾里莎會藉著此事試探我的反應。

抿起嘴唇，凱特站起身，手上拿著邀請函。為什麼她沒有想過，直接去問艾里莎這個問題呢？在她費盡心思寫拒絕回函時，她為什麼一次也沒有想過，可以直接詢問艾里莎的意見？

推開厚重的房門，日落後的刀鋒灣城毫不留情地展露它冷酷的一面。即便凱特拉緊身上的大衣，還是不足以驅趕四下的冰冷黑暗。刀鋒港岸的酷寒是絕對的，家家戶戶的爐火虛弱地吐露卑微的暖意，從離爐火一步之遙的地方開始：歡迎來到冰封的世界。

凱特感覺自己的呼吸結成了冰，腳上的靴子被冷空氣凍得僵硬無比，手臂開始無法克制地發抖。該死，她還是在室內，無光的石造走廊卻如此陰冷。

噢，另一個拒絕邀約的好理由，刀鋒港岸太冷了，入夜之後我不想出門。這個主意聽起來如何？糟透了，荒謬無稽。天啊。

其實她很清楚自己為什麼沒有在第一時間詢問艾里莎的意見。答案是如此淺顯易見、如此根深蒂固地埋藏在她的心內。

凱特不信任艾里莎。

她愛艾里莎，但無法信任艾里莎。單單是這個想法，就讓她感到無可抑制的悲傷。

要是時光倒流那該有多好啊，回到盛夏的比武大會前，回到一切仍未曾破碎前。她無法克制自己如潮水般的思念，她竟踏在家鄉的土地上思鄉。是的，她回到了刀鋒灣城。是的，她見到了艾里莎，但是一切都不再一樣了：父親過世了，艾里莎病了，連家徽都被妹夫家族的古語取代。

或許這就是為什麼吞紋塔的先知以憐憫的神情望著她，用沉默委婉的方式拒絕。她無法成為放下萬象的蛻蛹者，因為**她根本無法放下**。

她仍深愛這塊土地，孤注一擲地愛著：對刀鋒灣城的愛、對艾里莎的愛、對……父親的愛，與憤怒。就連現在冷得半死，為了一張邀請函她都寧可請示妹妹的想法，她希望做出對於刀鋒灣城來說是正確的選擇。

即便她篤定地對妹妹說，吞紋蛻蛹是重獲新生的過程，是肉體和心靈的一種昇華，但在這十年間，她也時時捫心自問，這真的是她所追求的嗎？如果不是，那麼她要的是什麼？一份心安理得？但她明明知道那是不可能的。

因此，縱使示亞撒半島的呑紋先知一言不發，她自己也明白。

一道孤單的影子闖進她的心思。那是夢嗎？僅僅早晨才發生的事情，回想起來卻像一場不真的夢境。黑色的裝束、生鏽的頭盔，刀鋒灣城的第一武士，是鬼嗎？

那一定是幻覺。他，已經死了。

而她只是觸景傷情。

在黑夜澈底降臨前，僅僅在凱特與刀鋒灣城之間，她承認了。這畢竟不是祕密，雖然完全與光明磊落絕緣，並且沒有一絲一毫的意義。

「……是的，我給了你獅子。」

她微弱的嗓音在昏暗空蕩的走廊上，聽起來格外疏離、格外憂傷。

†

木製的大門緊掩，站在一旁眉頭深鎖的妹夫培賽利無聲地表達出一個「不」字。凱特面無表情，雙唇緊緊地抿成一條線。

「城主夫人現下無法會客。」妹夫低聲解釋：「稍早，她的病症突然惡化，一度呼吸困難，幾近休克。」

凱特咬了咬嘴唇：「我可以看看她嗎？」

妹夫先遲疑了一下，才否決：「不妥。」

「培賽利，」凱特極力壓抑著心中的不耐：「我以為我回到刀鋒灣城的目的，就是照顧我妹妹。」

「是培賽利攝政王，凱特閣下。」妹夫加重語氣，糾正她對他的稱呼：「如果妳真的是為了艾里莎著想，那妳更應該理解，我們盡可能地讓她休息，是為了她好。」

培賽利的話點燃了凱特的怒火。

「什麼叫『如果我真的是為了艾里莎著想』？」凱特厲聲反擊：「我正是為了艾里莎著想，才會回到刀鋒港岸！」

她承認她並不公平，但她從來沒喜歡過培賽利這個仗著自己有那麼一滴古老血統，就高高揚起鷹勾鼻，對這世界不屑一顧的人。要知道，在刀鋒灣城，管你曾經是法洛古城的遺族，或是多柬游牧的領袖，一切都得臣服在城主家族之下！只因為你入贅城主家族，娶了艾里莎，並沒有賦予你對我放肆的資格，培賽利！

「是嗎？」培賽利也不甘示弱：「艾里莎並沒有要妳回來，凱特閣下！我也沒有請妳回來！」

「原來這還需要您的批准？培賽利攝政王，真是不好意思，我只通知了艾里莎城主夫人。」

你要玩階級的遊戲是吧？那我們就玩。攝政王這麼好聽的稱號，是你自己封的吧？不要太得意忘形了。

「凱特閣下！」培賽利喝道：「妳已被前任城主褫奪繼承權，誰知道妳對艾里莎有何居心？」

所以你是這麼看我的？一隻禿鷹，看到死屍便匆匆趕來，在半空盤旋、垂涎？這個指控太過分了！

「我是凱特．博昂雷歇，亞道浮．博昂雷歇之女，艾里莎．博昂雷歇之胞姐！即便喪失繼承權，在刀鋒灣城，我來去隨我高興，不需要給任何理由，更沒有必要對任何人做出解釋！」

一聽到凱特這句話，培賽利閃過了一個神情、一個混雜了嫌惡與了然的神情。看見那個表情，凱特就知道，糟糕，自己說錯話了。這樣的話語太該死的引人誤會，只會把已經很不妙的事態越描越黑。她的脾氣，唉，她的壞脾氣。她在氣頭上衝口而出的話語往往讓她後悔一輩子。在這一點上，她笨拙至極，永遠學不會教訓。

她並不是針對培賽利，她只是累了。從一踏進刀鋒灣城，她就被洪流般的各式揣測淹沒：未曾止息的竊竊私語、針鋒相對的午膳辯論、與多恩爵士的談話、來自老臣的晚宴邀約，她累了。這些年來在吞紋塔低調單純的生活，讓她遺忘了在刀鋒灣城，城主家族必須承受所有的目光，一舉一動都被放大檢視。

她其實是需要解釋自己的行為的，那是她的職責。一個浪子，對於家族應該負起的責任。然而在培賽利面前，她無論如何都拉不下臉。有時候她在心底暗暗詢問，為什麼是培賽利？艾里莎，為什麼？

艾里莎結婚時，凱特早已離開刀鋒灣城。呑紋塔的生活雖然簡樸，示亞撒半島卻是喧鬧鼎沸，擠滿了形形色色的人們。「三教九流、出入複雜」艾里莎是這樣形容示亞撒半島的，而它也確實如此。示亞撒半島是信仰的集合地，各個次宗教的神聖殿堂：放下萬象的蜕蛹者在半島上最高的呑紋塔內靜坐，黥面黥身的贖宗在出海口的岩穴裡苦修，供奉流水與熱炎的歌者與舞者祭司黃昏在丘陵上的神廟廣場翩翩起舞，他們的舞蹈醉人，歌聲悅耳。在夕陽的照耀之下，歌者的樂聲、靈媒的呼號、拜日樓的石鐘、九星辰院的嗩吶與號角、與千千萬萬信眾的祈禱聲，一齊自示亞撒半島，飄向外海，散向天際。

凱特是從往來的信徒口中，得知刀鋒灣城的喜宴：妹妹的婚事。

為什麼艾里莎選擇培賽利？凱特始終沒有弄懂。她是認識培賽利的，城主家族的眾多職責之一便是了解藩下諸侯的身家背景。十年前降臨刀鋒灣城的盛夏，在父親舉辦的比武大會中，培賽利也有出戰，但她沒什麼印象，或許對方戰績不佳，早早落馬退敗，不過她相當肯定艾里莎當時絕對沒有給予培賽利太多的注意力，甚至艾里莎知不知道這號人物都是個問題。身為城主的女兒，她與艾里莎有資格將信物贈與出戰比武的武士，一位城主小姐能有一位專屬的武士。這是一個政治意涵極濃的舉動，信物代表青睞，而長女凱特的信物，有著更深一層的政治象徵：得到凱特的信物，是與下一任城主拉上關係的最佳踏板。運氣好的話，能入贅城主家族，當一個有名無實的城主大人，在掌握實權的城主夫人身邊，一輩子不愁吃穿。由於事關下一任城主的交接，凱特不能自由掌控自己信物的贈與，她在比武大會上的一舉一動，都是在父親嚴格的告誡及監控下，事前推演，事後反省的一齣戲。她的信物，父親再三強調，不到最後一秒鐘，絕對不可以送出去。她的信物，父親反覆申誡，必須交給能為刀鋒灣城帶來最豐厚利益的人。

艾里莎則不同，艾里莎是次女，她的信物被賦予各種浪漫的想像。比起嚴肅死板的凱特，年輕的武士們更喜歡一頭燦爛金髮，狡黠調皮，笑起來會露出編貝皓齒的艾里莎。啊，多少人情願溺死在艾里莎像貓一般的黃綠色眼眸裡？花束、情詩、戰利品……當十九歲的凱特被困在年老的家臣之間，拚命地打起精神，疲憊地對禿頂、啤酒肚、油光滿面的中年武士抱以僵硬的微笑（是的，爵士，您說的極對。噢不，爵士，我相信您高尚的人品。天氣真好，爵士，相信您的風溼痛有所改善？）十七歲的艾里莎在年輕武士間掀起一陣瘋狂的迷戀。

權力遊戲只有一定年紀的人才玩得起，凱特終日與父輩們應對。這些人在比武場上必定落敗無疑，既無高貴的氣質也無敏捷的身手。他們不在乎凱特平凡的長相、有稜有角的臉孔、以及平坦的胸部，他們在乎的是凱特背後的價值、是刀鋒灣城的所有權。

但培賽利在艾里莎的追求者中嗎？凱特實在不確定。年齡上來說，是的，培賽利相當可能是那群追求者的一員。可是艾里莎的追求者實在太多了，據凱特所知，艾里莎在父親能容忍的最大範圍內玩得不亦樂乎，卻沒有把心交給任何一人。在打情罵俏和欲拒還迎之間，艾里莎大玩愛情遊戲，不但全身而退，還收獲豐碩。像是在嘲笑那些徒勞無功的追求者，艾里莎最終把信物給了馬羅爵爺，母親的表親，一位六十八歲高壽的老男人。馬羅爵爺完全沒有贏得比武大賽的勝算（事實上，在他收到信物的第二天就因身體不適而退出比賽），爵爺因為艾里莎的信物龍心大悅，請專人打造一頂純銀寶冠，鑲上水晶與珍珠，回贈給艾里莎。

一整季夏天，那銀色的耀眼光輝都在艾里莎的頭頂閃閃發光。

艾里莎就是這樣的人，輕而易舉地將他人玩弄於股掌，絕不做毫無利益的事情。父親啊，你後來是否想過，或許那一年的盛夏，你的兩個女兒在懵懂之間，已不經意地曝露了本性？艾里莎傷了全城年輕男子的心，處處遺下破碎的玫瑰。而我——我，認真地做了一回自己，重重傷了你的心，父親。

想到這裡，凱特突然感到萬分疲倦。望向眼前的培賽利，凱特有一股衝動，想質問對方：你愛艾里莎嗎？你真的了解她嗎？在你真正了解之後，培賽利，你依舊愛她嗎？

但是她沒有這麼說，她也不願意這麼說。培賽利不可能理解她的立場——她，身為姐姐，與艾里莎所有的恩怨情仇。

於是，她淡淡地道：「等艾里莎狀況好轉後，麻煩您告訴我一聲，培賽利攝政王。」

夜才剛剛開始，寒風在城外呼嘯。凱特向培賽利一點頭，轉身欲離，她的房間並不遠，她卻覺得路途格外漫長，並感到非常寒冷。

從她的身後，她聽見培賽利的聲音，在傍晚空蕩的長廊中異常清晰。

「妳的時代已經結束了，凱特。」

停下腳步，她幾乎不敢相信自己的耳朵。培賽利的嗓音微微顫抖，卻掩飾不住字句下的怨毒。

「妳的時代，那個城主在刀鋒灣城擁有絕對掌控權的時代，已經結束了。」

那一瞬間，凱特想起艾里莎瞪得大大的，充滿恐懼的眼睛。

——兩次，他們試圖謀殺我，我太清楚了。相信我，凱特。

不可以害怕，不可以倒下。凱特在心底對自己說道，不可以讓培賽利察覺妳的慌張，妳要冷靜。為了艾里莎，冷靜。

——凱特……我好高興妳來了，親愛的。

揚起頭，凱特深吸一口氣，刻意以漠然的口吻，僵硬地回答：「如果您不留心自己的言詞，培賽利攝政王，某些人或許會誤以為您有意謀反。」

凱特沒有回頭，不知道培賽利的表情是什麼樣的，但從對方的回答聽來，彷彿是笑了。

「彼此彼此，凱特閣下。」

†

永不停歇的寒風吹得連星光也顯黯淡。今夜，無月。皚皚白雪鋪遍了大地，虛弱地提供刀鋒灣城一絲光明的假象。點點火光綴在崎嶇的峽灣港，一明，一滅，便是一戶人家、一葉舟船。嚴酷的凜風彷彿要將這一切都吹散似的，咆哮著、怒號著，自冰港吹往城內，叫囂著、挑釁著，從城區撲往巨大的格蘭塔山脈。

山不為所動，如千萬年以來的那樣，一動也不動。

入夜之後的刀鋒港岸是致命的，崎嶇的峽灣地形，無光的城區。在惡劣的天候下，刀鋒灣人躲進石材搭造的堅固磚屋，門扉緊閉，圍在爐火旁，不切實際地盼望著能將寒冷關在屋外。鮮少有居民在入夜後外出，太冷、太危險了。在漫天風雪的黑夜裡，沒有人相信憑藉雙腳，能平安地將自己帶往目的地。

兩百五十年前的刀鋒灣城主——「守望者」波勒・博昂雷歇曾築起高塔，企圖仿照珀拉提港及示亞撒半島的港口燈塔，帶給入夜的刀鋒灣城一絲光明。然而這項計劃卻以失敗收場，首先，除非天氣極度晴朗，否則刀鋒灣城的風雪能將燈塔的光亮完全遮蓋。刀鋒港岸的狂風遠近馳名地強勁，燈塔的高度與位置，正好是風兒撒野的必經之地，燈塔的守衛難以保持篝火燃燒。在缺乏篝火的空窗期，燈塔上溫度太低，導致次日清晨一看，守衛往往滿臉發紫地凍死在裡面。再者，就算燈塔的守衛拚了老命，確保燈光一夜未熄，航行的漁船進入刀鋒港灣的失事率依舊太高。刀鋒港灣弔詭的暗流、奸險的浮冰，日頭高照時行船都經常出事，更不用提深夜如黑墨般的海水能葬送多少水手的性命。

於是，波勒燈塔遭到棄置。太陽下山後的刀鋒灣封港，直到第二天早上才允許船隻再度進出。入夜，刀鋒灣人將家門一關，放縱黑暗在外面的世界放肆。夜晚的刀鋒港岸只屬於冽風、怒雪、與在冰原裡出沒，擁有深厚毛皮與脂肪的兇惡野獸——雪原熊。

然而，在某些特殊的夜裡，刀鋒灣人會聽見一個稍稍不一樣的聲響，在黑暗中由遠而近，呼嘯而過。

開始，往往是坐在爐火邊學織毛衣的小女孩，或是蹲在地上玩耍的小男孩，睜著大大的眼睛，猛然抬起頭來，側耳聆聽。媽媽，媽媽，鈴鐺！我們聽見鈴鐺的聲響！清脆的鈴鐺！

大人們轉過頭，朝外望去，這時候，鈴鐺的聲音越發清晰，甚至可以慢慢聽見夾雜在鈴鐺聲中粗重的喘息，刨抓雪地的聲響。孩子們開始歡呼，是莫爾格，莫爾格來了！

刀鋒灣城的窗子總是開得很小，即便如此，寒風仍肆無忌憚地竄進屋內。孩子們往往顧不得冷，爭先恐後地朝平時能躲多遠就躲多遠的小窗擠去，他們瞇起眼睛，努力將視線穿過黑暗與風雪，只為看一眼所謂的「莫爾格」。

遠遠地，莫爾格來了。

有時候，最先看到的是莫爾格伕手上拎著的防風燈，但大多數的時候，防風燈早已在路上被吹熄。所以，最先看到的，往往不是燈，而是第一對莫爾格犬。夜色瀰漫，莫爾格犬都要距離很近了，小孩子才能看見牠的身軀，厚重的毛皮、尖銳的白牙、因激烈運動而伸出的鮮紅舌頭，一隻莫爾格犬相當於一個十歲小孩的高度，部分成年的大莫爾格犬，人立起來時甚至可以跟一頭初生的雪原熊一樣高。高大而強壯的莫爾格犬，兩兩栓成一對，用掛著鈴鐺的皮繩綁成一列，皮繩的末端固定在後方的木製橇車，由莫爾格伕掌控。

莫爾格犬行進的速度非常迅速，一眨眼，第一對已經過了、第二對、第三對……瞬間就過去了，莫爾格伕和後頭坐在莫爾格上的客人，孩子們只能驚鴻一瞥。莫爾格橇車是刀鋒灣城入夜後特有的交通工具，只允許特殊地位的人在太陽落下後使用。橇車的速度太快，在白天熙來攘往的大街上會對行人造成威脅，只有在夜晚，刀鋒灣人都躲進家中之後，供有身分地位的貴族短程行旅。

孩子們之間盛行著一種遊戲，就是在莫爾格經過時，伸出小小的手指，數那列橇車有幾對莫爾格犬。刀鋒灣城的階級分明，最常見到的，是三對莫爾格犬的橇車。三對莫爾格，代表橇車後的人是醫者、救火員、或傳信兵。運氣比較好的時候，偶爾會見到五對莫爾格犬的橇車，這代表橇車後乘坐的是諸侯、貴族、家臣及他們的親屬。

而幾乎沒有人見過，只在傳說中出現的，是七對莫爾格犬的華麗橇車。據說那橇車是純白的，以水晶裝飾，韁繩上的鈴鐺是銀鈴，拉車的十四隻莫爾格犬都是純種的白色毛皮，在夜裡一閃而逝時，速度比閃電還快。

那是刀鋒灣城主的專屬莫爾格。

這天晚上，剛滿七歲的墨拉，一聽見遠遠的鈴鐺聲響，就迫不及待地衝到窗戶前，動作比大她兩歲的哥哥亞爾士還要快。撲上窗戶的那一剎那，她剛好看見第一對巨大的莫爾格犬咆哮而過，那是一對純白色的漂亮大狗，墨拉將鼻子湊到窗前，認真地數著：「一、二、三、四、五……六？咦！」

大惑不解，她從未看過六對莫爾格犬的橇車。莫爾格伕手上的防風燈依舊頑強地抵抗著寒風的侵襲，在燈光搖曳下，她看見了這列莫爾格的女主人。對方將自己用厚重的衣物包裹起來，整個人縮在禦寒的動物毛皮裡。平凡的外貌，鼻子有些高，神情嚴肅，毫無笑容，予人一種難以接近的氣質。那女人的視線似乎與墨拉短短接觸了幾秒，身影隨即消失在夜色中。

「有幾對莫爾格犬，墨拉？」沒有來得及從第一對莫爾格犬開始算的亞爾士，在她身後好奇地問道。

墨拉回過頭，表情有些困惑，小小的鼻子因緊貼著冰冷的窗子而泛紅：「六對。」

「六……」亞爾士先是不可置信地瞪大了眼睛，然後皺起臉，扯開嗓子大聲喊：「媽咪！墨拉說謊！」

「我沒有！」墨拉反駁。

「媽咪，墨拉說她看到六對莫爾格犬！騙人！」

「我沒有騙人！我說的是真的！」

「墨拉是騙子！墨拉說謊！」

「我沒有！」淚水在墨拉的眼睛裡打轉，她感到既困惑又委屈，哇的一聲便哭了出來。

小小的墨拉不會知道，在那六對莫爾格犬拉著的車上，地位高於貴族，低於城主，與她對望了短短幾秒的乘客，是將自己一層又一層的包裹起來，卻還是被嚴苛的低溫凍得快要結冰的凱特・博昂雷歐閣下。

凱特從來沒有喜歡過莫爾格橇車，從來沒有。她懷疑如果不是因為刀鋒灣人無法馴服雪原熊，而莫爾格犬是剩下唯一能撐得住酷寒考驗的生物，這個世界上絕對不會有另一個正常心智的人想要搭乘這種交通工具。

最主要的原因，歸根究柢地來說，是刀鋒港岸實在太冷了。

在低溫之下，狂風吹拂。莫爾格犬拚命向前狂奔，凱特渾身僵冷、不住顫抖地想著，高速行駛之下造成的勁風，一分一秒地帶走無剩幾多的溫度，讓已經快要凍死的乘客瀕臨彌留狀態。到底是哪一個天才設計出莫爾格橇車這種東西呢？太折磨人了。好歹也加個車頂，象徵性地遮遮風吧？不然出門一趟，還沒到達目的地，乘客就先凍死在橇車上，這樣像話嗎？

當然，如果因為加裝了車頂，讓莫爾格犬負擔太大，還沒到達目的地就累死，也不太人道。

瞇著眼睛，凱特看著前方奔馳的莫爾格犬。六對，第一對是純種的白色莫爾格犬，剩下五對都只是普通的橇車莫爾格犬。

六對，多麼微妙的數目。高於貴族，低於城主。六對，既可是恭維，亦能為侮辱。

恭維，唯有特別授勳的貴族，得以乘坐六對莫爾格犬的橇車。凱特這輩子只看過一次這樣的受封，僅一次，在十年前的比武大賽。嚥下心底無以名狀的情緒，凱特想，而他，也只風光了三天，短短三天。

侮辱，便是像凱特這樣的，被剝奪繼承權的城主家族成員。隨時隨地，低於城主一階的印記如影隨形。如果只是姻親，第一對莫爾格會是普通的橇車犬。但像凱特這樣的血親，第一對莫爾格便是引人注目的白色純種莫爾格犬，像是刻意吸引他人注意力，加深羞辱似的。

凱特用僵冷的手指拉了拉大衣，寒氣透過厚重的禦寒衣物，滲入骨髓。她焦慮地看了看四周，老臣挑選的宴會在舊議事堂舉行。舊議事堂是古時城主家族舉辦午膳，聆聽家臣描述城內大小事務，並做出決策的地方。築起燈塔的守望者波勒・博昂雷歇城主在兩百五十年前為了自己的兒子——後來被稱為「戰神」的彌亞希・博昂雷歇城主，將午膳舉行的地點從舊議事堂遷至刀鋒灣城的主城內。戰神彌亞希在三歲的時候不幸感染灰髓炎，雖然病症痊癒，卻終身雙腿癱瘓。有鑑於舊議事堂在刀鋒灣城外，距離主城有一段寒冷而顛簸的路途，守望者波勒在其任內將午膳遷至城主堡壘。

刀鋒港岸依山傍海，背倚格蘭塔山脈，面向黑暗洋海，刀鋒灣主城座落在中心的丘陵上，丘陵的至高點是城主家族居住的堡壘，出了城主堡壘後，沿著以磨光石塊鋪成的蜿蜒小路，便能抵達刀鋒灣城區，領土內最熱鬧的地方。

城區由年久失修的古城牆圍起，古城牆早已失去了實質的意義，那是第一任城主「拓荒者」博昂・雷歇城主為了預防外人及野獸入侵所建造而成的。博昂・雷歇，傳說中的首任城主，汪洋中的漫遊者，沒有人知道在抵達刀鋒港岸前，他來自何方，一切失落在古老的歌謠中。爾後的城主將他的名字與姓氏連起，冠為城主姓氏。在刀鋒灣城的古老詩歌中，他領著三十艘巨船，駛入刀鋒港灣，打敗了當時殘暴地統領此處的貴族——烏譯家族。

噢，是的。烏譯家族。妹夫培賽利・烏譯的烏譯家族。古老凋零的血脈，這塊土地過去的王侯。

凱特的父親亞道浮・博昂雷歇城主曾私底下向兩位女兒表示過，他不相信拓荒者博昂・雷歇的傳說，至少，不是完全相信。

首先，刀鋒港灣外的浮冰暗湧並不允許對於這塊海域完全無知的外人堂而皇之地駕駛三十艘大船開進港內。

「暗礁、冰山、湧流！在進港之前，他的船至少得沉個十五艘！」父親嗤之以鼻。「你想想看，那種程度的巨船，根本不可能開進峽灣，就算真的開進來，港口也只夠他停泊十艘！而這是以現在刀鋒港岸的規模來估計，在拓荒者博昂・雷歇的四百多年前，他能好好地將一艘船停靠在刀鋒港岸就很不錯了！」

其次，亞道浮・博昂雷歇城主不認為烏譯家族是殘暴的，他認為那只是拓荒者博昂・雷歇為了鞏固自己的勢力而散播的謠言。若烏鐸家族真如傳言中那樣、長期使用暴力統領刀鋒港岸，那麼博昂・雷歇應該能直接肅清這個家族，並藉此迅速獲得當地的人心——但他沒有這麼做。

後來，亞道浮・博昂雷歇城主甚至以行動表達了他不採信傳說的態度，他入贅烏譯家族的培賽利・烏譯，將培賽利許配給自己的次女——繼承刀鋒灣城的艾里莎・博昂雷歇。

艾里莎・博昂雷歇城主夫人並不是刀鋒灣城的第一位女城主，她的老祖先，拓荒者博昂・雷歇之女，第二任城主，人稱「荊棘玫瑰」的蕊拉・博昂雷歇為她開了先例。但艾里莎・博昂雷歇仍是第一位在長女凱特・博昂雷歇依舊健在的情況下，繼位刀鋒灣城的城主，並且是第一位與世仇烏譯家族通婚的城主。

想到這裡，凱特忍不住牽動凍得發僵的嘴角，抿出一個苦笑：老臣們不發瘋才怪，對他們來說，這簡直就是世界末日。歷史上曾發生過多次博昂雷歇家族和烏譯家族的對峙，甚至不惜一戰——第二任城主荊棘玫瑰蕊拉・博昂雷歇晚年就發生過一次，當時興風作浪的培禮・烏譯，是到了第五任城主「護城者」弗立克・博昂雷歇的時代，才被完全殲滅——凱特能理解老臣們的擔憂絕不是空穴來風。

莫爾格犬飛奔著，凱特的橇車已抵達頹傾的古城牆，沿著城牆往山腳駛去。在博昂・雷歇的年代，城牆外是異邦人的國度、蠻族的世界，但到了今天，異邦人已化為家臣，蠻族也成了子民，城牆自然失去了意義。

眼前，莫爾格伕發出吆喝，拉住莫爾格犬，橇車的速度慢了下來。刀鋒灣城的城門在眼前緩緩展開，夜是這樣地沉，要不是城門已近在眼前，凱特幾乎看不清巨大木門的輪廓。舊議事堂在刀鋒灣城外通往港口的路途上，入夜之後，出入城門都必須通過城門守衛的盤查。

她聽見守衛沉穩的腳步、粗重的氣息，對方縮在毛皮大衣裡，艱難地舉起防風燈：「來者何人？」

將兜帽一掀，凱特露出自己的面容，並且聽見莫爾格伕向守衛宣布：「現任刀鋒灣城主艾里莎・博昂雷歐之胞姐，凱特・博昂雷歐閣下。」

「凱特閣下。」守衛單膝跪下，向她致意。凱特一點頭，將兜帽重新戴上，在短短幾秒鐘內，她的耳朵已經完全凍僵了。

守衛起身，朝城牆上的同伴們大聲喊叫：「放行！」

鐵鍊鬆開的聲響、命令、吼叫，木門轟隆一聲，向內開啟。她的莫爾格伕再度發出號令，由最前方的純種莫爾格犬帶領，橇車奔入城外的夜色中。

一出城，不見邊界的荒野便撲面而來。早期刀鋒灣城主的職責，是保護自己的人們不被城外人侵侮，但自從自己人的定義擴展至包含了城外人，刀鋒灣城主的身分，就成了協調各方勢力的仲裁。

有時候想想，明明是這麼小的一塊地，卻有這麼多小家臣、小紛爭、小陰謀。這塊土地上鮮少發起大規模的戰爭，頂多是家臣與家臣之間的世仇，或是靠近格蘭塔山脈，以販售刀鋒港岸冰酒為生的商人，在與多柬部族打交道時起了糾紛。偶爾，南方列嶼收成欠佳的時候，會集結成海盜，但通常他們不會冒險侵犯北方生存條件更加險惡的刀鋒港岸，不過在最糟的時刻，這也不是不可能發生的事。刀鋒灣城的歷史上曾發生過兩次南方海盜大舉入侵，第一次刀鋒灣城受到相當大的損失與破壞，但第二次刀鋒灣城有了第一次入侵的教訓，在戰神彌亞希・博昂雷歐城主的帶領下，狠狠地把海盜打回家去。

彌亞希・博昂雷歐是刀鋒灣城數一數二充滿濃厚傳奇性色彩的人物，他的雙腳因灰髓炎完全癱瘓，必須倚賴他忠實的僕人涅瑟夫，將他從一個房間，抱到另一個房間；從一把椅子，移往另一張沙發。雖然無法親自參與作戰，彌亞希城主是一位不可多得的戰略天才，在他二十歲那年，利用他父親守望者波勒・博昂雷歐建造的廢棄燈塔作為戰事瞭望台，於海盜抵達之前就發現了敵人的蹤跡，主動出擊，將敵人誘至暗礁內，一舉消滅南方海盜。

推動刀鋒灣城主極權化的人，也是彌亞希・博昂雷歐，大多數人認為極權化的開始應由守望者波勒將午膳自舊議事堂遷往主城算起，舊議事堂在城外，離各個家臣的藩屬較近，隱含著共同謀事的意味。然而，自從討論城內大小事的地點遷往城主堡壘之後，就透露出各方諸侯朝聖的味道了。彌亞希・博昂雷歐從許多方面來說，是一個比父親波勒更鐵腕、更具有行動力的人，在擊退海盜之後，趁著城主的聲望高漲之際，他推動了以城主為最高中心的社會階級分壘，平定不滿城主極權的家臣叛亂，壓制當時蠢蠢欲動的烏譯家族。晚年，面對刀鋒港岸史上最惡劣的寒冬，他率兵擊退跨越格蘭塔山脈，蒙面揮舞著彎刀的多柬部族——望月之狼。

凱特在刀鋒灣城歷屆城主畫像中，看過這位傳說中的偉大戰神。彌亞希・博昂雷歇是個瘦骨嶙峋的男人，與其說是個男人，不如說像個男孩，更別提跟萬夫莫敵的戰神形象差距有多大了。可能由於小時候遭到灰髓炎感染的緣故，彌亞希・博昂雷歇體型格外嬌小。他有一頭金黃色的捲髮，臉很小，眼睛顯得略大，還有一對誇張的招風耳。整體的感覺像隻可憐兮兮的小狗，被雨淋溼了，垂著耳朵，哀怨地看著他的畫師。

然而，讓凱特印象最深刻的，是畫面中站在彌亞希・博昂雷歇身旁的人。大多數的城主肖像都以城主本人為主角，沒有其他人，偶爾會出現城主的配偶，但不常見。依照刀鋒灣城的傳統，並不將城主配偶視同與城主擁有相等的社會地位。在彌亞希・博昂雷歇的肖像身後站著的，甚至不是配偶，而是他忠心的僕人涅瑟夫，這是唯一一幅城主肖像中的異數。

畫面中，涅瑟夫謙卑地低著頭，看不清面容。站在彌亞希・博昂雷歇的椅子右後方，涅瑟夫顯得高大而結實，黑色的頭髮稍長，披在肩上。根據記載，戰神彌亞希・博昂雷歇因感染傷寒而死，其僕人涅瑟夫在為城主舉行完國葬後，追隨主人的腳步，服毒自殺。

艾里莎小時候曾經說過，如果一個人要以城主的身分好好活著，就應該像戰神彌亞希・博昂雷歇那樣，轟轟烈烈地過一輩子。

小時候的凱特認為彌亞希城主的一輩子確實相當精彩，但是當她看著彌亞希的畫像，她卻沒有看到喜樂，只有感到無限的悲傷。長大之後，她有時會想，因灰髓炎導致不能走路這件事，對於像彌亞希・博昂雷歇這樣胸懷大器，凌雲壯志的人，不知道是多麼大的陰影。

凱特心目中沒有理想的城主形象，她從來不認為自己應當像誰。她只知道，自己絕對不能讓父親失望。

在刀鋒港岸的寒風凍掉凱特的鼻子之前，舊議事堂的輪廓於漫天飛舞的雪花中赫然浮現。夜很深，無光的路途除去莫爾格伕手上的防風燈外，別無照明。因此，非得等到快要撞上舊議事堂的大門，行旅的乘客才會真正意識到自己離這棟建築已如此靠近。像是從夜幕中猛然撲出的巨獸，石造的古建築瞬間蓋過了凱特的視野。莫爾格伕大聲吆喝著，命令狗兒們放慢腳步，同時俐落地轉過身子，凱特看見他的手上握著一把沉重的十字弓，上弦、瞄準、發射。

「咻——」

破空的刺耳聲響，緊接著「騰！」一聲，箭尖插入身後的雪地裡。凱特連忙抓緊橇車，這正是她最難以忍受莫爾格的主因。

莫爾格犬咆哮著，牠們的步履煞得很急，但莫爾格橇車不可能停得那麼快，如果沒有外力介入，以他們的速度，勢必會在雪地裡滑行一陣子——

傳入耳畔的是一陣鐵鍊迅速摩擦的聲響，然後尖銳的一聲「鏘！」鐵鍊被拉得筆直，橇車從快速的滑行到瞬間靜止，凱特感覺自己整個人無法控制地朝前方飛去，她必須要全力抓緊橇車，並倚賴身上繫著的繩索，才不至於被慣性拋出車外。

胃部一陣翻攪，皮膚被繩索緊箍，凱特在慣性停止，身體向後跌入橇車內時，第一千次詛咒這要命的交通工具。

在她的前方，莫爾格伕似乎對她說了些什麼，她沒聽清，但會在這個時候拋出的問句，只有一個。

「我沒事！」凱特朝風雪中大吼。我沒事，除了快把胃吐出來了以外。

莫爾格橇車是一種相當危險的交通工具。莫爾格只有在入夜後才被允許上路，大多數的人，如果不是有不得已的理由，通常不會在夜晚外出，即便非得在入夜後外出，也鮮少使用莫爾格。有關莫爾格橇車的意外不勝枚舉：乘客在橇車裡凍死、莫爾格伕駕駛到一半凍死（或者是手指凍僵、凍斷了，無法掌握韁繩）、乘客被拋出車外、莫爾格伕被拋出車外、莫爾格伕迷路了、莫爾格犬迷路了、莫爾格伕沒看清楚路掉進斷崖或衝入建築物裡、莫爾格犬沒看清楚路掉進斷崖或衝入建築物裡、莫爾格犬（如果沒有成功馴化）掙脫韁繩拋下乘客與莫爾格伕跑了、莫爾格犬攻擊乘客或莫爾格伕等等。

因此，無論是莫爾格伕或莫爾格犬都需要接受嚴格的訓練。兩者都必須對刀鋒灣城及其四周的地勢瞭若指掌，閉著眼睛也可以倚靠絕對的方向感找到路徑。一旦入夜，莫爾格將在伸手不見五指的黑暗中高速奔馳。如果是在刀鋒灣城內還稍微好一些，因為四周的住家會透出光亮，多少還能給些指引，而且蜿蜒的主城巷道讓莫爾格犬無法全速奔跑（莫爾格伕也不敢放任狗兒狂奔，萬一撞到人怎麼辦？）然而，一旦出了主城，到了寬闊的曠野中，沒了任何障礙，也沒了光源，就完全不是這麼一回事了。

在一片黑暗內，莫爾格伕和莫爾格犬必須有能力判斷出前方的路況、四周的狀態、以及自身的方位。有時候莫爾格橇車一出城，甚至會被野生動物攻擊，或者攻擊野生動物（未馴化成功的莫爾格犬嗅到獵物時可能失控攻擊對方，又或者，處於上風處的莫爾格犬，沒有看到或聞到對方然後就一頭撞上去了）。再者，莫爾格伕比莫爾格犬在酷寒中倒下的機率相較高出許多，良好的莫爾格犬必須能夠在莫爾格伕倒下後，自律地將乘客帶往安全的地方——當然是如果乘客還活著的話。不過就算是不幸死了，受到良好訓練的莫爾格犬還是會把乘客拖去定點。

種種莫爾格意外中，最可怕，也最頻繁發生的，是停車失敗。

在視線極差，缺乏光源，突發狀況頻仍的狀態下，等到莫爾格伕看清楚眼前發生了什麼事，往往已經太遲了。雪地很滑，莫爾格伕就算命令前方的莫爾格犬停下腳步，橇車還是會滑行一陣子。緊急煞車是最恐怖的，滑行的橇車會直接輾過前方的莫爾格伕與停步的莫爾格犬。有鑑於此，刀鋒灣城發展出了其獨特的停車方式。

莫爾格伕在命令狗兒放慢腳步時，他同時必須轉過身，朝自己的正後方，用十字弓筆直地射出一箭。那箭是特製的，相當沉重，牽著鐵鍊，作用相當於船錨。箭落下後，牽著的鐵鍊連著橇車，固定在雪地裡的箭頭可以在鐵鍊拉到底的時候，停止橇車的滑行。最厲害的莫爾格伕能捏準時機與速度，在狗兒停下腳步的時候，讓鐵鍊剛好拉直，橇車不至於撞到莫爾格伕，乘客也不會因為突如其來的煞車而被拋出車外。

可惜，並不是每一位莫爾格伕都這麼厲害。大多數的時候等到莫爾格伕發射十字弓之際，情況已經十萬火急了，乘客最好準備迎接前方的衝擊。不過這還算好的，如果運氣特別不好，莫爾格伕的準頭很差，應該往正後方射去的弓箭，偏左或偏右了，這個時候乘客就有幸體驗什麼叫作失之毫厘差之千里，歪掉的箭頭，在鐵鍊一拉直的時候，會把車子往反方向拖。莫爾格的速度通常都很快，所以鐵鍊一拉直，橇車必翻無疑。一翻車，乘客跟莫爾格伕就兇多吉少了。

凱特的這位莫爾格伕技術還可以，大多數的貴族擁有專屬的莫爾格伕，遭到放逐的凱特自然沒有，這位年輕的莫爾格伕是在老莫爾格伕的強烈推薦下，凱特才雇了他。他的準頭很好，但在控制橇車速度上有待加強，橇車停下來時幾乎撞到前方的莫爾格伕，而那傢伙被逼得貼上第六對莫爾格犬的屁股。雖然煞車緊得讓凱特可以把這三天以來吃過的所有東西都吐出來，她還是衷心感謝這位偉大的莫爾格伕——至少他們安全停靠了。

莫爾格伕開始幫凱特解開固定乘客的繩索，並扶她從半躺的座位中爬出橇車。兩人的動作都因長時間暴露在寒冷的氣候下而僵硬笨拙，隔著層層的厚重衣物，凱特可以感覺到莫爾格伕在發抖，而她相信，莫爾格伕也同樣可以感受到她的顫抖，她必須咬緊牙關才能避免自己的牙齒不受控制地碰撞，發出格格聲。從舊議事堂裡跑出幾名僕人，其中一位朝凱特的身上披了條毛毯，扶著凱特走向大門，另外幾個人則開始協助莫爾格伕將橇車駛進莫爾格棧內。凱特全身都凍僵了，雙腳幾乎不聽使喚，是被僕人半拖著進入舊議事堂的。

舊議事堂是石造的殿堂，據說是第一任城主博昂・雷歇來到刀鋒港岸的時候所建造的，最初是作為軍事碉堡使用，建築的窗口窄而小，除了給弓箭手瞄準敵人之外，別無他用。經過代代城主的增建，成為與家臣的議事堂，直到守望者波勒將一切事務遷至刀鋒灣城內為止。在那之後，議事堂成了供城主與家臣們使用的宴會地點，十年前，刀鋒灣城夏季的比武大會便是在舊議事堂外舉行。

穿過厚重的木造巨門，凱特被帶進每一座刀鋒港岸建築物都有的特殊隔間──「暖室」。暖室，顧名思義，點著熊熊燃燒的爐火，桌上擺放的熱茶煙霧裊裊上升，四周散著許多毯子與大衣，還有熱水和毛巾供來者擦臉洗手。暖室是刀鋒港岸的特有文化，無論來者何人，踏入任何一棟建築物時，第一個去的地方就是暖室。在客人進暖室之前，不會踏入建築物的其他地方，主人或主人的傭人亦不可與客人對話。客人必須先在暖室裡暖過身子之後，才能繼續他的造訪。

這是刀鋒灣城特有的禮節，因為客人在抵達的當下，很可能處在快要被刀鋒港岸致命低溫凍死的狀態，這個時候跟客人說話，客人除了牙齒打顫的「格格格格」之外可能一句話都說不出來。所以，讓客人先在暖室裡待著，緩過氣來，簡單梳洗後，再進屋見主人，對於客人與主人而言都比較不尷尬。

踏進舊議事堂的暖室，凱特立刻朝爐火奔去，她快凍死了，無暇顧及其他。在暖室內，客人與客人間彼此不對話也是重要的禮儀之一，否則在一個人像癲癇發作一樣發著抖時，另一個人用雞毛蒜皮的客套話淹沒那可憐的傢伙，實在有些殘忍。

然而今天，在舊議事堂暖室內，凱特並沒有被其他人以禮相待。她一進暖室，除去前三秒其他客人還處在錯愕中無法反應以外，暖室裡立刻爆出了一陣嗡嗡細語。

老臣們發出晚宴邀約，卻不認為我真能應約？一邊顫抖，一邊倒熱茶，凱特試著忽視四下探詢的眼神與無禮的低語。

不過，凱特想，也沒什麼好意外的，畢竟一開始，連我也以為自己不會應邀前來。

在爐火旁的枕頭堆裡坐下，凱特有種整個人陷進去的感覺，她顫抖的雙唇貼近熱茶，嗅著茶葉的香氣與散發出的溫暖。真不得了，是南方列嶼的香料茶。刀鋒港岸不產茶葉，一般人頂多只喝得起多束奶茶，了不起偶爾奢侈些喝喝索格爾清茶，但是南方列嶼的香料茶？這在刀鋒港岸是極為罕見的東西。能夠千里迢迢從南方列嶼買茶葉運至最北緣的刀鋒港岸，發起晚宴的人究竟是哪位大人物？

凱特回想當年父親執政時，父親所器重的大臣們。會是誰呢？是哪一位？在艾里莎與培賽利・烏譯結婚，接管刀鋒灣城後，身邊倚重的是多束外族多恩爵士，以及總是一意孤行以人緣極差聞名的莫奈爵士。因此，對方必然是個對這樣的現狀感到不滿，長期遭到冷落，迫不及待想拉攏凱特・博昂雷歐的老臣。

凱特將視線鎖在南方列嶼香料茶紅褐色的液體上，她知道答案即將揭曉。約在這個公共場合，主事者不大可能已經在大廳內等候，他必然要從某個地方抵達，並在暖室等待。萬一凱特不打算應約，反而通報了艾里莎，暖室離出口很近，隨時都可以逃脫。

當然，本質上來說，這只是一場小小的晚宴，老臣們可以辯解：他們只是幫凱特接風洗塵，與謀反無關，與權力無關，不足以構成叛亂的罪名。

這也是為什麼凱特決定應約，如果這些人打算對付艾里莎，凱特現下能做的，就是好好地看清楚到底是哪些人，以決定她下一步該怎麼走。她脫下手套，拉過水盆與毛巾，用溫水擦了擦凍壞了的臉龐，洗洗手，並招呼僕人把髒水倒掉。

主事者是誰呢？凱特揣測著，臉上盡可能不透露出情緒。她褪下毛毯，站起身，開始解開大衣。一進入溫暖的室內，大衣上的雪花全部化為水珠，她將大衣直接放在爐火前烘乾。一位僕人無聲地走向前，想將她的大衣拿去衣帽間，凱特用一個簡單的手勢制止了對方。

反正我不會久待。凱特想著，搓了搓依舊冰冷的雙手。看清楚對手是誰我就走。

在她取暖的過程中，四下細語漸漸停歇。某個人決定採取行動，走到她的身後，似乎打算違反禮節，在暖室裡跟她說話。

房內鴉雀無聲，所有人屏息以待。

這必然是主事者，老臣的首領。是哪一位老爵士呢？凱特猜著，挪臨？門朵？曼倪？

凱特深吸一口氣，轉過身，以她所能表現出最漠然的神情，對上——

一張皺紋滿布的老臉，乾癟的皮膚上爬滿了斑點，嘴唇是不健康的慘白，透著一絲黑紫，除了那雙曾經閃爍著笑意的眼睛炯炯有神之外。若不是這對眉眼，凱特發誓她認不出這位長者是誰。

站在凱特面前的，是馬羅爵爺。

母親的表親，七十八歲高壽，十年前，因艾里莎將信物贈與他，請專人打造純銀寶冠送給艾里莎的馬羅爵爺。

凱特簡直不敢相信自己的眼睛。

馬羅爵爺是父親的好友，或者，依凱特現在回想起來，更像是父親的兄長。父親和母親的婚姻，正是馬羅爵爺牽的線。馬羅爵爺從小看著凱特和艾里莎長大，一直很疼她們。他尤其喜歡艾里莎，好幾次艾里莎闖下大禍，都是馬羅爵爺幫她說的情。

但現在，馬羅爵爺卻站在凱特面前，在這場老臣聚集的晚宴上，擔任主事者的身分。這怎麼可能？凱特瞪著對方，強忍著想用力揉揉眼睛的衝動。是不是弄錯了什麼？

馬羅爵爺看著她，蒼老的眼睛似乎流露著某種哀傷，他什麼也沒說，只是舉起手來，輕輕拍了拍凱特的肩膀，然後拖著腳步，離開暖室，朝大廳而去。他的步履不穩，一拐一跛的，凱特驀地有些哀傷，馬羅爵爺真的年紀大了。

馬羅爵爺這麼帶頭，原先還坐著的老臣便一齊起身，跟在馬羅爵爺身後，朝大廳走去。在人群中，凱特看見了自己稍早的猜測：挪臨爵士，他的身邊站著門朵爵士。曼倪爵士也混在人群中，他的臉上有一道十年前所沒有的恐怖疤痕，凱特暗地希望那道疤痕與艾里莎無關。

在凱特的父親執政時，刀鋒灣城有二十七名重要家臣。當這些老臣一一與凱特擦身而過，凱特試圖辨認他們每一個人的面孔，有些人她幾乎認不得了，有些人對她而言完全陌生，或許是僕人，或許是某位老臣的下一代，凱特能認出來的家臣，有九位。

三分之一。她的心無法克制地向下沉。艾里莎，妳是怎麼辦到的？一次得罪這麼多老臣？

跟隨在隊伍的末端，凱特也進了大廳。陰暗的廳堂點著微弱的蠟燭，偌大的石廳中，陰影比亮光吃重。舊議事堂的正中央擺著巨大的石桌，這是以前舊城主們舉行午膳的地方，凱特可以看見石桌的末端是一張石椅，那是屬於城主的大位。馬羅爵爺伸手，做了一個請她入坐的動作。凱特看著對方，沒有動，也沒有說話。

如果我毫不猶豫地坐上城主石椅，凱特在心裡默默想著。那麼，毫無疑問地，是表明叛變。

「凱特閣下，」馬羅爵爺的嗓音蒼老而顫抖，充斥皺紋的嘴唇無力地蠕動：「您不入坐，我們沒有人敢先行入坐。」

如果坐下了，就算不是坐在城主大位上，這一切也會沒完沒了地拖延下去。凱特抿了抿嘴唇，決定速戰速決：「爵爺誤會了。凱特應約的目的只有一個：答謝諸位的盛情邀約。」

此話一出，氣氛隨即一滯。

這是妳來的目的、唯一的目的：為了說這句話。凱特在心裡為自己打氣，重申午膳時的宣言：「身為艾里莎城主夫人閣下的胞姐，只要是城主的決定，我全力支持。」

「您沒有告知城主夫人這場晚宴吧？」門朵爵士揚起聲調，急迫地問道。

「沒有，我——」

「凱特閣下，」挪臨爵士上前一步：「午膳時，您反對城主夫人對索格爾帝國的外交政策，不是嗎？」

「不盡然，」凱特迅速回答：「當時問的是我個人的想法，但不論城主夫人的政策為何，我支持。」

挪臨爵士追問：「即便那違反您的看法？」

「沒錯。」

「依照您的說法，」曼倪爵士插嘴說道：「就算艾里莎城主夫人命令我們朝火海裡跳，雖然毫無邏輯可循，您也是支持的囉？」

「那並不——」

「看著我的臉，凱特閣下，看看這道疤。」曼倪爵士朝蠟燭的光源踏了一步，搖曳的燭光在他的臉上灑下詭異的陰影，疤痕看來格外駭人：「如果城主夫人喪心病狂，您還是一無反顧地支持她嗎？」

天啊，艾里莎，曼倪爵士當時是怎麼得罪妳的？妳真的有必要為自己樹立這樣一位敵人？凱特舔了舔乾澀的嘴唇：「我愛我的妹妹。」

「我了解這一點，」曼倪爵士回答：「但是愛，與整座城池的安危，是不能畫上等號的。我愛我的兒子，但是我不會放任他上街隨意傷人。我更不會在他傷了人之後，告訴別人，無論他做了什麼樣的蠢事，我都支持。」

這話裡帶著的尖酸刻薄刺傷了凱特：「艾里莎只是生病，不是喪心病狂。」

「過去的十年您都不在刀鋒港岸，我們明白您對這裡發生的事情並不了解。」曼倪爵士似乎意識到自己說得太過分了，口吻稍稍緩和了些：「先請坐，凱特閣下，我們好好談談。」

「我已經說完我所想說的了。」凱特低頭，一欠身：「容我告辭。」

所有的老臣同一時間開始說話，抗議與低吼在空曠的石廳內產生隆隆迴響，凱特一瞬間以為自己回到了示亞撒半島的碼頭，來自各地形形色色的人，吆喝著、喊叫著。然而，當馬羅爵爺舉起手時，像開始的時候一樣突然，所有的碎語戛然而止。馬羅爵爺是老臣之首，凱特想。毋庸置疑，他們全聽他的。

「凱特。」馬羅爵爺看著她，眼睛裡閃爍著熟悉的溫暖，微微帶著一絲責怪。

「爵爺。」凱特避開了他的視線，馬羅爵爺勾起她太多兒時回憶。爵爺，您不是最疼艾里莎的嗎？為什麼是由您帶頭，發起這個有明顯叛變意味的晚宴？

「我們先吃飯，好嗎？吃點東西，我們再討論？」爵爺溫和地說：「我很久沒有好好看看妳啦，小凱特，十年了，妳不想家嗎？」

拖延戰術，心理攻防。凱特想，像小時候那樣叫我小凱特。

但同時，凱特知道她自己心裡的確有那麼塊地方，想念著爵爺的聲音和他的笑臉。我不想家嗎？當然！否則，為什麼沒辦法放下一切，成為吞紋塔的蛻蛹者？最初兩年，吞紋先知根本不願意收留我。他們告訴我，我的執念太深，終其一生都不可能放下。我費了多少苦心才得到吞紋先知的同意，以侍奉者的身分，留在吞紋塔，試圖找到自己的一方寧靜？

難道我不想回來嗎？不是的。我只是沒有資格回來，我讓愛我的人失望，我不配回來。

「我該走了。」凱特聽見自己的聲音，遙遠而單薄。

「妳應該留下來，小凱特，至少該聽聽我們的說詞。」

「不，」她不能停留。「我的本意，是想保護艾里莎——」

「正是為了城主夫人，您該留下來！」曼倪爵士插嘴：**「她瘋了！」**

「她沒有瘋！」曼倪爵士提起艾里莎的語調，讓凱特一聽就不舒服。離開這裡後，她非得要查出艾里莎究竟是為了什麼事，在曼倪爵士臉上割出那道傷疤。「反倒是這座城裡，有人曾試圖暗殺艾里莎，**兩次！**您不認為暗殺者才是瘋了嗎？」

一陣冰冷的沉默蔓延開來，凱特知道自己說得有些過分了。這言下之意，是指控面前的老臣們正是艾里莎的暗殺者。

「如果有正當的理由，」曼倪爵士緩緩說道：「暗殺……」

「曼倪爵士！」馬羅爵爺提高聲調，打斷了他的話。曼倪爵士立刻閉上嘴巴。

嘆了一口氣，馬羅爵爺疲憊地揉揉肩膀：「在場沒有人認同暗殺，凱特閣下。恕我冒昧，敢問您對暗殺事件的來龍去脈了解多少？」

凱特抿起嘴唇，不願意承認除去艾里莎告訴她曾發生過兩次之外，一無所知。

馬羅爵爺從她的沉默中，讀到了真相：「看來您是不知道的。那麼，我可以明確地告訴閣下，這座城裡，所有人都知道發生過兩次暗殺，但沒有人見證發生的經過。」

凱特皺起眉頭，一言不發。

「我們所聽聞的『暗殺』，來自艾里莎城主夫人及培賽利攝政王的口中。」馬羅爵爺解釋：「沒有人目睹暗殺現場，沒有人聽見暗殺騷動，連怎麼發生的都不知道。」

這是怎麼一回事？凱特不敢貿然開口，她怕自己一開口，便洩漏了無知。

「暗殺事件真的發生過嗎？還是城主夫人和攝政王聯手演出了某齣戲碼？」

「說是戲碼，太誇大了。」凱特出聲。她深深懷疑培賽利打著對艾里莎不利的主意，這對夫妻不可能是同一個陣營的。

「沒錯，是誇大了。」馬羅爵爺點點頭：「但您現在能理解我們的擔憂了嗎？我們不知道暗殺的細節，更無從推斷背後的主使者。我該懷疑那位突然受到重用的多東外交大臣嗎？還是該相信那位外交大臣試圖說服我們的，威脅來自索格爾帝國？」

刀鋒灣城的排外心理一向相當嚴重。它是一個交通不便、環境惡劣的一方孤城，在大陸的最北緣，躲在格蘭塔山脈後頭，幾乎被大陸上的其他民族遺忘。刀鋒港岸的人們不信任外人，就算是面對翻越山脈與刀鋒港岸貿易的多東民族，刀鋒灣人也很難給他們好臉色看，凱特可以理解老臣們對多恩爵士的戒慎，她自己也同樣不信任對方。

但是這些關於索格爾帝國的討論——從午膳開始，她就感到匪夷所思。沒有錯，索格爾帝國的軍事化程度確實相當駭人。沒有錯，三十年前索格爾皇帝將法洛古城一把火燒了，夷為平地，這是件血腥駭人的事情。凱特雖然沒有親自去過索格爾，更無緣見識已經消失的法洛文明。但是在示亞撒半島的這十年，她見過四面八方的朝聖者，無論來自哪一塊地域，眾人對索格爾帝國皆抱持三分敬畏。自從索格爾壟斷法洛人的先進技術後，大多數的國家害怕索格爾，擔心哪一天戰火會燒到自家門口。

他們的畏懼是有根據的，好比多柬民族，他們畏懼索格爾，是因為多柬沙漠的南緣貼著索格爾的北疆，如果索格爾突然採取行動，可能立刻影響多柬人的生活。又好比說示亞撒半島，示亞撒半島是各個次宗教的集合地，大多數的時候大家井水不犯河水，虔心膜拜各自的神明。半島上雖然沒有一個聯合的政府，但是半島上所有的宗教都畏懼索格爾的力量，因為索格爾是一個嚴格的一神教國家，在索格爾有簡稱「宗廷」的宗教廷會，全國上下信奉一神信仰，宗廷更設有國教院，教育國教士，四處宣揚索格爾國教。示亞撒半島上的次宗教們，有一半以上都是索格爾在一千四百年前統一國內宗教時，宣判為異端的信仰，這些人為了避免被索格爾宗廷當成魔鬼燒死，而逃到示亞撒半島，在那塊土地上，繼續崇敬他們的神。漸漸地，在其他國家也不被承認的次宗教，跟隨著遷徙到示亞撒半島上，才形成現在這個香火鼎盛的混雜狀態。

雖說索格爾是一個政教分離的國家，但宗廷對皇帝有相當程度的影響，誰知道宗廷會不會哪天突然心血來潮，決心向其他國家推廣他們的一神教，並以暴力的方式執行？就凱特所知，南方列嶼也有類似的擔憂，南方列嶼政教合一，嶼王就是神的化身，他們也害怕索格爾的一神教信仰。更不用提有「茵綠平原」之稱的杜博拉拉，這種物產豐饒、土壤肥沃的國家，自從法洛森林被踏平之後，對於索格爾更是處處提防。

自從三十年前，索格爾帝國摧毀了法洛文明後，索格爾皇帝雖然沒有再次進行大規模的武力侵略。大多數的人對於法洛文明的滅亡，以及法洛遺族的悲慘遭遇記憶猶新，沒有國家願意挑戰索格爾帝國現行的權威。

可是，刀鋒灣城呢？

這樣一座被世界遺棄的孤城，沒有杜博拉拉的豐饒，缺乏法洛文明的領先知識，地理位置離索格爾極遠。索格爾要北征，得先打敗多柬的游牧騎兵，越過格蘭塔山脈。就算打水路來，刀鋒港岸的惡劣航路並非浪得虛名，這麼辛苦做一件吃力不討好的事情，索格爾圖什麼？刀鋒灣城冷得連當地人都受不了，光禿禿的雪原什麼都種不出來，索格爾皇帝瘋了嗎？

再說，刀鋒灣城不像示亞撒半島或南方列嶼，需要擔心宗教戰爭——刀鋒港岸是一個沒有信仰的地區。從過去烏譯家族統治時期開始，刀鋒港岸就沒有信仰，首任城主到來後，這點也未曾改變。這並不是指刀鋒港岸的人都是無神論者，而是，刀鋒港岸從來就沒有產生「信仰」這個概念，沒有神，也沒有宗教；沒有教士，也沒有祭司。千百年來，刀鋒港岸的文明沒有發展宗教系統的需求。

而索格爾宗廷，到目前為止，從來沒有激烈地採取軍事性的宗教統一。宗廷僅是派出國教士，到其他國家宣揚他們的宗教，凱特聽說馬辛納、克格多爾等地有不少索格爾外派的國教士。如果索格爾帝國打算向刀鋒灣城宣揚國教，至少也會先派幾個國教士來。

所以，艾里莎和多恩爵士到底在擔心什麼？凱特真的不理解。這種對索格爾神經質的恐懼，一點根據也沒有。

「我不認為針對艾里莎的暗殺是齣戲。」凱特說道，謹慎地觀察老臣們的反應：「正是因為暗殺的細節完全封鎖，我才認為這不是一齣戲。如果這是戲，就該有觀眾，缺乏觀眾的戲毫無意義。如果艾里莎有意造假，她不會封鎖這項消息。」

「我理解您的意思，」馬羅爵爺續道：「那麼小凱特，您思考過城主夫人的病況嗎？」

「如果您在暗示艾里莎的疾病是裝出來的，我可以明確地告訴您，她沒有在做戲。」凱特揚起頭，堅定地說：「她是真的病了，病得很重。」

「我們都很清楚城主夫人確實病了，我們只是不確定，為什麼？」

凱特蹙眉：「從什麼時候開始生病也要理由了？城主夫人應該先得到家臣的許可才可以生病嗎？」

「我並不是那個意思。」馬羅爵爺停頓了一下，口氣有些猶豫：「您有沒有想過，這幾年，城主夫人是否忽略了她的某些職責？」

凱特面無表情，沒有回答，她不確定馬羅爵爺想將這個話題引到哪兒去。

「六年，凱特閣下。艾里莎城主夫人與培賽利攝政王已經結婚六年之久。」馬羅爵爺耐心地說道，眼睛定定地看著凱特，凱特突然明白了。

「……他們沒有子嗣。」

真是奇怪，凱特居然從來沒想過這件事情，難道是因為她把艾里莎當成小孩來看？離開刀鋒灣城的十年，即便知道妹妹結婚的消息，她卻沒有真正將對方當成已婚的婦女看待，甚至

——一位母親？

「我們、」馬羅爵爺看了一眼四周：「我們懷疑城主夫人的疾病與這件事相關。」

「放肆！」

凱特厲聲斥責，她聽見自己的聲音在空曠的石廳中迴盪著：肆——肆——肆——

但在憤怒之下，她無法壓抑自己排山倒海而來的恐懼。如果艾里莎生不出子嗣，那問題就十分嚴重了，不再只是老臣的不滿而已，這牽涉到刀鋒灣城的統馭，以及城主血脈的延續。

「有沒有子嗣，跟艾里莎的病情無關。」深吸一口氣，凱特試圖以冷靜的口吻說道：「我還沒聽說哪個女人因為沒生產而病倒的。」

「不錯，」曼倪爵士再次插嘴：「但女人為了想要有孩子，嘗試各種偏方而弄壞身體，這相當常見。」

「你沒有證據這麼指控城主夫人！」

「沒有人打算指控城主夫人，我們的訴求是解決問題。」馬羅爵爺出面緩頰：「我們認識刀鋒灣城最好的醫生，我們願意幫助城主夫人。而且說句實話，問題若是出在攝政王身上，我們甚至可以考慮重新入贅……」

那我們就可以甩開培賽利了，好主意，凱特挖苦地想。但再怎麼討厭培賽利・烏譯，她也不會採取這種手段拉對方下台。

「當然，我們也考慮過，或許城主夫人是為了不要有孩子，才嘗試偏方，才把自己的身子弄壞的。」

「什麼？」凱特抬起頭。

「城主夫人與烏譯家的男人聯姻，本來就不是一件被大眾接受的事。」馬羅爵爺凝視著凱特：「您難道從來沒有覺得這件婚事有些蹊蹺嗎？或許基於某些原因，城主夫人不想要有烏譯家的孩子……」

「我覺得，」我覺得你們花太多時間思索艾里莎和培賽利有、或沒有孩子了。深吸一口氣，凱特強迫自己將真正想說的話往心裡吞：「給他們一點時間，他們還很年輕，我相信城主夫人有她的考量。諸位，容我告辭。」

話音一落，凱特不給老臣們任何機會糾纏，轉頭就走。無視騷動，她幾乎是逃進暖室，抓起自己放在爐火旁烘乾的大衣，命令僕人立刻通知莫爾格伕準備橇車。

「小凱特！」

暖室的門被推開，抿起嘴，凱特穿上大衣，咬著牙硬是不回頭。

「聽我說，好好地聽我說，」她聽見馬羅爵爺蒼老的聲音：「我是一個風燭殘年的老人，妳認為我能在這場權力鬥爭中得利嗎？小凱特，我在乎這些事情做什麼？如果不是為了這座城池的存亡，我幹麼費力舉辦晚宴？」

馬羅爵爺用著幾乎是苦苦哀求的口吻，這讓凱特感到非常難過。

「我看著妳和艾里莎長大，我了解妳們。」馬羅爵爺嘆了一口氣，續道：「妳應該最清楚，我有多麼疼愛艾里莎，但正是為了她好，我不能讓她這樣下去，她會毀了她自己的，更糟的是，她很可能會拖我們所有人下水，甚至賠上刀鋒港岸的一切。凱特，妳不能坐視不管。」

「艾里莎又沒有做出什麼罪該萬死的錯誤決策。」凱特幾乎無法壓抑她的憤怒：「是你們指控她無法生育！」

「沒錯，而這並不是一件輕鬆的事。」

「您怎麼能這樣？」凱特猛地轉過身，暖室裡只有她跟馬羅爵爺，其他的老臣們似乎被爵爺要求留在大廳。

她直視爵爺，知道自己的眼神裡充斥著毫不掩飾的控訴：「爵爺，您怎麼可以這樣對待艾里莎？在經歷過第二任城主荊棘玫瑰蕊拉・博昂雷歇及其夫君熊主希爾孚膝下無子的繼位之爭，根據第五任城主『護城者』弗立克・博昂雷歇的規範，如果一位城主被判定無法生育，他就必須**無條件退位**！爵爺，您明明知道這一點！」

「我當然知道！」馬羅爵爺說道，瞄了一眼暖室通往大廳的木門，壓低嗓音：「但無條件退位，或許是唯一能讓艾里莎保住尊嚴，光榮下台的方式。」

「尊嚴？」凱特簡直不可置信：「你們打算正大光明地向整座城的人宣布一個女人——而且不是隨便的女人，是我們的城主夫人——說她無法生育，這是哪門子的保住面子？」

「相信我，小凱特，艾里莎在玩火。」馬羅爵爺再次瞄了眼大廳的方向，將音量降到最小：「她跟那個多束人在策劃某些事情，現下不宜多談，但她曾召見瀆諭言者……」

「什麼！」

凱特一臉錯愕，她的腦中一片空白，有一瞬間甚至懷疑自己聽錯了。瀆諭言者！

馬羅爵爺將手指放在嘴唇上，比了一個噤聲的手勢：「在妳離開刀鋒港岸之後，發生了太多事情。小凱特，請相信我，我需要妳的幫忙。」

凱特只是茫然瞪視著馬羅爵爺，仍沒能反應過來。

「妳的盲從並不會幫助艾里莎，親愛的凱特。」馬羅爵爺蒼老的聲音微微顫抖：「妳在午膳時表達了妳的不解，不是嗎？妳同樣不能接受艾里莎和多束人推行的親索格爾政策。」

「我一遍又一遍地重申，那僅是我的個人想法，不……」

「不代表妳反對艾里莎，我明白。」馬羅爵爺打斷她：「但妳捫心自問，在午膳的時候，妳為什麼要開口？如果妳的意見，誠如妳所說的，並不重要，那麼妳大可連一句話都不要回答，妳母親在午膳上向來如此，不是嗎？」

凱特不發一語。

「妳之所以開口，是因為妳像我們一樣，終究希望做出對這座港灣最有利的抉擇，妳看不出刀鋒灣城有什麼理由受到索格爾的威脅。」馬羅爵爺停頓了一下，續道：「而妳是對的。我們有什麼必要為了不會發生的威脅，非得要跟索格爾結盟，把自己跟他們綁在一起？」

「我不是城主。」凱特感到自己的手腳開始發冷，她警告性地望向馬羅爵爺。小心，爵爺，你必須非常非常小心。

「但妳可以是。」馬羅爵爺瞇起眼，無視她的警告：「妳的父親……亞道浮前城主過世前，非常後悔當年把妳逼走。」

「你說謊。」

「我沒有。他的晚年過得渾渾噩噩，神智不清，即便如此，他也曾親口提及這份懊悔。相信我，到了我這個年紀，沒有比看朋友離開人世還難過的事情了，因為這在提醒你那個無可避免的、迫近眉睫的、萬事萬物的終結。」馬羅爵爺深深嘆了一口氣，在暖室的椅子上坐下，疲憊地搓揉充滿皺紋的臉孔：「他從來不認為艾里莎適合當城主，妳才是他的首選。」

不只是嘴唇，現在凱特全身都像狂風吹襲下的落葉般瘋狂顫抖。像魚刺梗在喉頭，凱特非常困難地、一個字一個字地說：「現在說這些，一點意義都沒有。」

「不，有意義，至少妳該了解妳父親的理由。」馬羅爵爺說道：「亞道浮的理由是，雖然艾里莎確實有相當好的資質與天賦，妳我都知道，她擅長扭曲人心以達到自己的目的，但是，艾里莎沒有同理心，完全沒有。她感受不到另一個人的痛苦，我想這或許是她玩弄人心的技巧如此純熟的原因，她沒有罪惡感，她就像貓兒玩弄老鼠一樣，這是她的天性。要求艾里莎・博昂雷歇產生同理心，就像試圖要瞎子描述色彩。小凱特，這也是為什麼十年前，她可以對妳做出那樣的事情，讓妳最後不得不離開刀鋒灣城。」

「那件事跟這沒有關聯，離開刀鋒灣城是我自己的決定。」

「那真的是嗎？不用自欺欺人，凱特。她的行為導致妳把整座城的繼承權都放棄了，妳難道覺得是場意外？她非常了解妳，凱特，而她擅長玩弄人心。」馬羅爵爺停了下來，仔細端詳她。凱特別過頭，避開他的探詢，幾秒後，她聽見爵爺這麼說：「妳不需要回答我。妳的感受，妳自己最清楚。」

凱特選擇一言不發。

「但就算從客觀的角度來看，」爵爺續道：「缺乏同理心加上善於操縱人心，太容易流於自我膨脹，這並不是一個好的組合，很容易演變成殘暴的獨裁者，而她對自己的殘忍一無所知。」

凱特乾澀地回答：「但艾里莎不是一位暴君。」

「不是嗎？」馬羅爵爺揚起一邊眉毛：「那也只是現在還不是。」

「她的人生到目前為止都相當順遂，她從未真正暴露在危險下，所以她充滿自信，認為勝券在握。但是，等到哪一天，當真正的緊急事件到來，小凱特，我可以向妳保證，艾里莎會像乾枯的樹枝啪的一聲折斷，因為她從來沒有嘗過失敗的滋味。這，才是妳父親最大的恐懼，也是我最大的恐懼。」

恐懼。凱特拉緊了自己的大衣，品嘗著這個字眼：恐懼。

父親的恐懼、爵爺的恐懼、對索格爾帝國的恐懼……我應該感到害怕嗎？害怕艾里莎？害怕她正在計劃或是已經實行了的事情？

她望向爵爺，他乾癟而充滿皺紋的雙手，握著一壺酒，琥珀色的液體緩緩流洩，注入桌上的木杯。

「艾里莎、她為什麼劃傷曼倪爵士的臉？」凱特聽見自己這麼詢問。

「不幸的誤會。」爵爺搖搖頭，稀疏灰白的頭髮晃動：「曼倪爵士和他的兒子發表了一些關於烏譯家族政策失當的言論，艾里莎城主夫人認為需要殺雞儆猴。」

凱特必須全力克制自己，才沒有張大嘴巴面對馬羅爵爺。艾里莎竟然為了培賽利懲罰曼倪爵士？

在凱特能追問之前，馬羅爵爺站起身，步履一度不穩，凱特連忙伸手去扶。

「來，」馬羅爵爺將一只木杯壓進她的手心，自己則握著另一只：「在妳離開前，暖暖身子。就一杯，陪陪我這可憐的老人。」

凱特順從地接下了，輕觸爵爺的木杯，她小啜一口，感覺燃燒般的液體滾下喉頭。

「天底下大多數的父母，都是為了自己的孩子好。只是每一對父母，都有自己選擇表達、或選擇不表達的方式。」馬羅爵爺的眼神相當溫和，閃爍著關懷：「如果妳還喚我一聲爵爺，小凱特，那妳就聽爵爺這句話：妳父親非常地愛妳，這是真的。往往我們越深愛的人，傷我們越重，而人受了傷就想報復，但當我們想懲罰自己深愛的人，那等同於懲罰自己。」

爵爺啜飲著酒，凱特垂下視線。她不知道該怎麼回應。十年前，她逃開了，逃到示亞撒半島。受到懲罰的人，並不是她。

她想到那位一襲黑衣，粗糙的皮靴沾滿汙泥，戴著生鏽頭盔的人。他才是受到懲罰的人，父親的憤怒，全落到了他的身上。她記得他坦然信任的眼神，記得他笑的時候眼角瞇起的細紋。那人，允諾她一生一世；她，卻給了他獅子。她以為他死了，但他沒有。

她想起稍早見到他的時候，他所表現出來的尖酸刻薄。她不怪他，真的。十年過去了，整整十年，可以把一個人連根拔起，改頭換面，將過往的點點滴滴刮得一乾二淨。

凱特眨眨眼睛，將酸澀感逼回眼眶。我也很殘忍啊，馬羅爵爺，我毀了一個人。

馬羅爵爺不會知道她在想些什麼，凱特看著他對自己微笑，衰老卻溫柔的笑容，幾乎如同她所記憶的那樣。

「妳回去之後，好好想一想我今晚所對妳說的話。」

沒有再為難她，馬羅爵爺從她的手上接過木杯，一跛一跛地朝老臣聚集的大廳走去。凱特則邁向風雪之中的莫爾格橇車，她的腦中太混亂、太嘈雜、太多資訊，她需要好好靜一靜。

在莫爾格橇車坐定，寒風將她身上殘餘的暖意吹散，閉上眼，在橇車開動之時，凱特無力地輕嘆一口氣。

艾里莎，凱特想著，我該怎麼幫助妳呢？妳願意接受我的幫助嗎，如果我能？

搖搖頭，凱特苦笑。十年，在示亞撒半島，我什麼也沒學會。或許像先知所說的，我根本該一開始就放棄。放下？我能放下什麼？十年全浪費了。

她的頭微微發疼，一開始她並沒有察覺，只當作是吸收太多負面訊息的後遺症。甚至，到了開始感覺噁心想吐的時候，她也沒有多想。一個十年沒有乘坐莫爾格的人，暈車是很正常的事情。

莫爾格在一片黑暗中奔馳，四周是刀鋒港岸的曠野，杳無人煙。橇車離舊議事堂已有一段距離，還沒能看見刀鋒灣城門。

凱特突然發現自己呼吸困難。

原以為是保護乘客不會落下橇車的繩索綁太緊，她伸手扯了扯，但扯鬆繩索後，症狀並沒有紓解。凱特解開領口的釦子，大口吸氣，卻毫無成效。像有雙隱形的手，掐住了她的脖子，越收越緊。

「車……伕……車伕、車……」

凱特有氣無力地喚著，求救聲被風聲淹沒。她被自己喑啞的嗓音嚇了一跳，粗嘎而低沉，她無法放聲大喊。

「喝、喝──呼──」

扶著橇車的邊緣，凱特張大嘴巴，彷彿離了水的魚。

這是怎麼回事？為什麼會無法呼吸？是她病了？還是……

咻──通！

莫爾格伕手上的防風燈應聲熄滅，四下陷入一片漆黑。凱特後來常想，當時在一片黑暗中，她怎麼知道發生了什麼事呢？但她就是知道，在聽到那奇怪的聲響後，防風燈瞬間熄滅，閃過凱特腦中的第一個想法是：遇襲了！

砰！她清楚聽見中箭的莫爾格伕摔下橇車。

凱特奮力掙扎，大口吸氣。在腦中拚命告訴自己鎮靜、要鎮靜。沒有莫爾格伕的莫爾格橇車還是可以平安送人回城，只要抵達城門，就能向守衛求救！

咻——嗷嗚！

寒冷冰封的夜晚，聽到這樣的慘嚎，令人打從心裡竄起涼意。凱特的橇車開始搖擺，莫爾格犬慌了，幾隻受了傷，剩下幾隻拖著同伴的身軀繼續向前。

沒有莫爾格伕，莫爾格犬又受了傷。呼吸！用力呼吸！凱特張大嘴巴，發出窒息般的聲音，呼吸！然後，想！怎麼辦？

凱特開始掙扎，用凍僵的手指試圖解開橇車繩索。雖然解開繩索後，可能被失控的莫爾格犬拋出車外，但躺在橇車上動也不動，絕對是死路一條。

是誰這麼大膽，在這深夜荒原攻擊六對莫爾格犬的橇車？這絕不是意外，對方不可能不知道能乘坐六對莫爾格犬，背後所代表的身分意涵，這明顯是預謀：奪去光源，先處理莫爾格伕，再慢慢對付莫爾格犬和橇車上快要窒息的乘客。

窒息……凱特按著胸口，奮力吸氣。這是怎麼一回事？自己的身體從來沒有發生過這種狀況。難道她被下了毒？不可能啊！她什麼都沒有吃，怎麼可能被……

除了——凱特感到她的心開始發寒，除了馬羅爵爺遞給她的那杯酒。

她掙脫橇車的繩索，雙手抓緊橇車邊緣。在她掙扎的時候，又聽到了好幾聲慘嚎，橇車極度顛簸，莫爾格犬吼叫著，雖然拖著好幾名倒下的同伴，橇車的速度還是快得危險。凱特腦中立刻閃過各式各樣莫爾格橇車的致死事故，她詛咒了一聲，現在想這些做什麼！

冒險鬆開雙手，凱特試圖站在瘋狂搖晃的高速橇車上。敵人很聰明，莫爾格意外頻仍，如果凱特深夜在城外意外死亡，大概沒有人會懷疑是謀殺，更不會有人想驗屍，檢查毒殺。等橇車翻覆，將羽箭從莫爾格伕和莫爾格犬的屍體內拔出，不用到明天早上，刀鋒灣城外各式各樣的野生動物便會將屍體啃食掉大半，根本不會留下襲擊的痕跡。

一陣激烈的晃動，差點將凱特從橇車上甩下來，她連忙壓低身子，抓緊橇車。如果有光就好了，她低下頭，忍住一陣翻攪的噁心感，如果有光，我就能看清前方的車伕座位，或許可以跳到駕駛座上，控制莫爾格。但現在這麼黑，我該死的什麼都看不見！

敵人在哪裡呢？瞇起眼睛，凱特徒勞無功地在一片黑暗中搜尋對手的身影。左方，有一抹若隱若現的光源，估計那就是敵人了。刀鋒灣城沒有馬，所以對方大概也是在莫爾格上，凱特看不見對方的莫爾格犬有幾對，也不認為對方會笨到因莫爾格橇車而暴露了自己的身分。

雖然很想獲得更多敵人的訊息，但凱特的身體承受不了，朝後方一仰，她倒回橇車，仰起頭，大口吸氣。她已經盡可能將自己的嘴巴張到最大，卻仍然吸不足空氣。她的莫爾格犬瘋狂地吠叫著，還剩幾隻呢？還能撐多久？橇車遇到障礙物——大概是石塊——劇烈地跳動了一下，凱特整個人被拋起，再重重摔回車內。

掙扎著，凱特再次試圖起身。如果她盲目地跳出車外呢？有機會嗎？這樣的高速之下，她會摔死嗎？不能往左邊跳，敵人在左邊，所以……吸氣！用力吸氣！如果窒息的話，一切就結束了！

這時，某種東西突然重重地降落在凱特的橇車，不偏不倚地砸在她身上。

「唔呃！」

凱特痛得悶哼了一聲，承受撞擊的部位火辣辣地疼痛著。還沒反應過來，就感覺有東西緊緊地摀在她的鼻子上：是一個人！他正在用手帕悶死凱特！

凱特立刻掙扎了起來，瘋狂地扭動身軀，試圖推開跳到橇車上的人，但對方的力氣太大，將她壓制得動彈不得。她用力搖頭，想躲開那雙手，呼吸，她需要空氣，吸——

一陣刺鼻的噁心氣味竄進她的鼻翼。

凱特忍不住吐了出來。奇怪的是，在她嘔吐的那一瞬間，壓著她的那人像是預料到了般，緊按著的手突然鬆開，讓凱特的臉朝旁側去，開始嘔吐。

那人仍舊壓制她，但調整姿勢，給凱特一點空間。從對方的方向，傳來弓弦振動的輕脆聲響。

隨之而來的慘叫聲有些模糊，敵人的莫爾格犬似乎中箭了。

這是怎麼一回事？凱特還沒搞清楚狀況，壓在她身上的那人再次把沾著恐怖氣味的手帕朝她的鼻尖送來。

「噁——」

然而，在嘔吐之後，凱特感到自己又能順暢地呼吸了。

這人……在幫助她？

凱特可以感覺對方移動身軀，將手腳卡在橇車的邊緣，像蜘蛛般靈巧地站立在網上那樣，他靠著自己的四肢反平衡著橇車，減緩橇車的顛簸。即便四周一片黑暗，對方卻似是習慣夜間活動的人，一舉一動絲毫沒有受限於視覺的阻礙。

「你……是誰？」凱特問道，她的聲音因車身的晃動而斷斷續續的：「你是……誰、誰？」

對方沒有回答。她重複了一遍問句，對方還是沒有回答。凱特只聽見對方的呼吸聲，急促而沉重。

然後她聽到一聲很清晰的、像是什麼東西被割斷的聲音。

「你該不會——」

凱特話還沒說完，便感到橇車在減速，莫爾格犬的聲音漸遠。跳上凱特橇車的人，把連接橇車跟莫爾格犬的皮繩割斷了，莫爾格犬越跑越遠，失去拉力的橇車仍在滑行。

「切斷繩索，會害我們在荒山野地裡凍死！這裡離城門太遠，徒步是不可能抵達城內的！」凱特忍不住喊道：「而且對方有莫爾格，我們只剩橇車，敵人回過頭來殺我們簡直輕而易舉，我們根本跑不遠！」

橇車上的那人一句話也不回答，只是將帶有恐怖氣味的手帕朝凱特臉上一丟。凱特嚇了一跳，連忙閃躲。她感到有些憤怒，對方這個反應簡直在刻意迴避問題！

凱特手按著橇車的邊緣，在陌生人面前嘔吐雖然丟臉，但吐完確實好了許多。她抓緊橇車，試圖起身，想看看敵人是不是還在左方──「唉唷！」凱特的鼻樑狠狠撞上對方的前胸：「對不起……啊，看！左邊，敵人過來了！」

話才剛說完──凱特不確定與她一起在橇車上的那人做了什麼，可能是伸出腳蹬了一下地面，改變橇車的行進方向──已與莫爾格犬分開，卻仍在滑行的橇車立即轉向，遠離逼近的敵人，並開始所有在雪地上打滑的橇車都會發生的現象：瘋狂的旋轉。

凱特閉上眼睛，咬緊牙關，拚命按捺著想要繼續嘔吐的眩暈。她可以感受到橇車上的那人繃緊了身上的肌肉，使出全力不讓自己被甩出去。橇車高速地在雪地上滑行旋轉，凱特發現自己在萬分痛苦下，居然還在想著，橇車一定在雪地上畫出不少漂亮的弧線，如果她現在吐了的話，嘔吐物一定也是弧狀噴射出去的。

不知道轉了多少圈，橇車終於緩緩停了下來。凱特知道上方的那人第一時間從橇車上靈巧地跳下，以弓箭回擊敵人，凱特自己則坐起，朝橇車外傾身，不住乾嘔。

她聽見箭矢飛翔的咻咻聲、莫爾格犬痛苦的哀嚎聲、刀鋒港岸的風聲，以及……腳步聲？沉重的腳步聲。某種巨大而笨重的東西正在迅速地接近，不管那是什麼，那東西的步履將厚厚的雪地壓出一個又一個的印子，凱特可以清楚地聽見碎冰被踩碎、積雪被刨起的聲響。

不是人，也不是莫爾格犬。腳步聲太沉了，聽起來，正在接近他們的東西，有著尖銳致命的掌爪。

「吼——」

低沉、宏亮、狂野。令人打從心底感到畏懼。凱特從來沒有在這麼近的距離下見識野獸咆哮，她第一次感受到身為獵物的恐懼，她知道朝他們狂奔而來的是什麼了。

受傷莫爾格犬的哀嚎及血腥味吸引了這頭野獸，凱特比剛才被敵人的莫爾格追逐時更加肯定，自己活下來的機率微乎其微。

他們的聲響與氣味，引來了一頭雪原熊。

雪原熊是這塊大陸上最龐大的肉食動物，位於刀鋒港岸食物鏈最頂層，人人聞之色變的巨獸。全身布滿雪白的厚重毛皮，在雪地上是極佳的保護色。雪原熊在陸地及海上皆能捕捉獵物，所向披靡，在刀鋒港岸有人類居住之前，雪原熊便已在這極端嚴酷的環境裡生存。

如果你以為莫爾格犬已經夠大了，等著看雪原熊吧！成年的雪原熊直立起來可以達到一棟石屋的高度，身上有著強健的肌肉以及肥厚的脂肪，雪原熊致命的熊掌，一掌要拍死一隻莫爾格犬絕對不是問題。雪原熊身軀龐大，可千萬不要被這看似笨拙的外貌騙了，雪原熊動作敏捷，不但是良好的泳者，更是絕佳的陸上狩獵者，全力奔跑的雪原熊可以追上莫爾格橇車，有時甚至會跟刀鋒港岸的漁船爭奪大型獵物。

凱特下意識跳回橇車，將車身一翻，上下顛倒，躲進倒扣的橇車內。這麼做估計沒什麼用處，雪原熊的夜視力比人類好，而且就算不在牠的視線內，牠用聞的也可以聞到凱特的味道。

不過，這總比在風雪交加的黑暗中盲目逃跑來得好，跟雪原熊賽跑絕對是找死的行為。

雪原熊的腳步逼近，凱特不住顫抖。雪原熊通常居住在沿海，唯有少數的雪原熊在格蘭塔山脈出沒，然而，凱特所在的這片荒野，對於一隻雪原熊來說，離海岸或山區都太遠了，凱特只能推測這是一隻落單迷路的雪原熊。

如果是這樣，天知道牠上一次進食是什麼時候。聽著雪原熊的怒吼，凱特絕望地想，剛才救我的人跑到哪裡去了？如果他繼續在熊的視線裡晃來晃去，他就要成為熊的晚餐了！

然而，她聽見某種奇怪的吼聲。相當近似於雪原熊的怒吼，卻比雪原熊單薄許多，單薄、且高亢，簡直像是一名人類在模仿雪原熊的吼叫，並且學得維妙維肖。

像在應和模仿的吼聲，雪原熊咆哮了起來，並加快腳步。凱特感覺地面震動，她的心臟砰砰跳著，她可以感受到雪原熊的逼近：笨重的步伐、粗濁的氣息。凱特雙手握拳，害怕地閉上眼睛。雪原熊朝她直奔而來，然後——越過她，急急朝另一個方向奔去。

在雪原熊與凱特錯身而過了好一陣子後，凱特才敢慢慢睜開雙眼。她聽見不遠的地方傳來莫爾格犬的悲鳴，以及屬於人類的慘叫。她連忙掀開倒扣的橇車，鑽了出來，只見剛才追趕她的敵方橇車著了火，防風燈翻倒，點燃了橇車。火光照耀之下，凱特看見雪原熊跟莫爾格犬搏鬥著，以雪原熊的標準來看，這隻雪原熊不算太壯，中等身材，應該相當年輕。即便如此，莫爾格犬完全不是熊的對手，雪原熊大掌一揮，莫爾格犬的身軀便高高飛起，重重落下，癱軟著身子，再也爬不起來。

敵人的橇車有四對莫爾格犬。凱特瞇起眼，藉著火光才看清。四對，是軍用莫爾格，只有在戰場上才會出現。

敵方真的是刀鋒灣城軍隊嗎？還是某位貴族為了掩人耳目，拆去第一對莫爾格，只使用後面四對，混淆視聽？凱特看到敵方好幾隻莫爾格犬身中數箭，倒在血泊中，附近沒有其他人的蹤影。奇怪，這輛莫爾格的駕駛呢？

想起那位冒險跳到自己橇車上，救了她一命的人，凱特四處張望。對方站在她的身後，似乎沒有受傷，但是每當凱特移動，他也跟著移動，始終保持在凱特的正後方，不讓凱特看清。

「你是誰？」凱特質問，不斷轉身，試圖捕捉對方的身影，可惜對方的速度太快，凱特只能看見對方衣角一閃而逝：「你是什麼人？」

什麼樣的人在夜闌人靜時會出現在城外的荒原？有這般敏捷的身手，大膽跳上橇車，壓給凱特解藥，還能讓兩人從失控的莫爾格上全身而退？

什麼樣的人會模仿雪原熊的吼叫？是在操控那隻雪原熊嗎？綜觀刀鋒港岸的歷史，除卻古時的熊主，至今沒有任何人能成功馴養雪原熊。然，熊主早已失傳且斷絕，這個人怎麼可能做得到？

是誰？凱特繞著圈子，想看對方一眼。是誰救了我？

「不要跟我玩捉迷藏！」凱特被對方的躲躲藏藏激怒，厲聲命令：「你——」

霎時，對方突然動作，右手像閃電一般迅速出拳，重擊凱特的左側太陽穴。凱特完全沒有預料到對方會攻擊自己，她眼前一黑，不支倒下，她沒有看清對方的相貌，只見寒風吹拂滿地白雪，冽風寒入骨髓，那是她失去意識前映入眼簾的最後一個畫面。

不、不對。那並不是她所看到的最後畫面。

彷彿做夢般，迷迷糊糊地，她以為自己倏然飛掠天際，橫跨山脈，越過沙漠，像一隻隼鷹般離開刀鋒港岸。

她目睹高塔坍塌，見證城垛潰敗，凝視綿延萬里的濃密森林化作一片火海。她眼看軍隊燒殺擄掠，女人被押為奴隸，男人遭屠殺，小孩被拋下城牆摔死，屍體堆成高高的一疊，焚燒的篝火升起滾滾濃煙，在蒼白天幕劃上一道深深的黑疤。

死亡、絕望與瘋狂在這座森林包圍的美麗城市肆虐。即便深陷萬劫不復的苦痛，在萬民的哀嚎與悲鳴下，這座城市還是顯得那麼美。雕花的細柱、石造的大廳、大理石噴泉、哀愁的雕像，宛若玉造的平整階梯，方正整潔的巷道，雖然濺滿了鮮血，遍地斷肢與骸骨，卻還是那麼美麗。

或者該說，正因為被殘酷的血洗，這座城池展現出前所未見的反差，它的清麗，成了某種著魔般的妖豔。在四周森林肆虐的烈焰，火紅的光芒一明一滅，跳舞似的簇擁這座城。

城內的居民優雅纖細，一眼便能分辨出他們與侵略者在外貌上的差異。即便面對著自己的死期，或反抗、或哭泣、或戰或走，他們依舊帶著不容侵犯的凜然，正如他們建造的城池，他們表現出與城市相輝映的美感。

吸引住凱特目光的，是一個女人。那名女子有著像瀑布一般濃密的紅金色頭髮。那是夕陽的顏色，絢麗的夕陽即將落下前最終的光輝，搭配上對方珍珠白的肌膚、優雅的體態、細緻的面容，呈現出不可思議的美感。這不是這個世界應有的美，而是在這個世界之外，千百年後驀然回首，依舊獨一無二的美。

女人睜著漂亮的雙眼，淚水不住落下。她的眼睛是鮮豔的綠色，不是艾里莎那樣的黃綠色，而是翡翠般的青綠。紅金色的長髮被風拂亂，寶石般的綠眼中不停落下淚珠。她緊緊抱著一位黑髮黑眼，高挑而結實的男子，不住哭泣。

與身旁這位絕世佳人相比，男子顯得格外平庸，只是襯托著鮮花的綠葉。想到這裡，凱特才意識到這兩人真正特殊之處。

女子，毫無疑問，是屬於這被侵略的美麗城池的居民。她那令人無法直視的美、絕望的神情和悲慟的哀嚎，在在表現出被侵略者的痛。另一方面，男子卻明顯不屬於這座城。他穿著一襲黑色軍袍，與侵略者的軍裝同樣款式，但相對典雅，暗示著他的高等軍階。

這兩人怎麼會在一起？在這家破人亡的時分，兩個理當站在相反陣營的人，為什麼，在一起？

女人在哭泣，操著奇怪的口音，斷斷續續地說著索格爾通用語。她不斷被自己的抽噎打斷，因此，縱使凱特在示亞撒半島上習得了簡單的索格爾語，卻沒有辦法從女人濃厚的口音及破碎的語句中，了解事情的原貌。

「詛咒……他……詛咒……」這是凱特唯一聽懂的幾個字眼。

男人的聲音相較之下清晰許多，那是字正腔圓的標準索格爾語，語調中帶有安撫的溫柔，與四周焚城屠殺的殘酷格格不入。

「不會有事的。噓，相信我，不會有事的。」

「他詛咒了我……他……」

「噓，別怕，我會保護妳。」男人抱緊女人，黑色的眼眸中露出銳利精悍的光芒：「我發誓。」

女人沒有回答，只是不住啜泣。在絕望中，她還是美得令人屏息，從翡翠綠的眼睛中，淚湧不止。

這，才是凱特在陷入黑暗前，所看到的最後一個畫面。

當凱特醒來時，慘白的陽光透過窗戶灑落，她發現自己安然地躺在刀鋒灣城堡壘的廂房內。

即便傷痕累累，渾身痠痛，她與老臣的晚宴、突如其來的襲擊、拯救者、雪原熊，以及在那之後宛若幻象一般，她所見證的城池陷落，都像暗夜的惡夢——不真實，且虛無飄渺。

第二章：諭言者與熊主

Lady Prophet & Bear Master

海，是陰鬱的顏色，隨著天氣的變幻而更動。當天氣晴朗，萬里無雲時，海面呈現深藍，從示亞撒半島上眺望，緩緩接近港口的貨艇、張起羽翼出港的帆船，像玩具一般散落在碧藍色的大海。日落，巨大的太陽接近海平面，彷彿要將整片海洋燃燒，不顧一切地染紅水波，浪花淘盡，淘不出餘暉的燦爛。

當然，正如月亮有圓有缺，半島上的日子，自然有晴有陰。陰天，細雨綿綿，天上灰暗的雲朵低垂，無精打采，連飛高一些的意願都沒有，好像一伸手，就可以輕易觸摸到柔軟的雲。無雨的日子，半島會用薄霧將自己包裹，宛若披上了一層輕紗，慵懶地將自己的面目隱藏。這些時候，大海心事重重，沉下臉來，將自己壓成鐵灰色，不苟言笑。

凱特記得相當清楚，那一天，就是那樣的雨日。

那是她抵達示亞撒半島的第二年，當時，她還不被吞紋塔的先知接納，凱特露宿在塔外，居無定所。放下一切是成為蛻蛹者的必要條件，她不再擁有任何東西：沒有住所、沒有職業、沒有財產、沒有地位。破曉，她便來到吞紋塔外，閉上眼睛，面對墨色大門，跪拜，冥想。入夜，往任何一根柱子或是樹樁一倚，闔衣就睡，三餐接受施捨與救濟。這樣的生活，對從小身為刀鋒灣城繼承人的凱特來說，是相當大的挑戰，現在回想起來，她都不知道最先的那幾年，自己是怎麼渡過的。

那個雨日，遠方海域傳來隆隆雷聲，凱特坐在吞紋塔外破敗的舊城牆下。她很累了，細雨浸溼她的衣物，膝蓋因長期跪拜而生疼。她倚在城牆下，半瞇著眼睛，遠眺海峽。在示亞撒半島，像她這樣又臭又髒的流浪者並不罕見，會來到這個半島，必然是對半島上的特定宗教有所求。凱特見過悲慟的母親，抱著自己已經發黑的孩子，沿著陡峭的石坡，一門、一門宗教的去求，希望其中一個教別能發揮神蹟，將她的孩子從死神的懷裡帶回。然而，贖宗的和尚不發一語，流水與熱炎祭司的歌聲和舞蹈敵不過死神，拜日樓的大門緊閉，九星辰院僧侶勸她埋了孩子，她不聽，轉而向半島上更隱密的其他宗教求助。

半個月後，那位母親在吞紋塔外埋了已經腐爛的孩子，她兩眼無神，神色枯槁，如同行屍走肉一般與跪在吞紋塔外的凱特擦身而過。吞紋先知接納了那女人，讓她成為放下萬象的蛻蛹者之一。

在示亞撒半島上，各式各樣的人都有。黥面黥身的贖宗，嘶吼著鞭打信徒，他們堅信唯有痛楚，才能悟道。贖宗和尚皮開肉綻、鮮血淋漓地在街上走，大家都見怪不怪，更何況像凱特這樣衣衫襤褸的平凡信眾？九星辰院的朝聖者踏上示亞撒半島，必須一步一磕頭，一路跪拜到九星辰院的大殿。又有誰會留意一位孤身在吞紋塔前，每天跪坐冥想的女人呢？

示亞撒半島的氣候與刀鋒港岸完全不同，但是從舊城牆眺望海岸，總會給凱特一股模糊的熟悉感。刀鋒灣外海布滿了像剃刀一般尖銳的冰山，而示亞撒半島的沿海，則像從海底長出獠牙，滿是銳利的黑色的尖石，或高或低。黑岩上光禿禿的什麼也不長，猙獰地對進港的船隻齜牙咧嘴。示亞撒半島本身，則由巨大的黑岩臨列而成，各個宗教密集地座落在陡峭的岩坡——在半島的至高處，吞紋塔黝黑的塔身坐鎮。水手們稱這塊海域為龍牙灘，在示亞撒半島沿海航行的艱險程度僅次於刀鋒港灣的浮冰外海。

頹傾的舊城牆，是凱特的安慰。她看著異域的海，想著故鄉的冷。

那一天，舊城牆下多了一個人。疲憊的凱特並沒有多加留意，畢竟示亞撒半島上什麼人都有，她不介意與陌生人共享一道牆。

「妳不會成為放下萬象的蛻蛹者。」是陌生人說的第一句話。

凱特抬起頭，看了對方一眼。那是一位中年婦人，衣著平凡，體態圓潤，兩顆小小的黑色眼珠在扁平的大臉上閃閃發光。婦人說的是索格爾通用語，但從口音聽來，她並非索格爾人。她的咬字不是那麼準確，幾乎把前一個字的字尾跟後一個字的字首連在一塊。

凱特收回視線，閉上眼，用索格爾語輕聲說道：「這得交由吞紋塔的先知決定。」

「或許吧，」婦人聳聳肩，一笑：「但是，妳不可能成為放下萬象的蛻蛹者。」

真是沒禮貌。凱特睜開眼：「怎麼說？」

「因為這不是妳求得來的。」婦人似是沒察覺凱特語調中的不悅：「我看妳在吞紋塔外跪好一陣子了。」

「一年多。」凱特簡短地說。

「所以這是第二年？」婦人道：「妳以為妳再跪一年，吞紋塔的先知會看妳可憐，放妳進去？」

「當然不是！」凱特動怒了：「我在吞紋塔外跪坐冥想。」

「冥想如何放下一切？」婦人朗聲大笑，彷彿聽到了什麼笑話：「妳真的什麼都不懂，小姐。妳想進呑紋塔的這個慾望，才是妳真正應該放下的。只要妳想待在呑紋塔、只要妳還保持著這個慾望，就不可能『放下一切』。妳難道連這個道理都不懂？」

凱特抿起嘴唇：「妳建議我離開？」

「當然，」婦人露出了一種「這不是很明顯嗎」的神情：「妳在塔外跪了這些日子，難道沒有發現？呑紋塔內放下萬象的蛻蛹者，並不是抱持著『我要成為蛻蛹者』的心態來到這裡的，而是他們在生活中，遭遇到太多事情、或是太悲痛的事件，讓他們對人生澈底絕望，再也站不起來。他們掏空靈魂，只剩軀殼，來到這個地方，圖一個安寧。」

凱特想起那位埋葬自己孩子，眼神空洞的母親。

「當然，也有特例、極度罕見的特例。」婦人續道，凱特忍不住轉頭，細聽：「我見過一個人，他走遍了這個世界的每個角落，做完了所有他想做的事情，他對這個世界已經毫無眷戀，情願放開手中的一切，呑紋先知同意，便讓他進去了。」

「呑紋先知在他的身上，也施了呑紋蛻變咒嗎？」凱特好奇地問道。

「所有放下萬象的蛻蛹者都必須經歷呑紋蛻變咒。」婦人回答：「妳進塔後，就會明白。」

「我進塔……可是我以為妳說——所以我還有希望？」

「成為放下萬象的蛻蛹者？怎麼可能？妳沒在聽我說話嗎？妳是絕對沒希望的。」婦人瞟了她一眼：「妳也很怪，明明不是走投無路，也沒有澈底絕望。老實說，妳這麼年輕，大概連人生是怎麼一回事都還不曉得，卻天天想著進吞紋塔。」

凱特沒有答話。

「像妳這種人，就是太無聊了。」婦人毫不留情：「如果問妳的話，妳大概會回答我，妳來吞紋塔的目的就是放下一切。估計妳在原本的地方遇上了困境，而妳聽說吞紋塔上住滿了放下一切的人，於是妳想：啊，現在太痛苦了，我想逃開一切。所以妳就來了。然而，妳並不是真正地想放下一切，在妳心裡的某個地方，其實還不想放棄，可是妳卻一副『我放棄了』的模樣，不戰而走，真可悲。」

「妳什麼都不知道，請不要隨意揣測。」凱特冰冷僵硬地說。

沒錯，她渴望拋棄一切的慾念勝過了其他，她已經回不去了。沒有家、沒有地位、沒有尊嚴。她別無選擇。

「拜託，妳永遠都有選擇的。」婦人看穿了她的想法，一臉受不了的模樣回道：「在大城市裡，人們並不在乎妳的過去，只要有能力，就可以討生活。妳去過克格多爾嗎？去過杜博拉嗎？只要彎得下腰，放得下身段，妳隨時可以過著截然不同的生活。」

「但是，妳寧可在吞紋塔外哀嚎，說妳受不了了、妳無路可走了、妳絕望了。」婦人搖搖頭：「妳是北方人吧？北方人都這麼死腦筋嗎？」

凱特沒有回答，並不是因為她沒有異議，而是她無法熟練完整地以索格爾語表達自己的想法。她曉得婦人的意思，婦人要她不顧一切地生存下去，或許她也可以那麼做，她相信婦人很可能一路正是這樣過來的，現實地、不計代價地。

如果只是要活著，那麼的確，或許只是換個心念罷了，日子照樣能過。

但是，人生在世，僅僅是活著，就足夠了嗎？如果是這樣，她又為什麼會不停被記憶拉回那一天呢？在鰼黃草叢，渾身是血的女孩隻身啜泣。

「妳剛剛說，」在一陣沉默後，凱特開口：「我可以進吞紋塔。」

「是的，進塔，不過不是以放下萬象蛻蛹者的身分。」婦人伸手指了指不遠處的吞紋塔，黑色的塔身經過雨水的洗禮，微微反射著光芒：「塔裡有很多蛻蛹者，那些人放下了一切，又經歷了吞紋蛻變咒，他們不再存有任何慾望，但他們還活著，只要活著，吃喝拉撒是少不了的，不過他們沒有這麼做的慾望，他們蛻蛹了。吞紋先知需要相當多的人力照顧這些蛻蛹者的生活起居，這些人被稱為所謂的侍奉者。妳在這裡繼續跪下去，只可能成為一名侍奉者，入住塔內，每天幫忙餵飯啦、接糞啦……」

凱特微微蹙起眉頭。

婦人停頓了下來，瞄了一眼凱特：「妳似乎不喜歡我，真有趣，我只是告訴妳事實，事實本來就不是漂亮的。」

既然對方坦承，凱特也沒必要掩飾，直接了當地表示：「我不喜歡妳的口吻。」

婦人笑了，深吸一口氣，細小的黑眼瞇起：「我只是想提醒妳，凱特，妳永遠都有選擇。成為吞紋塔的侍奉者太卑微、太不值得，妳大可做更有價值的事情。」

凱特相當意外地瞪視對方：「妳怎麼知道我的名字？」

「我知道很多事情，親愛的。或者該說，**我們**知道很多事情：過去的、未來的、現在的；可能發生的、未必發生的、無法轉圜的。」婦人的聲音突然低沉了起來，有一瞬間，凱特以為她聽見了多於一人的聲音。婦人的黑眼閃爍，她的笑容充滿祕密：「我們向妳提出一項邀請，親愛的。一個選擇，僅此一次，無論妳的答案是什麼，不能反悔，妳必須接受妳的宿命。」

「妳……是誰？」凱特緊張了起來：「妳在說什麼？」

婦人沒有回答她的問句，她的笑容甜得發膩：「妳有天賦，親愛的，無庸置疑，這很少顯現在北方人的血脈裡。妳有成為我們的天賦，我們看得出來，只要妳願意，我們可以留一個位置給妳。我們或許知道妳的過去，或許不知道，但是我們不在乎。一旦成為瀆諭言者，妳的新身分，就是我們。妳不再是妳，妳成為**我們**。」

凱特忍不住倒吸了一口氣。瀆諭言者！這位婦人是瀆諭言者的一員！

瀆諭言者是一個聲稱能預知未來的團體，發源無人知曉，人數與架構皆不明，但普遍認為其成員不超過十名。許多人往往誤解瀆諭言者為宗教組織，但比起宗教，它的本質更接近情報販子。瀆諭言者販售預言，據傳，它的成員各個天賦異秉，擁有各式各樣參透天機的本能。他們神出鬼沒，居無定所，不接受委託，反而主動聯絡客戶，因為——根據傳說——他們無法控制他們能預見什麼、什麼時候能預見、以及能預知的程度。有些時候，他們甚至無法正確解讀他們所預見的景象。

在傳說中，他們總是突然出現在客戶的面前，告訴對方：他們有一則預言，認為與對方相關，並告訴客戶他們主觀認定這則預言值多少錢。剩下交由客戶決定，如果客戶付款，他們便會傳達他們預見的未來，以及他們認定的解讀方式，然而，他們不保證預言的準確度，更不擔保他們的解讀是正確的。他們的說法是，人生在世，本來就不該知道自己的未來，他們提供一項可能：這是他們認為可能發生的未來，信或不信，隨你。想知道？拿等價的事物來交換。

讓瀆諭言者聲名大噪的事蹟，發生在索格爾帝國出兵法洛森林之際。瀆諭言者求見法洛王司，表示有重要預言必須告知法洛人民。法洛王司接見了瀆諭言者的代表，而瀆諭言者說出了驚天動地的話語——他們的預言，必須拿所有法洛森林當年「在楓葉變紅之前，白雪融化之後」出生的孩子來換。

面對這樣驚世駭俗的要求，法洛王司當然不可能答應。於是，瀆諭言者離去了，他們一向只給客戶一次機會。半個月之後，索格爾皇帝踏平了法洛森林，普遍認為，這就是瀆諭言者當時打算帶給法洛古城的預言：城破、國亡。

在許多地方，瀆諭言者被判定為異端。索格爾宗廷明文宣布瀆諭言者為魔鬼崇拜，瀆諭言者的預言能力暗示著人可以提前知道神的計劃，從而改變神的旨意。索格爾宗廷反對這樣的看法，並且不惜公開處決任何雇用瀆諭言者的索格爾人。在克格多爾，海之王的子民不相信有人能預知未來，瀆諭言者被視為黑暗與墮落的代名詞。許多傳說甚至顯示，瀆諭言者為了增強他們的預感，無所不用其極：吸食毒物、肉體接觸、瀕死狀態——將自己逼至極限，以增加預知能力。

以「我們」自居，並要求對方在選擇後接受宿命。凱特從來沒有想過，這種只存在傳說裡的組織，竟會現身示亞撒半島，出現在自己的面前。

「你們弄錯了，」凱特忍不住失笑，搖搖頭：「我沒有你們那種……預知能力。」

「我不否認我們有判讀錯誤的可能，」婦人鄭重地說道：「但我不認為我們這次誤斷了徵兆：妳能看見過往、現在及未來。如果妳想要，我們可以讓妳的能力登峰造極。」

「如果我拒絕呢？」

「那是妳的損失。」婦人聳聳肩：「當預知降臨時，妳將求助無門。不要以為預言很容易，那是一段迷惘的歷程，妳將沒有我們的協助。」

「我……」凱特狐疑地看向對方：「你們找錯人了，我從來沒有……看到什麼過。」

「我們將這視為妳的拒絕。」婦人眼神轉冷，漠然地說：「妳有天賦，但妳的天賦並非獨一無二。總有一天，妳的能力會找上妳，妳將看到妳不能理解的畫面。屆時，妳會了解妳此刻拒絕了什麼，而妳只能接受妳的宿命。」

婦人扶著城牆，站起身，凱特仔細地觀察對方，婦人看上去平凡至極，一點都不像傳說中的瀆諭言者，她的衣服老舊樸實，破洞的地方還用針線補過，手腕上沒有任何的飾品，赤裸雙足，如果不是她表明自己是瀆諭言者，凱特絕對會以為她只是尋常農婦。

婦人所說的，是真的嗎？還是她是個精神錯亂的瘋子，剛才所說的一切都是胡言亂語？示亞撒半島上有很多精神異常者，某些人在信仰了某種宗教後，變得跟一般人不同；某些人則因為特定的宗教無法圓滿他們的希冀，精神崩潰。

這名婦人，真的來自瀆諭言者嗎？

像是聽見凱特腦中的懷疑，正要離去的婦人突兀地停頓，回過頭：「雖然妳拒絕了，親愛的，但看在我們緣份一場……」

婦人伸出她的舌頭——她的舌頭出乎意料的豔紅，一如鮮血——朝左手中指一舔，然後將沾溼的中指朝凱特的眉心一按。

那一瞬間，凱特感到一陣顫慄竄過全身，她覺得自己終於睜開了眼睛——雖然她的眼睛一直都是睜著的——她覺得這個世界一直以來，都被一層薄紗掩蓋，現在，她的視線穿透了薄紗，看清蒙蔽在那之下的事實。

婦人依舊是婦人，同樣的破舊衣裳，同樣的平凡面貌。然而，婦人不再是婦人，當凱特望向她時，她同時看到另外兩個面貌，一個是女孩，那是屬於婦人過去的年輕相貌，她的服著華麗，神情倨傲；一個是老嫗，那是屬於婦人未來的年老相貌，她一襲黑衣，頭髮盤成一個髻。三個影像重疊在同一個人的身上，卻清晰無比：過去——現在——未來。

凱特瞪大了眼睛，驚愕無比，正想叫喚婦人之際，一切便消失了。她獨自坐在破敗的城牆下，面對灰暗的天幕，雨滴落下，遍地不見婦人的身影。

半年後，凱特成為侍奉者，入住吞紋塔。接下來的八年，她幾乎遺忘了這件事，這場際遇像光陸怪離的夢魘，不必較真，不須較真。

直到今天。

凱特縮在木椅中，用厚重的毛大衣包裹自己，經歷了昨晚的驚魂後，她的身上滿是刮痕、瘀傷。凱特疲憊地將頭靠在椅背上，她累壞了。這一切像理不清的毛線，糾結無解。

是誰讓她服下毒物，導致她在莫爾格上呼吸困難？是誰在雪地裡攻擊她？又是誰救了她？

……救了她，卻將她擊昏。醒來時，她已被安然送回刀鋒灣城。

如果說什麼都不知道的話，那是在說謊。凱特的心在尖叫，尖叫並淌血，但是，有可能嗎？是**他**？十年前刀鋒灣城比武大賽脫穎而出的第一武士，毫無疑問地有著精湛的能力，然而，他怎麼可能知道凱特會在莫爾格上遭受襲擊？即時出現並拯救她？再說，他又如何進出刀鋒灣城，通過重重守衛，將自己送回？他仍是第一武士嗎？他的身分應該全然被否定了吧？凱特是如此確信父親或艾里莎會盡一切所能剝奪他掙下的所有。

雖然這麼想，凱特心裡比誰都清楚，真正奪去對方一切的人，是**她自己**。

眼眶發燙，唇角顫抖，她以為在吞紋塔的這十年她學會了遺忘，但她沒有，她不過就是在這十年中刻意不去看罷了。到現在，她仍舊記得，在那決定的一瞬間，她避開他的視線——灼熱的、渴望的、期待的——她做了決定。她決定懲罰自己，並且懲罰他，無辜的他。

有很長一段時間，凱特再不敢說那兩個字。向父親宣布她的決定時，聲帶的震動、唇瓣的碰觸，記憶太新、太痛。**獅子**，她在心裡品嘗這字眼，**獅子**。每想一回，心裡便一緊，即便現在也一樣。

在呑紋塔，凱特有的是時間，很多時間——慢慢咀嚼她對他做的事情。她甚至沒有膽子留下來，在他行刑之前，她便逃開了，逃得遠遠的，揚帆出海，將他拋下待死。當船隻駛近示亞撒半島，她唯一的安慰是，至少他可以死得痛快，或許這也是種仁慈。

見鬼的仁慈。凱特苦澀地回想著，我怎麼就沒想過，要是他沒有死呢？他會受到什麼樣的折磨？放逐？或是囚禁？我一無所知，我沒問過，一次都沒有。

可是我能問嗎？能問誰呢？全城皆知的**醜聞**，**我的醜聞**。在十年後艾里莎病重之際，我能問嗎？或許十年前的話題到了今天已燃至餘燼，但只要由我來問，這一切便能再度燒得沸沸揚揚。

在我對他做出這一切後，他卻還是救了我……嗎？一聲不吭地救了我，甚至不願意讓我看見他的面貌，沒有引起守衛的注意，將我送回刀鋒灣城後，像煙霧一般消失。

我寧可你恨我。凱特悲傷地想著，我情願你恨我，也不要你救我。你該恨我的，所以，恨罷。

凱特又想到了她在昏迷時看到的那段畫面，那究竟代表什麼呢？是某種對比嗎？回想起在示亞撒半島遇見瀆諭言者一事，凱特打從心底發冷。難道瀆諭言者是對的？她真的可以透視過去、預見未來？

據凱特所知，博昂雷歐家族從來不信預知這一套，更沒有聽說哪位先祖擁有千里眼的特質，而凱特對母親的家族所知甚少，過去父親總喜歡把她帶在身邊，為未來繼承城主做準備，相較之下，艾里莎跟母親在一起的時間還多些。

母親。凱特心裡泛起了另一陣悲傷，在父親過世時，母親依照刀鋒灣城的傳統，自盡殉葬。遠在吞紋塔的她，父親與母親的最後一面都沒能見到。

——總有一天，妳的能力會找上妳。

她後悔拒絕瀆諭言者嗎？凱特捫心自問。不會，至少目前不會。她知道自己幾乎可以確信，她所見到的屠城景象，是三十年前，索格爾大軍踏平法洛古城的一幕。她只是不了解自己為什麼會看到這個景象，以及背後的意義究竟是什麼？在刀鋒灣城的統治階級擔心索格爾帝國入侵之際，她見到這樣的景象，有什麼涵義？

還是這是某種平行隱喻？凱特想著她所看見的那兩位相反陣營的男女，男方——黑色軍袍、標準索格爾語——是索格爾軍官，女方——不食人間煙火的美、陌生的異國口音——應該是法洛人。他們談到某種詛咒，男人抱著女人，發誓永遠保護她。

刀鋒灣人不相信世上有什麼詛咒，但是，保護……凱特苦澀地抿起嘴。曾經也有人允諾她，要陪著她、保護她，一生一世。而她，卻在接受了之後反悔。她告訴父親她的決定：獅子，給他獅子。

發出一聲嗚咽，凱特將臉埋進手中——如果不是在那個時候，從眼角瞄到一抹闖入的黑影，她可能會當場不顧形象地放聲大哭。

「天啊！」

被入侵者嚇了一跳，凱特從木椅中一躍而起，倒吸一口氣，驚恐地瞪向來者。

「……幹麼嚇成這樣？」

多恩爵士手上抱著一疊文件，正從轉角彎過來。望著她，他的眼裡有一抹意外，但很快地被笑意蓋過。多恩爵士露出興味的神情，開起輕鬆的玩笑：「凱特閣下，您在做什麼壞事嗎？」

「放肆。」

幸好自己沒真的哭出來。凱特別過臉，她覺得很丟臉，希望自己私密的一面沒被這傢伙看見。不過這也不算多恩爵士的錯，凱特並不是在自己房裡，而是在城主堡壘面對中庭的偏窗前，凱特從小就知道這個地方，對她而言，這就像是她的祕密基地，因為位置冷僻，很少人知道，以前只要心情不好，她就會一個人躲來這裡。

經歷了昨晚的事而心煩意亂的凱特，根本沒預料到會在這裡遇見其他人，更沒有想到對方會是多恩爵士。

「您在這裡做什麼？」凱特以一種格外疏離，幾乎命令式的口吻問道。

「我？」多恩爵士笑道，把手上的文件放到窗台上：「我常常來啊，這裡。」

「您是怎麼知道這個地方的？」

「噢，迷路的時候發現的。這裡很安靜，椅子很舒服，有時候城主夫人亂發脾氣，或是跟某位大臣吵架，我就會來這裡做我自己的事，以免被牽怒。」多恩爵士輕快地說，彷彿這是天經地義的事情：「妳呢？妳又在這裡做什麼？」

「沒什麼。」這裡曾經是我的祕密基地。凱特惡狠狠地瞪著對方，但不再是了。

多恩爵士這個人令凱特感到焦躁，他似乎缺乏某些自覺，不知道是不是因為對方是多柬人的緣故，他始終沒有意識到自己跟城主家族是下對上的關係，他的言行舉止在在顯示他誤認自己和城主家族是平等的，這讓凱特相當惱火，難道沒有人教過他嗎？就放任他這樣？還是他的出身好，在多柬部族裡等同貴族，所以到了刀鋒灣城後仍改不過來？

好比說現在，多恩爵士連問都沒有問，就一屁股坐在凱特身邊。依照傳統，沒有城主家族的允許，家臣不能當著城主家族的面坐下，而且更不能平等地坐在同一張椅子上。但撇開傳統不談，這是一把長椅子，空間很顯然足夠兩個人坐，綽綽有餘。他一定要坐在我旁邊嗎？一定要挨著，不能過去一點嗎？

如果不是因為她現在沒那個心情，凱特真的很想把這掛著假鬍子的無禮娃娃臉從椅子上踹下去。

「昨晚老臣的晚宴如何？」一坐下，多恩爵士便興致勃勃地問。

差點沒命。凱特不帶一絲情感地說：「還好。」

「妳看，我不是告訴妳——」

多恩爵士原本有些得意洋洋的語調突地一滯，在凱特反應過來之前，她的下巴忽然被多恩爵士的右手緊緊鉗住，臉被迫朝爵士的方向轉去。她對上多恩爵士的黑眸，很意外地發現對方收起玩世不恭的態度，眼神裡混雜著前所未見的嚴肅，他的視線定在凱特的太陽穴，聲音比平時低沉了許多，不知怎麼竟令人感到有些危險：「……發生了什麼事？」

那是昨晚被擊傷的痕跡，今天早上檢視時，呈現青紫色的瘀血。凱特一直很小心，盡可能不讓其他人注意到，剛才多恩爵士一進來，凱特也保持著以側臉面對他，掩飾傷痕，沒想到還是被發現了。

凱特「啪」的一聲想打掉對方的手，但多恩爵士的力氣遠比她想像中的大。凱特又驚又怒，從來沒有人這麼大膽，直接在城主家族成員身上動手。將頭朝後仰，凱特想掙脫對方，多恩爵士卻捏得更緊，不讓她逃開。

「鬆手。」凱特抿緊嘴唇，低聲命令：「多恩爵士，放開我！」

「昨天晚上，發生了什麼事？」多恩爵士的語調很輕，卻比凱特來得更有氣勢，像一道不得不服從的命令。那一瞬間，凱特終於明白為什麼自己每次看到多恩爵士，心裡就不愉快，因為不論多恩爵士驅使半開玩笑的態度，或是像現在居高臨下地箝制她，他都有著一股渾然天成、高高在上的氣息，並不是多恩爵士刻意瞧不起人，而是他無意識地散發出渾厚的氣勢，在說話之前先把對方壓矮了一截。

凱特動彈不得，有一瞬間，她實在很想避開對方的視線，卻覺得如果自己先逃開的話，那就輸了。於是，她只好硬著頭皮，用眼神老實不客氣地瞪回去，冷然道：「不干你的事。」

多恩爵士沒說話，犀利的黑色眼眸仔細觀察她，凱特只好拚命忍住自己想往後縮的衝動，多恩爵士的銳利探詢令人不敢直視。他真的只是一介外交大臣嗎？他的來歷是什麼？在多東部族裡，他究竟擁有什麼樣的地位？

「是誰動的手？」多恩爵士追問：「艾里莎？」

「艾里莎？怎麼可能！」拜託，艾里莎自己都病成那樣了，哪來的力氣——等等，多恩爵士直接叫艾里莎「艾里莎」？真沒禮貌！

凱特皺起眉頭，糾正：「爵士，您應該尊稱她為『城主夫人』，請放尊重些。」

這句話像魔咒一樣，原本咄咄逼人的多恩爵士先是一愣，然後將頭向後一拋，哈哈大笑，鬆開對凱特的箝制，令人喘不過氣來的氣氛頓時煙消霧散。

凱特莫名其妙地看著他，這人怎麼像神經病一樣？但多恩爵士笑得很開心：「凱特閣下，您真是有意思。」

「我不知道您在說什麼。」凱特漠然地說。被多恩爵士抓過的地方還隱隱生疼，但是凱特不願意當著他的面伸手去揉，對她來說，那是示弱的表現。

「沒什麼。」多恩爵士笑道：「凱特閣下對於某些事情分外執著，到了一種好笑的地步——啊，我沒有壞的意思。」

這人在說什麼？凱特勃然大怒，嘲弄我可笑，還說沒有壞的意思，這話能聽嗎？如果是在父親那個年代，老早就派人拿鞭子出來抽了！

「多恩爵士，請您自重。」凱特以能讓空氣結凍的聲音說道。

「抱歉，」多恩爵士聽了這話，稍微克制了一下自己：「但是凱特閣下，我不是您的敵人，把昨晚發生的事情告訴我，對我們都有好處。」

真對不住，我實在看不出好處在哪。「多恩爵士，這是我的私事，與您無關。」

「凱特閣下，您的固執不會為任何人帶來益處。您支持艾里莎城主夫人，我也希望盡可能地幫助她，我們兩個的目標是一致的，彼此猜忌實在毫無意義。」多恩爵士停頓了一下，才說道：「我有一個弟弟，我明白那種想要幫助自己弟弟——或者以您的角度——妹妹的感覺。」

「喔？」凱特盡可能讓自己的聲音聽起來一點都不感興趣。原來多恩有個弟弟？

「我弟弟跟我差了十四歲，我常常懷疑自己扮演的角色不是他的哥哥，而是他的媽媽，一天到晚替他操心這個、操心那個的。」多恩爵士聳聳肩，苦笑道：「我弟弟……我想幫他，卻不知道該從何幫起，所以我可以理解您想要幫助艾里莎城主夫人的感覺。」

真難想像多恩爵士操心的模樣。凱特忍下了笑，不冷不熱地接了一句：「兩位年齡差距蠻大的。」

差十四歲……多恩爵士的弟弟才二十三歲。凱特挑起眉毛，不僅比我年輕，他弟弟比艾里莎還小！

「是啊，相差十四歲實在很要命。他不喜歡我管他，指責我企圖掌控他的人生。」多恩爵士唇畔的笑容苦澀加深：「但是，我不可能撒手不管，特別是現在……就算在他看來，我是一朵巨大的烏雲，是籠罩他人生的黑影。」

最後一句話無奈而沉重，讓凱特有些意外，同時也感到某種壓迫。我呢？對於艾里莎而言，這位死板、不苟言笑、一點都不懂得變通的姐姐，會是一道陰影嗎？

「二十三歲，」凱特想了想，說：「應該能為自己負責了。」

「所以我該放手？」多恩爵士笑了：「這個建議我原封不動地還給您，凱特閣下。」

艾里莎比多恩爵士的弟弟年紀更大。她是否認為自己足以擔下一切責任，並覺得姐姐干預過多？

「……對我們而言，他們總是像個小孩。」

「沒錯。一眨眼就比我還高了，真嚇人。」

出自好奇，凱特問道：「您的弟弟叫什麼名字？」

多恩爵士似乎沒有料到凱特會問起，他抬起頭，很快地看了她一眼，不知怎麼遲疑了一下：「……絡革。」

「絡革？」凱特重複了一遍，在她零碎有限的多束字彙中搜索：「我以為絡革是多束語『很好』的意思，這字也可以拿來當人名用？」

「妳懂多束語？」多恩爵士揚起聲調，相當驚訝。

面對多恩爵士的無禮，凱特已經絕望了，也懶得一直糾正他該用「您」而不是「妳」。她回答道：「我不懂多柬語，只知道一些詞彙。絡革這個字，在打招呼或做生意的時候常常聽見，像如果問『今天天氣如何？』多柬人會回答『絡革』，意思是天氣很不錯。或者，想表達這場交易很令人滿意，多柬人也會說『絡革』，所以我一直把這個字眼想成『很好』的意思。」

「可以這麼翻譯。」多恩爵士點頭：「『絡革』可以是宜人、合適、心曠神怡的意思。多柬名字跟索格爾名字一樣，每個字詞都有獨特的涵義。」

「喔?那『多恩』是什麼意思呢？」

「多恩嗎？」多恩爵士笑道：「多恩是『明察秋毫』的意思。觀察細微，像老鷹的視線般銳利的意思。」

雖然很不想承認，但凱特認為這名字頗適合多恩爵士。

「凱特閣下，」似乎意識到自己談了太多私事，多恩爵士斂起笑容，將話題拉回來：「向您老實說罷，我個人認為，您回來刀鋒灣城一事，是某人在背後精心操控的結果，我還不知道那個人是誰，也不確定背後的原因——為什麼要挑這麼敏感的時間點，將您引回刀鋒灣城。凱特閣下，我……」

「您多慮了。」朝厚大衣裡縮了縮，凱特打斷多恩爵士的話語，不再閃躲：「決定回到刀鋒灣城的是我自己：攝政王沒有要求我回來，艾里莎也沒有通知我她生病了。」

多恩爵士鍥而不捨地問：「那麼，您如何得知艾里莎城主夫人的病情？」

「當我還在吞紋塔的時候，聽一名來往的信眾偶然提及的。」

「吞紋塔！？」

凱特被多恩爵士的呼喊嚇了一跳。只見多恩爵士瞪大了眼睛，以一種驚世駭俗的神情望著她。這是凱特第一次見到多恩爵士如此訝異，就算凱特當場在他面前肢解一名嬰兒，多恩爵士也不可能露出更驚駭的神情了。他的眼神裡混雜了不可置信、好奇、還有一絲近似厭惡的奇怪情緒。

凱特自己的驚訝絕不亞於多恩爵士，並不是對方的反應讓凱特詫異，畢竟對示亞撒半島抱持反感的人，在這個世界上不算少數，而是——

「多恩爵士，我以為您是多柬人。」凱特皺起眉頭，問道：「難道，您信奉索格爾國教？」

多恩爵士那近似厭惡的反應——秉持「你們這些惡魔崇拜的瘋子褻瀆了神」態度的，十個人裡有九個是索格爾人。索格爾帝國的一神教宗廷嚴格地約束著索格爾全國上下，大多示亞撒半島上的次宗教都是被索格爾宗庭宣判為異端的信仰，若在索格爾帝國境內傳教，會被宗廷當成魔鬼崇拜而燒死。

多恩爵士分明來自多柬游牧民族，怎麼會有這麼索格爾式的反應？

「我，是一名異族皈依的索格爾國教徒。」多恩爵士的表情不知道為什麼有些僵硬，聲音不自然地壓低：「我年輕的時候在索格爾卡比——也就是索格爾的首都——求學，我是那個時候皈依的。」

異族皈依？凱特好奇地打量多恩爵士，年輕的時候在索格爾帝國求學？艾里莎知道這些嗎？我們刀鋒灣城真的需要一位這麼親近索格爾帝國的外交大臣嗎？

多恩爵士似是猜到她的思緒，他很快地重新升起笑容，說道：「我以為您會比其他人更能理解我皈依索格爾國教這件事。」

「怎麼會？」凱特冷冰冰地嘲諷：「放棄多東的部落信仰倒戈索格爾宗廷？不，我不理解。」

「但據我所知，刀鋒灣城自古以來是沒有宗教信仰的。」多恩爵士挑起眉毛，娃娃臉因笑意而印上淺淺的酒窩：「您卻拋下一切，遠走高飛示亞撒半島的吞紋塔。」

凱特一時答不出話。半晌，她才不服氣地高高揚起頭，生硬地說：「我有我的理由。」

「那麼或許，凱特閣下，」多恩爵士的酒窩加深，微微瞇起眼睛：「我也有我的理由。」

別過頭，她避開多恩爵士令人生厭的笑容，凱特竟找不到回應的話語。她不喜歡多恩爵士，也不信任多恩爵士，但這不代表對方說的話毫無道理。她自己，出於只有她可以理解的理由，遠行示亞撒半島，她無法批判多恩爵士，她沒有資格。

但是以自己為例子，她雖毅然離開刀鋒灣城，卻依舊深深愛著這片土地。示亞撒半島一行是她內心的交戰，她想遺忘、想拋棄並斬斷一切重新開始。然而，看看現在，她終究回來了，與故土的緊密連結是無法切斷的。

多恩爵士呢？多恩爵士也愛著多朿嗎？還是多恩爵士寧願拋去多朿人的身分，只願變為一名索格爾人？她雖然不敢說自己了解多恩爵士，但是從多恩爵士的種種言行中，不難判斷他對索格爾帝國有著某種凱特不能理解的強烈嚮往。

為什麼呢？一名自由自在的游牧多朿人，竟情願將自己桎梏在嚴謹而無趣的索格爾一元社會？

「……現在妳知道了我的祕密，會不會比較放心？」

「什麼？」凱特從思緒中醒來，茫然地望向帶著濃厚笑意的多恩爵士，不明白對方的意思。

「我信仰索格爾國教啊。」理所當然的口氣。

這算是祕密嗎？

多恩爵士看出了她的困惑：「我的意思是，刀鋒灣城沒有任何傳統信仰，刀鋒灣人也大多沒有宗教背景，不是嗎？」

噢，我懂了，這傢伙誤以為刀鋒灣城沒有信仰，所以就不容許他擁有信仰。他以為這裡是哪裡？索格爾嗎？我們才沒那麼狹隘。

「刀鋒灣城沒有信仰——這是一件淺顯易見的事情，任何信仰的存在都必須有一個絕對的要素，那就是你必須『相信』：相信你的神或靈，相信你的儀式或禱告，相信在你做或不去做某些事情後，你的處境會變好。不論生前的際遇，或死後的去來。」

凱特一頓，將視線投向遠方：「然而，在刀鋒港岸，在這塊長年積雪不化的地域，氣候就是那麼惡劣，土地就是那麼貧脊。當你不論再怎麼祈禱，狀況也不會變好的時候，你自然就不會祈禱了。」

多恩爵士露出了一個玩味的笑容：「那麼生死呢？哲學思考呢？我們從哪裡來？往哪裡去？你們刀鋒灣人不會有這樣的疑惑嗎？」

「我想，極端的環境將我們訓練得現實無比。在我們看來，與其膜拜不存在的神，還不如實際工作來得踏實。生死之事，我們抱持著相對消極的態度——反正誰也逃不過，在活著的時候拚命想它，又有什麼意義呢？不如想著這一秒要怎麼活下去。」

「但我這麼說的意思，並不是指刀鋒灣人不相信『任何事物』，我們相信勤儉、刻苦能幫助我們熬過最艱難的嚴冬。就結果來說，我們的價值觀與許多宗教所提倡的理念——好比索格爾國教所提倡的節制、勤奮、自制與紀律——是一模一樣的。只是我們跳過了中間信仰的部分，我們沒有『你要好好遵守身為教徒的美德，這樣死後的靈魂才不會遭逢折磨』這回事，我們必須勤儉，不然我們就會餓死。這塊土地就是這麼嚴酷。」

凱特停頓下來，連她自己也感到意外，自己居然會向多恩爵士說這些。她原以為多恩爵士會對她的想法嗤之以鼻，但是他沒有。他相當仔細地聆聽著，並且有禮貌地沒有在她發言時打岔，耐心地讓她說完。

「這是妳自己歸結出來的理論嗎？」多恩爵士輕聲詢問。

「理論？哼，沒那麼崇高。」凱特冷笑一聲：「在示亞撒半島的日子，我有大把大把的時間想這些無所謂的瑣事。」

「妳認為這是無所謂的瑣事？」多恩爵士挑起眉，一笑，似乎不同意，但他隨即話鋒一轉，問道：「妳剛才所說的理論，自認適用於自己嗎？妳也是刀鋒港岸的一員，卻甘願去示亞撒半島尋找信仰。」

好犀利的問話。凱特瞇起眼：「我一開始或許曾經這麼以為，但現在的我，卻可以清楚地看見，我需要的不是信仰。」

「那麼，妳需要的是什麼？」

逃避，逃避一切的地方，假裝一切從未發生過。我需要時間。我需要自己一個人。我需要空間。我需要大哭一場然後冷靜下來。我需要離開家。我需要一個臨時的家。

我需要鼓起勇氣，重新面對我自己。

「我需要的東西，與你無關，多恩爵士。」

「嗯，確實。」多恩爵士出乎意料地點點頭：「但是我想，當初會想往示亞撒半島尋求答案的妳應該理解，很多事情，這個世界並沒有給我們理性的答案，許多人因此冀望藉由宗教獲得心理上的安寧。」

凱特思考了一下：「我可以理解這樣的心情，但我不確定我能不能認同。」

「喔？」

「在示亞撒半島上，我跟隨著吞紋塔的先知，照顧放下萬象的蛻蛹者——」話至此，凱特猶豫了：「你對放下萬象的蛻蛹者了解有多深，多恩爵士？」

「我只知道宗廷視他們為魔鬼崇拜，因為他們擁有相當負面的世界觀。」多恩爵士坦白地說。

「負面，是的，我不否認這一點。但是魔鬼崇拜……在我看來，流水與熱炎的祭司更接近魔鬼崇拜，但是現在先不提那些。」凱特深吸一口氣：「在吞紋塔的日子，讓我明白了一個道理——人啊，其實沒有自己想像中的堅強。」

「命運會跟你開玩笑，多恩爵士，當命運惡作劇時，他足以毀掉一個人曾經擁有或是可能擁有的一切，我們是命運眼前待宰的羔羊……你看過真正被摧毀的人嗎，多恩爵士？從靈魂裡被擊碎，再也拼不回來的人？被剝奪了一切，失去所有希望，那已經不是你告訴他『加油』或是『你可以的』就能鼓舞他、帶給他歡欣。完全不是那樣子的！」

「他們已經絕望了，對這個世界再沒有一絲留念，這樣的人，你能拿他們怎麼辦呢？我很明白索格爾國教的立場，你們相信積極向上，相信有志者事竟成，相信跌倒了一定可以再爬起來，某種程度上我相當贊同甚至是欣賞這樣積極的態度，但是你們有沒有想過，並不是每個人都能在摔了一跤之後爬起來。或許他這一跤摔斷了腿呢？他是再怎麼努力也爬不起來的啊！」

多恩爵士插嘴：「要是他沒有嘗試，就這麼放棄……」

「是，沒錯，人確實該更積極更正面更堅強，但是，又是誰這麼規定的呢？你堅強了，正面了，積極了，又能怎樣呢？五年十年後，搞不好又會有什麼慘劇發生。十年二十年後，說不定你都不在這個世界上了，你積極了正面了，然後呢？然後能怎樣？」

嘴唇顫抖，指甲深陷掌心，凱特別過臉，避開視線接觸：「或許因為我是一個軟弱的人，有著無論如何都想逃避的事情。所以……在我看來，呑紋塔最不可思議的一點，在於它完全包容人的脆弱，完全接受人的無助與悲傷，或許從你們的角度看來，是不負責任的縱容和自我耽溺，我卻覺得，這才是呑紋塔最獨特的一點。」

「多恩爵士，你說了，這個世界有太多事情欠缺理性的答案，於是許多人藉由宗教圖一個心安。我說我可以理解，卻不能認同，因為，宗教不該只是圖個心安，真正的宗教應該提供解脫與救贖。」

多恩爵士沉默了，沒有立刻回答。

「……所以妳認為，呑紋先知對所謂放下萬象的蛻蛹者做的事情，是可以被允許的？是某種解脫或救贖？」

這次換凱特沒有即刻回話。

「不要誤解了，我能夠明白妳的意思，關於包容人類脆弱的那部分。」多恩爵士緩緩地說：「然而，人盡皆知的『呑紋蛻變咒』是我對呑紋這個——姑且說是宗教吧，雖然我個人認為更偏近某種哲學——這個宗教最無法接受的一點。」

啊，呑紋蛻變咒——由呑紋先知主持，讓信者正式成為放下萬象的蛻蛹者的最後一道儀式。

「我的觀念或許很保守、很索格爾式，但是凱特閣下，大多數的文化都認同一個人不可以任意奪去另一個人的生命。在這個前提之下，一個人怎麼可以擁有把另一個人變得半死不活的權力呢？那樣行屍走肉的狀態，就是你們美其名為救贖的解脫嗎？如果是的話，那麼這種救贖未免也太恐怖了。」

「不是你想像的那樣，」凱特反駁：「這是一個選擇、個人的選擇，呑紋先知並不是隨隨便便地把人變成放下萬象的蛻蛹者，更不是所有想成為蛻蛹者的人，呑紋先知都會毫不猶豫地幫助他們蛻蛹。先知們非常清楚蛻蛹後的代價，每次多接納一名蛻蛹者，都是先知們深思熟慮後的結果。」

否則我早就成為放下萬象的蛻蛹者了，凱特默默地想。耳畔，瀆諭言者的婦人所說過的話迴響著，妳不會成為放下萬象的蛻蛹者。妳不可能成為放下萬象的蛻蛹者。

「在我聽來，這簡直是在說，幫助別人變成行屍走肉這件事情，是呑紋先知們深思熟慮後的結果。」多恩爵士冷笑了一聲：「凱特閣下，把別人變成行屍走肉，這從根本上就是錯誤的啊！妳明白我的意思嗎？我認同人或許需要時間沉澱心情，需要一個空間讓你暫時逃避一切，但是不管一個人經歷了多麼悲苦的事情，都不應該最後被一群瘋子變成殭屍啊！」

「什麼殭屍！」凱特皺起眉頭，語調揚了起來，心中的憤怒開始燃燒：「你根本不理解呑紋先知們的苦心，請不要一開始就預設立場，用你那索格爾國教式的偏見歪曲事實！」

「歪曲事實？」多恩爵士也放大了音量：「我才沒有歪曲事實，一具只剩軀殼沒有靈魂的空架子，連最基本的生存都要倚靠他人料理，那不是殭屍是什麼？不要過度美化蛻蛹者的本質了。什麼樣的苦難都有過去的一天，那個過程即便悲苦，也該面對，這才是活著！拜託一群什麼先知把自己變成殭屍，讓自己無苦無惡、無悲無喜，請問一下這哪裡算是什麼靈魂的昇華了？」

「住口！」凱特厲聲說道：「我尊重索格爾國教，也明白它力勸人們積極向上的苦心，但是我不允許你這樣胡說八道。」

深吸一口氣，凱特正視多恩爵士的黑眼，彷彿要望進他的靈魂裡：「我在示亞撒半島待了十年，多恩爵士，我在那裡看了許多事情，許多悲慘的、發生在他人身上的不幸。至少就我而言，我學會了一件事情。」

或許我仍感到無法抑制地愧疚，對自己的所作所為感到自責，或許我還是悲傷、依舊裹足不前，但現在的我卻非常清楚——

「我並非不幸，我所遇到的事情，在當下看來或許驚天動地，可是拉長遠來看，在這個世界的洪流裡，我的痛，並不比其他人痛……那些真正成為蛻蛹者的人們，如果去了解他們的人生，你會明白的。我們是何其幸運，而他們……幸好還有吞紋蛻變咒能讓他們勉強喘一口氣，不再那麼痛苦。」

「但要是活著這麼痛苦……他們為什麼要勉強活著？」

「自殺是對自己的暴力，這是吞紋塔先知禁止的。」

「真罕見，」多恩爵士輕哼了一聲：「索格爾國教和吞紋塔居然在這點上能形成共識。」

停頓了幾秒後，多恩爵士搖頭：「很抱歉，我不能認同妳所說的話。」

「那就算了，」凱特冷冷地說：「不用勉強。」

「不過，我想告訴妳——」

凱特沒有機會知道多恩爵士到底想告訴她什麼，他的話語硬生生被打斷，由遠而近，一陣鐘聲在冰天雪地的刀鋒灣城迴響，穆肅而凝重，在寒風中聽來格外刺耳。鐘聲穿過市街，透過冰原，飄往港灣外的大海，甚至朝向那之後更遙遠的地方。

「那是什麼？」多恩爵士露出了相當困惑的神情，側耳傾聽：「我從來沒聽刀鋒灣城鳴鐘過。」

刀鋒港岸沒有鳴鐘的習俗。凱特皺起眉，朝窗外看去，莫非是她太久沒回來，刀鋒灣城有了新的規矩，而她一無所知？可是，這聲音是如此熟悉，熟悉卻陌生，她彷彿曾在哪裡聽過。

然後她想起來了。

幾乎使出全身的力量，凱特用力地將擋在面前的多恩爵士狠狠一推，多恩爵士整個人向後傾倒，朝石牆摔去。無暇顧及對方，凱特撩起裙襬，遺忘了昨晚留下的傷處，發足飛奔了起來。

刀鋒灣城只有一種鐘，僅為城主及其親屬所敲響的——喪鐘。

竄過長廊，繞過大廳，穿過廂房，凱特拉開木門，推開擋路的侍者，不顧一切地衝向艾里莎的房間。

誰？是誰過世了？凱特無暇掩飾自己的慌亂，發了瘋似的狂奔。不要是艾里莎，不會是艾里莎！病成那樣，身邊危機四伏，群臣虎視眈眈……不！不可能是艾里莎！

然而，她自己好好地活著。除去艾里莎之外，還能有誰的地位足以讓刀鋒灣城為他敲響喪鐘？

凱特聽見身後傳來急促的腳步聲，有人在叫喚她的名字，但她不想理會。她現在就要看見艾里莎，她要看到艾里莎平安無事、毫髮無傷，閃爍著光芒的黃綠色眼睛，帶著笑意，艾里莎不能有事！

她加快腳步，足尖輕點，像鳥兒般掠過漫長的迴旋樓梯，直到——她踏空一階。

事情發生得是那樣快，又像是一個紀元那樣長久。凱特還來不及有什麼想法，便感到視野顛倒了，她狠狠撞在石階上，像顆碎石般滾落，每一塊突出的階梯都撞擊著她的身軀，劃傷她的皮膚。最後讓她停下的是石階旁的鐵製扶手，她的前額硬生生地撞上欄杆。伸出手，她緊緊抓住冰冷的鐵杆，阻止了自己的落勢。

起先的幾秒鐘，凱特什麼都感覺不到。或者該說，疼痛席捲了她全身，太痛了，她根本不知道自己的身體是熱的，還是冷的？眼前一片黑，她從來不知道從樓梯上摔下來是這樣痛。當她好不容易甩開眼前的暈眩感時，她才看清楚，刀鋒港岸的寒冷和溼氣讓階梯上結滿薄冰，她一路滾落下來，裸露在外的皮膚黏上了冰屑，好些碎冰直接插進她的手臂裡，鮮血淋漓。凱特看著自己流淌著鮮血的手臂，用意志力強迫自己的手鬆開鐵杆。她從來沒有這麼慶幸自己今天穿著手套，否則，當她鬆開冰冷的鐵杆時，她掌心的皮肉恐怕要賠在鐵杆上。

她想起身，卻力不從心，身上每一吋皮膚、每一塊肌肉都叫囂著疼痛，昨晚遇襲所留下的、剛才拜自己腳滑所賜的。冷、好冷。凱特想蜷起身子，但身體不聽使喚。好痛，痛得都要流淚了。

「凱特！喂，凱特閣下！」

會把如此無禮的「喂」擺在「凱特閣下」這尊稱之前的，世界上只有一個人。

「妳沒事吧？」多恩爵士的臉孔出現在凱特的視線裡，這名多東人竟露出了擔心的神色，相當急躁地將凱特從地上扶起，粗魯的動作搖得凱特頭昏眼花，兩眼直冒金星。

「喂，聽得見嗎？喂！」多恩爵士放大的音量讓凱特除去全身發痛之外，連耳膜也疼痛了起來。這傢伙究竟是想救她，還是想殺了她？

勉強伸出一隻手，放在多恩爵士的肩膀上，凱特成功阻止多恩爵士更加劇烈地搖晃她，以及快要演變成吼叫的呼喚。看到她有反應，多恩爵士鬆了一口氣，卸下原先緊繃的神情，突兀地衝著凱特一笑。

「諸神保佑，唯耶古豊兮。」

從多東人嘴裡冒出的，是純正的索格爾語，不帶任何外族腔調的索格爾聖禱詞——唯耶古豊兮，願神與你同在。

然而，凱特當下腦海裡竄過的兩個想法，都跟信仰毫無關聯。她的第一個反應是，多恩爵士肯定曾經費了很大的苦心學習索格爾語，索格爾語極端艱澀，不但文字繁複，連字句的發音都是出了名的冷僻。大多數人會說，卻不會寫，縱使會說，也難免帶了母語的腔調。然而，多恩爵士的聖禱詞說得字正腔圓、無懈可擊，簡直像個道地的索格爾人。

睥睨著多恩爵士的笑臉，凱特的第二個想法，是酒窩這種東西，長在男人的臉上，實在顯得非常、非常、非常、非常的輕浮。

「我要……」凱特皺起眉，腳下用力，想要站起來。她的聲音格外沙啞，連自己都吃了一驚：「我要見艾里莎。」

「妳找她幹麼？」

干你什麼事。凱特焦躁了起來，喪鐘已停，艾里莎怎麼了？到底發生了什麼事？

「我要見她。」巍巍顫顫，在多恩爵士的扶持下，凱特直起身子，要不是推開多恩爵士會立刻倒下，她將毫不猶豫掙脫他的掌控。

「妳不該走動，」多恩爵士說：「坐下，先處理一下傷口。」

「我要見艾里莎。」凱特頑固地說，踏出第一步。

「妳要這樣去見她？」多恩爵士笑問，瞟了眼她正在淌血的傷處。他的笑讓凱特格外憤怒。

「我要見艾里莎。」身體很重，腳很輕，四周的一切在搖晃。她感到一陣暈眩，只能緊抓多恩爵士。她閉了一下眼睛，試圖無視自己傷處的疼痛，她不在乎，一點也不。

緩緩睜開雙眼，她不再說話，一隻手扶著多恩爵士，一隻手抓著欄杆，邁開步伐。膝蓋應該扭傷了，彎曲起來步下階梯時，凱特感到一陣灼熱的撕裂感，溫熱的液體滑下她的小腿，雙膝在滲血。

「喂……」凱特能感受到多恩爵士傳來的阻力：「喂！」

停下腳步，凱特深吸一口氣，全身都像狂風吹拂下的落葉般不斷顫抖：「我只有一個妹妹，多恩爵士……我唯一的妹妹。」

那個讓人無法原諒的妹妹。那個做事不顧後果、讓她好恨好恨卻仍不能放下的妹妹。

「不要阻止我，多恩爵士。」

凱特不再理會對方，將身體的重心移到樓梯扶手上，鬆開多恩爵士的扶持，一步一步，緩慢卻堅決地朝下移動。

突如其來地，凱特感到一股力量環繞她的腰際，將她舉起。像一袋爛甘薯般，她被多束人扔在肩膀上。

「你做什麼！」錯愕和意外的成份遠大過對於踰矩的憤怒，凱特的聲音有些破碎。

多束人扛著凱特，快步前往艾里莎的廂房，無視過往人們驚訝的神情，多恩爵士掛著彷彿這個世界發生什麼都與他無關的可惡笑容。

「圭於莫非彼狹矣。」

凱特很清楚多恩爵士的意思，那是一句索格爾古諺——太鑽牛角尖的話只是自討苦吃。

然而，這個拐著彎子罵她一意孤行的混蛋，卻在幫助她。

「大概再過一個紀元，我也不會相信妳剛才真的這麼做了。」

聞言，凱特面無表情地抬起頭，對上城主夫人凝重的神色，兩人無聲地對望了一段時間

……直到艾里莎黃綠色的眼眸抑不住閃爍的笑意。

凱特抿起嘴唇，笑了。艾里莎則將頭一仰，放聲大笑，開朗的笑聲立刻被一陣嚴重的咳嗽阻斷，凱特只好伸手幫她順氣，卻因為自己身上的傷處而無法行動自如。

「省省吧，妳現在看起來可比我更淒慘。」艾里莎一邊咳嗽，一邊不忘嘲弄凱特。

揉了揉傷處，凱特想，她大概一輩子也忘不了當多恩爵士扛著她，一腳踹開城主夫人的房間時，培賽利攝政王臉上那奧妙的神情——瞪圓的眼睛活像他硬吞了自己早餐的叉子，嗆得說不出話。正在向艾里莎彙報的莫奈爵士也沒好到哪去，張大的嘴巴足以塞進三顆鵪鶉蛋。

多東人倒是淡定自如，放下凱特的動作以卸下甘薯的標準來說，算是相當輕柔。

「早安，諸位，今晨真美好。」那個混蛋多東人不忘露出附贈酒窩的標準多恩式笑容來面對眾人驚駭的神色。

「老實說，」深呼吸了幾下，艾里莎因為劇烈的咳嗽，面部呈現潮紅：「妳進來的瞬間，我還以為我在做怪夢。」

「聽到喪鐘的時候，我沒時間多想，」收了笑容，凱特說道：「只想著擁有城主血脈的人，唯剩妳和我。」

比起培賽利或莫奈爵士的滑稽反應，凱特最在意的，是艾里莎。

當多恩爵士踹開艾里莎的房門，艾里莎坐在病榻上，培賽利和莫奈爵士分別站在她的兩側。金黃色長髮無力地垂在雙肩，在見到多恩爵士背上的凱特時，艾里莎沒有露出驚訝的神色，彷彿她本來就預料凱特會出現，她僅僅露出某種淡淡的困惑，黃綠色的大眼狐疑地在多恩爵士的身上停留幾秒後，才轉向凱特。

艾里莎的臉上掛著難以解讀的微妙神情。

「妳到底在搞什麼鬼？」是妹妹脫口而出的問句。

「……謝天謝地，妳沒事。」是凱特癱倒在地之前，唯一說出的話。

坐在艾里莎的病榻旁，凱特裹著毛毯，縮在搖椅裡。艾里莎屏退了所有人，除卻柴薪燃燒所發出的間歇嗶啵聲之外，房裡充斥著一種久而未見的寧靜。

多久了呢？她們兩人沒有這樣靜靜地坐著，只是坐著，僅是作伴。

「莫奈爵士回家之後會哭的，」艾里莎嘻笑：「多恩爵士和妳聯手劈開木門的畫面太過衝擊，他會因為心臟衰竭而哭泣的。」

「他才不會，他從來沒喜歡過我。」凱特一揮手：「他現在一定忙著四處散播我的壞話，說我如何如何不識大體，如何如何去了呑紋塔之後就變成野蠻人。」

不知道為什麼，凱特覺得在她說出吞紋塔三個字的時候，艾里莎的眼睛好像閃爍了一下，但是對方非常快地掩蓋了過去。

「莫奈爵士不是那樣的人，他或許不喜歡妳，但他不會散播謠言，他是那種專心致志做好份內的事情的類型。」艾里莎神情突地一轉：「如果擔心謠言，不如擔心我惡意散播妳的壞話。」

像是聽到有趣的笑話般，凱特朗聲大笑，但說實話，她不知道怎麼面對艾里莎的這種玩笑。她可以感覺到，艾里莎漂亮的黃綠色眼睛在她的身上審視、打轉，然後出其不意地，突擊。

「馬羅爵爺過世了。」艾里莎說，眼睛緊緊盯著凱特：「他很疼我，我很難過，所以我讓培賽利鳴喪鐘以茲紀念，以他的地位和聲望，為他鳴鐘是完全符合禮節的。」

有幾秒鐘，凱特腦中一片空白，耳邊嗡嗡作響，只勉強問了一句：「發生了什麼事？」

「沒有發生什麼。據我所知，馬羅爵爺年紀大了，身體一直很不好，昨天夜裡突然就走了。」

昨天夜裡？怎麼可能？晚宴時不是還好好的嗎？

「是生病嗎？」凱特聽見自己的聲音追問道：「還是……別的原因？」

「妳覺得是什麼原因？」

「什麼原因……」暗殺？預謀？天曉得還有什麼。但是凱特說出口的是：「我不知道。」

「我也不清楚。」艾里莎的聲音很是平淡：「我剛剛才得到消息，還不知道詳情。」

艾里莎真的不知道嗎？昨夜的晚宴、荒野中的襲擊——馬羅爵爺突然的死亡是暗殺嗎？如果是，是誰做的？出於什麼樣的理由而做的？跟昨晚攻擊凱特的，會是同一個人嗎？

「凱特，妳這次回來，見過馬羅爵爺了嗎？」

望進艾里莎的黃綠色眼眸，凱特幾乎可以從那雙眼睛裡看見自己的倒影。

見過。昨天晚上才見過。但是這話能說出口嗎？在這個微妙的時間點提及晚宴一事，會被賦予什麼樣的政治意涵？該說嗎？說老臣聚在議事堂裡，討論該怎麼罷黜現任城主夫人，只因為她沒有孩子？這麼尷尬的事情要如何啟齒？

「我，還沒有見到馬羅爵爺。」凱特輕聲回答。

馬羅爵爺一死，老臣只能作鳥獸散。昨晚的事情，現在再沒有意義了。見到，或是沒見到，就結果而言，也毫無差別了。

「是嗎？」艾里莎的反應很淡，挪了挪身子，拍拍身後的位置，以一種近乎撒嬌的口吻說：「凱特，幫我梳頭，好嗎？」

凱特順從地在艾里莎指示的位置坐下，拿起木梳，整理艾里莎的長髮。艾里莎擁有一頭金色的長捲髮，她還記得小時候，她曾經多麼羨慕艾里莎濃密閃耀的金髮。艾里莎繼承了母親的美貌，一頭如黃金瀑布般的長髮和母親如出一轍。凱特在外貌上更接近博昂雷歇家族的人，嚴峻而平板，頭髮暗沉而乾燥，總是盤成一絲不苟的髻。

只是，在疾病的侵襲下，凱特明顯感受到艾里莎的頭髮較以往稀疏，長髮失去了光澤和彈性，無力地披散在艾里莎瘦削的肩膀上。凱特必須非常、非常小心地梳開每一根糾結的髮絲，一個不小心，細髮就會應聲斷裂。

「艾里莎，」凱特有些心疼，以柔和的聲音詢問：「妳願意……談談妳的病嗎？」

到目前為止，凱特都還沒有機會向艾里莎細問她的病情，艾里莎精神一直都不怎麼好，凱特也很小心地避開可能刺激到艾里莎的話題。培賽利不是那種願意跟凱特分享資訊的人，而雖然多恩爵士可能知道部分內情，但是凱特實在沒有向他求證的慾望。

「不願意。」艾里莎一口回絕，語氣裡帶了不容質疑的堅決。

室內立刻陷入一陣尷尬的短暫沉默。

「談談吞紋塔吧，凱特。」艾里莎突然說道：「我想知道妳這幾年來過的生活是什麼樣的。」

「我侍奉吞紋先知，照顧蛻蛹者。」面對這個不知從何而來的問題，凱特發現自己不確定該怎麼回答：「就這樣，很簡單，沒什麼特別的。」

「吞紋塔是一個什麼樣的地方？」

「什麼樣的地方啊……」凱特微微揚起頭，半眯著眼：「吞紋塔本身是一座由磨光黑曜石所砌成的石塔，它座落在示亞撒半島的最高點，從外海駛近半島時，遠遠地就可以看見。示亞撒半島是擁擠的、吵嚷的、凌亂不堪的、充滿活力的，那是一個……和刀鋒港岸很不一樣的地方。每一縷煙霧、每一道光影裡，都有著神的存在——拜日樓崇敬日光，流水與熱炎的祭司以歌唱和舞蹈禮讚流淌在他們血脈內的聖靈，九星辰院的僧侶記錄著天體星象的運行。」

「如此……毫無章法卻不相違背的各個宗教中，位於半島頂端的吞紋塔是一塊與世無爭的淨土。吞紋塔是安祥的、寧靜的。蛻蛹者和先知在黝黑的巨塔內，如非必要，足不出塔。他們的生活起居由像我這樣的侍奉者打理，借由不求回報的奉獻，學習並昇華自己的靈魂。」

說到這裡，凱特發現自己不知道什麼時候停下了梳理艾里莎長髮的手，全神貫注地描述著。覺得有些不好意思，她閉上嘴巴，重拾手上的動作。

比起凱特第一次向艾里莎提起吞紋塔時，對方展露出的排斥感，這回，艾里莎顯得格外耐心。

「妳提到『蛻蛹者』，那是什麼意思？」

「簡單來說，吞紋塔內有三種人。」凱特解釋道：「首先是吞紋先知，他們是創始並管理吞紋塔的人，世襲制，吞紋先知一共有二十四位。再來，是像我這樣的侍奉者，我們主要的功用在於支援吞紋先知並幫助蛻蛹者。而所謂的蛻蛹者，就是來到吞紋塔，決心放下一切的人們。在認可資格後，吞紋先知會進行『吞紋蛻變咒』，屆時，他們會成為放下萬象的蛻蛹者。我們——侍奉者——則會接手照顧他們的生活起居。」

「我聽說過『吞紋蛻變咒』，」艾里莎的措詞很謹慎：「聽說經歷了之後，人會變得，呃、不一樣。」

真是個客氣的說法。凱特苦笑，幾個小時之前，多恩爵士可是毫不客氣地批評吞紋蛻變咒為「被一群瘋子變成殭屍」。

「妳必須明白，會走到蛻蛹者這一步的，都是絕望而破碎的靈魂。」凱特耐心地解釋：「他們不再完整，喪失了對生命的希望。活著對他們而言，是一種懲罰。」

「裁決一個人能否成為蛻蛹者，是一段極度審慎的過程，吞紋蛻變咒一旦執行，不可反逆。吞紋塔的哲學是，沒有人該有能力終結另一個人的生命，但是當一個人受到太大的傷害，他們有權力選擇關上自己的知覺：閉上眼睛、摀起耳朵，僅僅是存在著，不再傷心，也不再痛苦，在寧靜中默默等待終點的到來，這就是吞紋蛻變咒的本質。」

「我們稱他們為放下萬象的蛻蛹者，因為他們選擇放棄一切，他們不再痛了，也不再愛了。他們感受不到陽光照在臉上的溫度，也感受不到寒風刮過耳畔的疼痛。他們的知覺被關閉，慾望消失。他們不再擁有性別，無喜，無悲，無怒，無嗔。二十四位吞紋先知，每一位負責一個重要的環節，二十四位先知一起完成吞紋蛻變咒，讓放下萬象的蛻蛹者『存在』，且僅是『存在』。」

「放下所有慾望的蛻蛹者，不再有吃的慾望、睡的慾望、移動的慾望、交談的慾望，身為侍奉者的我們便幫助他們打理所有的生活起居，到他們真正死亡的那一刻降臨。」

艾里莎偏過頭，全神貫注地聆聽，凱特可以清楚地看到她因病蒼白的側臉：「那麼，應該有許多重病的人，到吞紋塔請求先知讓他們蛻蛹吧？」

「是的。」

「但是，不是所有人都能獲得吞紋先知的批准？」

「對的。」

「被批准的人，那些成功蛻蛹的人……他們的病痛會因為蛻蛹，就減輕或消失嗎？」

猛然感到一陣強烈的不安，有一瞬間，在凱特的眼裡，艾里莎的金髮竟像是細細的絲繭包裹著蛻蛹成蝶前的毛蟲。

「艾里莎，妳，該不會……」

「不會唷，妳放心。」艾里莎完全看穿了她的心思：「那種清心寡慾的生活對我來說一點吸引力都沒有，如果僅是存在著，還不如殺了我。」

凱特鬆了一口氣，還沒來得及說話，就聽見艾里莎續道：「不過，我倒是很奇怪，怎麼吞紋塔沒有想過要好好保護自己。」

「嗯？」凱特不解：「什麼意思？」

「這種力量很神奇吧？吞紋蛻變咒什麼的。」艾里莎指出：「有人會想利用這種力量也不奇怪。」

「除去人們所有感知的力量，會有人想要嗎？」凱特皺眉，對於一般人來說，這就像是判他們死刑一樣。如果要拿來懲罰人，總覺得相當捨近求遠，直接殺了對方還比較乾脆。

「這很難講，」艾里莎笑道：「妳不是說，那二十四位吞紋先知各負責一個重要的環節，合力完成吞紋蛻變咒嗎？在我聽來，若能加減幾個人、把這個環節和那個環節合併、除去某些環節，說不定可以創造出用途不同的新蛻變咒也不一定。」

「艾里莎！」凱特又驚又怒：「吞紋蛻變咒是一個非常複雜的過程，隨意加減步驟或是更動順序都是一件極端危險的事情。二十四位先知不是組裝櫃子的零件，隨便怎麼裝就怎麼裝，那是既定的、不可改變、不能轉圜的過程。」

艾里莎愣了一下，彷彿訝異於凱特的反應。她停滯了幾秒，才啞然失笑：「我說說罷了，妳這麼認真做什麼？」

凱特望向她，勉強笑了一下，卻不能克制心裡擴散開的強烈不安。

「艾里莎，妳聽我說……」

「說什麼？說我意志強大、會好起來、不要胡思亂想？」艾里莎冷然一笑，唇畔有著說不出的苦澀：「對上這不爭氣、隨時會倒塌的破身子，意志能起什麼作用？」

既然這樣，妳為什麼要這麼累？凱特不能明白。為什麼要跟老臣作對，推動與索格爾帝國的合作？艾里莎，妳到底想要什麼？

忍無可忍，凱特脫口而出：「艾里莎，妳真的知道自己在玩一場什麼樣的遊戲嗎？」

艾里莎將頭一仰，哈地一聲笑了。她瞇起眼睛，黃綠色的眸子像貓一樣閃爍。

「我一直都很清楚。但問題是，妳知道妳涉足的是什麼遊戲嗎，凱特？」

†

那天晚上，培賽利以攝政王的身分，代替艾里莎親臨馬羅爵爺的夜喪儀式。培賽利的氣色很難看，彷彿在強忍著什麼病痛。艾里莎說培賽利受了些風寒，身體不適——然而，艾里莎自己才是真正的病人，她纖弱單薄的身軀哪兒都不適合去，只能象徵性地請莫奈爵士擬文以致哀悼之意，再由艾里莎簽名。署名的時候凱特實在看不下去，只能轉開目光——艾里莎的手指瘦得快要比她握在手裡的鵝毛筆還要纖細了。

凱特原本想親自參加馬羅爵爺的夜喪儀式，若是艾里莎和她都缺席，沒有一位博昂雷歐的血脈在場，那實在是件很不得體的事情。但艾里莎請求凱特留下來陪伴她，而凱特無法拒絕艾里莎的要求，也認為放任生著病的艾里莎獨自在刀鋒灣主城裡不是什麼明智的主意。不得已之下，凱特只好在行囊裡翻找，拿出一條鏽著蝴蝶圖案的素色方巾，將方巾交給多恩爵士，請他以凱特的名義，在夜喪儀式轉贈給已故的馬羅爵爺。

「這什麼東西？」多柬人露出狐疑的目光，以指尖小心地捏著方巾，彷彿那是一條散發惡臭的抹布。

「請您將它放在馬羅爵爺的棺木裡，讓它跟爵爺一起火化。」凱特簡短地說，有鑑於他們先前針對吞紋塔的爭論，凱特決定不跟這位虔誠的索格爾國教徒多費唇舌。吞紋先知認為死亡的過程有如蛻蛹的蝴蝶，是一種超脫凡俗，進入更高境界的經歷。因此在吞紋宗教系統裡，蝴蝶是死亡的領路人，在死者的棺木裡放入刻有或是鏽有蝴蝶圖案的東西，都可以讓死者的靈魂順利地前往另一個世界。

在培賽利、多恩爵士及隨從們相繼出發後，艾里莎請凱特留在身邊，兩個女人像兒時一般，肩並著肩鑽進同一條被子裡。不同的是，過去可以閒聊到天明的兩人，現在卻說不到幾句話。艾里莎吃完晚飯就累了，縮在被子裡迷迷糊糊地睡。凱特原本想看點書，但是因為擔心打擾到艾里莎，所以早早地熄燈就寢。然而，或許因為睡得太早，凱特翻來覆去，難以成眠，躺在艾里莎柔軟的床上，意識迷濛間，凱特做了一個怪夢。

她夢見自己回到了示亞撒半島，但與印象中不同的是，當她仰頭眺望，塔身並非黝黑，而是詭譎的殷紅。天空相當的陰沉，看不清一絲光明。在夢中，她非常迫切地需要回到吞紋塔，有什麼緊急的理由促使她非得這麼做不可，然而這個理由卻遺落在夢境，怎麼也想不起來，她只知道自己必須拚命趕至吞紋塔，否則事態將一發不可收拾。

某種不可解的神祕力量，讓她的目光離開吞紋塔，轉往海面，她看見灰暗的天幕上有一道小小的影子——那是一隻銀鷗，如同博昂雷歐家徽上那樣的銀鷗，正拍打著翅膀，拚命地朝示亞撒半島飛來。凱特這才注意到，銀鷗身後是鋪天蓋地的驚濤駭浪，眼看就要將銀鷗吞噬。凱特想尖叫，卻什麼聲音都發不出來，銀鷗翅膀撲打的方式相當怪異，她發現自己想著——牠受傷了，後方的浪頭卻無情地追趕牠。

突然，一陣疾風吹過，凱特瞇起眼睛，再睜開的時候，銀鷗已經消失了。她躺在艾里莎身邊，聽著對方平緩地呼吸。瞪視天花板，她感到皮膚上的黏膩感，夢境讓她緊張得都出汗了，頭髮也黏成一團。艾里莎房間充足的爐火，在房內營造出燥熱。

凱特躡手躡腳地起身，盡可能地不吵醒艾里莎，抓了一條毛毯裹住自己，在窗邊的搖椅上坐下。刀鋒港岸的寒意從窗邊的隙縫滲透進來，稍稍舒緩了凱特的焦躁。

那是什麼樣的夢境？凱特推開厚重的絨布窗簾，望向籠罩著刀鋒港灣的黑夜。是夢境，抑或是某種預知？凱特說不上來。她發現自己的手攢成拳頭，緊緊地抓著毛毯，她這才意識到，她在夢裡所感受到的緊繃，至今仍深深影響她。她想著那隻銀鷗，如果這是預知夢，那隻銀鷗代表了誰？是她自己嗎？但夢裡的她，並不是從銀鷗的視角去看整個事件的。

同是博昂雷歐家族的，除去自己，在這個世界上，只剩下艾里莎了。但艾里莎跟示亞撒半島或是吞紋塔一點關聯也沒有，不是嗎？

疲憊地抓了抓頭髮，凱特將長髮從毛毯中拉出來，披散在外面，她一向習慣將頭髮一絲不苟地高高盤起，只有在睡前才放下。她面無表情地凝視著窗外，然後悄然起身，推開厚重的木門，走到冰冷的長廊上。她赤裸雙足，從腳底深刻地感受石造地板無情的寒意，在酷寒的侵襲下，她的思緒漸漸清晰，夢中的焦慮如薄霧般散去，現在回想起來，甚至有些荒謬。

她不是拒絕了瀆諭言者嗎？為什麼最近她會如此動搖？只為了一場夢，以及如幻覺般的視象？

搖搖頭，她嘆了一口氣，推開木門，回到艾里莎的房間。

「……凱特？」艾里莎的聲音聽來意外地清醒，凱特出去的時候可能不小心把她吵醒了：「妳去了哪裡？」

「沒去哪，」凱特回答：「很熱，我去外頭吹吹風。」

「是嗎？」艾里莎淡淡地說，翻身又睡了。

凱特鑽回床上，用臉頰輕輕蹭了蹭被子。她告訴自己，沒什麼好胡思亂想的，快睡覺。

然而這一回，她又做了一個夢。異於先前的夢境，這個夢截然不同。你知道在某些夢境裡，人們明明能意識到自己在做夢，卻還是相信這才是正在發生的事嗎？這就是那種夢。

那種真實無比，卻又虛無飄渺的夢。

在夢中，凱特走近一棟破舊的農舍，藤葛和長青蔓爬滿了石磚外牆，幾乎將整棟屋子完全覆蓋。農舍的入口是老舊的橡木門，上頭的鐵栓都生鏽了，鬆開鐵栓推門而入，凱特像大多數的人做夢時那樣，完全沒有質疑自己為什麼要開門，也沒有思索自己身在何處，只是很單純地追隨心裡的某種直覺。

午後金黃色的陽光慵懶地打進農舍裡，一束束光線看上去格外神聖，出生於嚴寒的刀鋒港岸，凱特不會有什麼機會踏入真正的「農舍」，即便之後到了示亞撒半島，她也沒有什麼務農的經驗可供參考。所以當雙腳真正踏在農舍內混雜著麥草的泥土時，凱特感覺蠻新奇的，忍不住多踩了幾下。

也是這個時候，凱特意識到夢境中的這個地方，應該位於她未曾到過的中南部大陸——克格多爾？還是杜博拉拉？

「午安。」

從凱特的身後，一個溫和的聲音以索格爾通用語這麼說道。沒有預料到農舍裡會有其他人，凱特嚇了一跳，連忙回頭。她默想，這個聲音怎麼聽來這麼熟悉？

曾在示亞撒半島見過面的瀆諭言者婦人穿著粗布衣裳，一手捉著一隻綿羊，另一手拿著剃刀，正在剃羊毛，她並沒有因為凱特的出現而停下她的動作：「不錯嘛！能找到這裡來，算我當年沒錯看妳。」

凱特瞪著中年婦人，唐突地迸出了一句：「妳為什麼會出現在我的夢裡？」

婦人朗聲大笑，右手攏了一下前額散下的髮絲：「妳怎麼知道不是妳出現在我的夢裡？妳擁有這個夢嗎？」

「可是，是我在做夢啊。」凱特固執地說，確認道：「這是夢，沒錯吧？」

婦人什麼都沒有說，只是笑了笑，繼續幫綿羊剃毛。

凱特充滿興味地看著婦人將羊毛大把大把的剪去，白色的羊毛落在地上，柔軟的像天空中的白雲。她從來沒有看過人為羊剃毛，覺得挺新鮮。

「是為了編毛織品嗎？」凱特好奇地問，這是她所能想到剃羊毛的唯一目的。

「是，但也不是。搓線紡紗是誘發幻視的其中一種方式，某些人在進行重複性很高的動作時，容易陷入一種恍惚狀態，我們偶爾會靠紡紗來誘發預知。要進行紡紗，總得要有原料才行。」婦人抬起頭來看了她一眼：「但妳不需要知道這些，不是嗎？妳拒絕了我們。」

不知道為什麼，婦人的視線包含懾人的力道，凱特一瞬間竟像做錯事的孩子般，脹紅了臉，不知道該說些什麼好。她知道在示亞撒半島時，自己貿然拒絕了對方，或許在當時看來是一件相當合理的事情，然而現在，她不禁開始猶疑。

但凱特也只遲疑了一下，便拿定主意，大著膽子，開口道：「我剛才做了一個夢。」

婦人手上的動作不停，一副沒有聽見凱特說話的樣子。不過凱特豁了出去，反正這是一場夢，而婦人看起來心情還不錯，所以管他的，把心裡的疑惑先說了再說，大不了就是沒有得到解答而醒來，不會有什麼損失。

「請教我如何解讀夢境，拜託了。妳曾經說過我有天賦，我也明白自己在拒絕了妳之後，沒什麼資格再請教妳這種問題，但這個夢——」

「我當時就說了，」婦人冷冷地說，頭也不抬：「妳一旦拒絕了我們，便只能接受妳的宿命。」

「可是我——」

「我不能教妳，是妳自己在機會來臨時沒有把握，我不可能反逆已經決定的事情，沒妳想得那麼容易，這些事情不是這樣運作的。」婦人搖搖頭，手上的動作一點兒也沒停歇：「我不期望妳理解，這就像水流出海、太陽昇落、星象運行一樣，是不可更改的事情。」

凱特並不是很能理解婦人所說的話，但這畢竟是夢，夢不盡是合理的。

「不過，」婦人語調一轉，黑色的眼睛像甲蟲光亮的背部般反射著光芒：「或許這也是某種因緣，妳居然能在無人指引的狀況下，開闢『夢途』，出現在我的幻視裡，真不知道該稱讚妳能力過人，還是怪我自己防備心太弱。」

婦人迅速地一刀割下最後一束羊毛，手一鬆，將綿羊放走。羊兒低低叫了兩聲，從凱特身邊擠過，走到農舍的角落喝水。

「……當年我所知道的，不如現在全面。」婦人帶有深意地看了她一眼：「雖然這不能改變什麼，但仍舊——這樣吧，在不違反原則之下，讓我告訴妳一件事。」

「妳是指，我妹妹曾經召見過瀆諭言者嗎？」想起跟馬羅爵爺的對談，凱特搶先開口：「這我已經知道了。」

「對，也不對。」婦人沒有立刻回答，反而琢磨了一下，彷彿考慮著什麼：「城主夫人召見我們是結果，不是原因。」

凱特瞪視著對方，而婦人只是攤了攤手：「支付代價的是令尊。身為令尊的女兒，城主夫人或是妳，即便知道了也無妨。」

「等等，妳說什麼？」就算是夢境，這也太超過了。凱特追問：「妳說，我的父親——刀鋒灣城的前城主，亞道浮・博昂雷歇曾經向你們買過預言？」

「是的。」

「絕對不可能！」

這不是父親，這不像父親。一個連拓荒者博昂‧雷歇的傳說都抱持著懷疑態度的人，如此理性，沒道理會迷信這種毫無根據的謬言，凱特完全無法想像嚴肅冷峻的父親和瀆諭言者打交道的場景。

「預言只是一個概率，一個發生的可能。」婦人的語氣有些漠然，雖然她是笑著的：「沒有人說預言必會成真。」

或許是這幾天親身的經歷，對她造成了某些影響。以前的她可以一口斷定那些事情全是鬼扯，這世上根本沒有預言的存在，可現在的她，卻無法這麼說——這個世界充斥著自己不懂、也不能妄斷的事情。

「為了知曉這則預言，」凱特沉吟：「我的父親，付出了什麼代價？」

就在這個時候，一位亞麻色頭髮的瘦小少女抱著一只籃子，踏進了農舍，她的臉上散布著雀斑，稍長的頭髮編成辮子，用撕成條狀的粗布綁了起來，少女實在太瘦骨嶙峋，導致她的眼睛顯得異常的大，而頭顱幾乎跟肩膀同寬似的，看上去很不健康。

少女右腳才剛踏進農舍，便像被燙傷似的迅速縮回腳。瞇起眼睛，她望向凱特，視線卻穿過她，彷彿凱特並不存在一樣。

「誰？」少女的聲音微微顫抖，嗓音清澈卻中性，帶著些許陽剛氣：「夫人，這裡還有別人。是誰在那裡？」

婦人立刻做出安撫的手勢，微微一笑：「別擔心，在這裡的是我的客人。」瘦小的少女像受到驚嚇那樣，將手中的籃子放到地上，飛快地退開：「那我晚點再過來！」

凱特目送少女消失的身影。

「她是我們最特別的同伴之一，非常的敏感。妳看，即便妳只存在於夢的世界，她還是能夠感知妳的氣息。」讀諭言者的婦人輕聲說道：「酷寒艱險的格蘭塔山脈上有一種特殊的植物，索格爾語稱做雪蓮，多束語中稱做榧箇，而刀鋒港岸的人則稱之為……」

「雅夕薇。」凱特接了下去：「妳難道暗示，父親所付出的代價，就是請人冒著性命危險，上格蘭塔山脈尋找雅夕薇？」

婦人微微一笑，沒有回話。傳說雅夕薇會散發出特殊的毒氣，無味無色，卻能使人產生強烈的幻覺，甚至將人逼瘋。

危險歸危險，但拿一株植物交換一則預言，是否太輕易？

就在此刻，凱特整個人如遭受電擊，全身從頭麻到腳，寒毛直豎、手腳冰冷。她沒有辦法理性地解釋，她只知道讀諭言者的婦人告訴了她一件事情——不、不是告訴，那件事情並非婦人用言語所表達出來的，而是婦人使用了某種手法，硬生生地將這個想法塞進凱特的腦子裡——那件事情完全超乎她的想像，讓她手足無措、六神無主，只能愣愣地瞪著讀諭言者的婦人，一句話都說不出來。

在她能夠做出反應之前，凱特感到一股無形的力量推擠著她，強硬地將她驅離這個夢——

咦？太奇怪了？這不是「她的」夢嗎？為什麼會有這種被驅逐的感覺？一個人能從自己的夢裡被趕走嗎？

「不要再嘗試用『夢途』聯絡我。我會確保這條途徑成功地被封印，畢竟，妳終究不屬於我們。」

在視野愈發愈模糊之際，不知道是不是凱特的想像，她以為自己聽見了婦人的聲音。

「給妳一個忠告：人往往為了愛不顧一切——而這些預言，有時相互交纏，有時晦暗不明。」

餘下的夜，凱特很罕見地，睡得異常、異常地沉。沒有夢境的打擾，也沒有凌亂的思緒，只有北風的獵獵聲響，以及身邊艾里莎平緩的氣息。

†

腳下的步伐帶領凱特來到城主堡壘的中庭。

她做了一個夢，她知道。但令人感到不安的是，凱特雖然隱約記得發生了什麼事，卻不記得最關鍵的段落——她記得第一個夢，彷彿某種默示：朝吞紋塔飛去的負傷銀鷗。但第二個夢，她只記得自己見到了曾在示亞撒半島有一面之緣的瀆諭言者婦人，對方告訴她一件非常重要的事情。然而，那件事情本身，凱特卻一點都想不起來。

這真是從深沉睡眠中醒來最不愉快的一件事了，明明感覺夢到了某些不希望遺忘的細節，卻在清醒之後怎麼樣也想不起來——在夢裡曾經那麼明白！那麼清晰！

艾里莎在清晨時將她屏退，妹妹每天早上還是堅持跟朝臣會面，處理城內的大小事。老實說，要不是凱特太不放心培賽利，她會考慮建議妹妹乾脆把那些事情全扔給培賽利處理算了，反正那傢伙那麼渴望掌握城主的實權，乾脆成全他，自己專心養病。

心事重重的凱特來到她的祕密基地，雖然清楚這個地方已不再專屬於她一個人，但她預想多恩爵士現在應該在艾里莎的病榻前稟報城內大小事，或者在跟某位家臣為了外交策略吵得不可開交，所以她以一種相當放鬆的心情來到中庭旁的偏窗。

如她所預料的，多恩爵士確實不在那裡。窗台上堆著一大疊書籍，散落四處的包括了索格爾某任宗廷領袖所寫的「論次宗教及其不正當性」、索格爾赫赫有名的史家所著的「內陸國家索格爾早期之海外拓展」以及幾本從刀鋒灣城史料蒐藏借來的書，如「拓荒者之頌：博昂・雷歇傳奇」及「烏譯野史」。

凱特伸出手，稍稍翻看了一下。多恩爵士可能因為之前和凱特爭論吞紋蜕變咒，而對索格爾宗廷美其名為次宗教、實則視為異端的示亞撒半島起了興趣。但，索格爾的早期海外拓展？刀鋒港岸的前期拓荒？多恩爵士看這些幹麼？還有烏譯野史？他為什麼會對妹夫培賽利的家族產生興趣？

雖說翻動別人的東西不是什麼光明磊落的舉動，但誰叫多恩爵士要把它們放在外面？既然大喇喇地放在走廊的窗台上，就不要怪她好奇——多恩爵士在這些史料的字裡行間想要找到什麼？

多恩爵士對書本格外珍惜，這些書本雖有閱讀的痕跡，卻沒有任何筆記，不像某些人一邊讀著，就一邊開始畫線，多恩爵士讓版面保持得乾乾淨淨，甚至連書頁都沒捨得折，反而用心地夾著書籤。然而，另一種解讀便是，多恩爵士是一個非常小心的人，他雖然將書放在公共場合，卻沒有直接洩漏他的思緒。

凱特瞇起眼，刀鋒灣城史料蒐藏的書籍，凱特大多看過，以前父親將她視為未來城主訓練時，甚至要求她背誦裡面的內容。「論次宗教及其不正當性」那本神學書可以先忽略不管，問題出在那本「內陸國家索格爾早期之海外拓展」。

推開其他的書冊，凱特獨獨抽出那本史書。那是以索格爾文書寫的大部頭書籍，她先迅速地瞄了一眼書前序，視線飛快的掃過大綱。書前序詳細地解釋了索格爾的歷史，凱特沒有時間細看，只能挑重點讀：索格爾長期以來被定位為內陸國家，但在創國之始，其領土一度包括了現今克格多爾的國土——珀拉提港與其腹地。珀拉提港後來在戰爭失利後，被克格多爾人奪去，索格爾從此成為內陸國家，沒有任何海岸或港口，被其他國家包圍在中央。

在這裡讀到索格爾曾在與克格多爾的戰爭上失利，對凱特來說是個新奇的體驗，自凱特有記憶以來，索格爾就是權力的中樞和軍事的象徵，她很難想像這個國家也曾積弱不振。但在閱讀過程中，凱特也很快地意識到，索格爾後來會轉變成以強悍軍事作風聞名的大國這件事，不是沒有道理的：索格爾並非物產豐饒的國家，與多束相連的邊境是一大片沙漠，北風揚起，沙子朝南方吹，要是運氣不好，索格爾相當容易發生乾旱。自從珀拉提港被克格多爾人奪去之後，索格爾喪失對外的直接港口，所有的商品都得仰賴鄰居進口——富庶的杜博拉拉、兇悍的多束游牧強盜、自視甚高的法洛貴族，以及奪去珀拉提港的克格多爾小偷。索格爾如果不強化軍事，那它的人民只有受欺負以及挨餓的份。

史書裡寫著，當克格多爾攻佔珀拉提港時，部分索格爾海軍仍在航行，但因為歸途被切斷，無法回到索格爾——要回到索格爾，這些擅長海戰的士兵們必須拋棄自己的船艦，改為步行或騎馬這種他們不熟悉的作戰方式，才能穿越其他的敵對國家，回到內陸。海軍放棄這種危險的返鄉方式，各自散落到不同的地方，也發展出不同的命運。有些人在杜博拉拉登陸，輾轉流浪；有些人去了南方列嶼，從此定居。史書作者循著歷史的蛛絲馬跡，推測哪些地方可能有索格爾的遺族，哪些部族可能源於當年的索格爾流浪軍。

凱特飛快地翻閱，並沒有發現書中有任何和刀鋒港岸相關的段落。她皺了皺鼻子，書本挾帶的灰塵使她噴嚏連連，正當凱特想闔上書本放回原位時，她突然注意到有一個章節被稱為「消失的艦隊」，也不知道是哪來的好奇心，凱特停下動作，閱讀了起來。

「消失的艦隊」描述一群由索格爾傳奇將領「褐」所帶領，一支驍勇善戰的艦隊，在珀拉提港淪陷後卻不知所蹤的傳說。這位將領備受海軍弟兄的愛戴，聲望甚至壓過當時索格爾海軍的總指揮「諺」，因此，這支艦隊的失蹤格外地引人遐想。作者在書中列出歷年來眾人所提出的各式假說，有些學者認為，褐將軍的艦隊在海戰時已被克格多爾擊沉，因為征戰太過混亂，沒有人留意他們的殞落。有些學者則認為，褐的艦隊挺過了海戰，然而，由於長期與總指揮不合，總指揮諺下令其他的艦隊攻擊褐將軍，以致褐的艦隊無法活著回到索格爾。

凱特瀏覽著各式關於褐將軍消失的傳言，默默想著，這人還真是位傳奇色彩濃厚的英雄，如天神般英勇，又如月亮的暗面般神祕，最後戲劇性地消失在索格爾的軍政舞台上，不知所蹤。凱特隨手翻過一張手繪的裝飾頁，上頭用漂亮的彩墨水繪出褐將軍指揮艦隊的英姿，只見褐將軍高舉著自己家族的旗幟，一隻手搖指遠方，嚴峻地向麾下將官下令。

一陣冰冷的寒意自凱特的脊背竄升——索格爾艦隊的傳奇將領「褐」，他的家族旗幟上，鏽著一隻翱翔的海鷗。

裝飾頁上的圖畫雖然精美，但終歸是圖畫，凱特無從就裝飾頁的圖畫去推斷當年索格爾褐將軍的家徽究竟長什麼樣子，以及它跟博昂雷歇家族的銀鷗有多麼相似。凱特仔細地在史書上尋找更多關於褐將軍的敘述，卻一無所獲。

深深蹙起眉頭，凱特心煩意亂：這代表了什麼？多恩爵士在研究索格爾的過去以及刀鋒港岸的起源，他到底想證明什麼？凱特的索格爾語並不算道地，但是她也不是笨蛋，她很清楚地知道索格爾褐將軍的「褐」字，在刀鋒灣城的北方語系中，相對應的字眼正是「博昂」——也就是第一任刀鋒灣城主，拓荒者博昂・雷歇的名字。

多恩爵士該不會異想天開，打算告訴刀鋒灣人他們其實全是索格爾人的後裔吧？

凱特將書本翻到附錄的編年史，索格爾失去珀拉提港及褐將軍消失的時間點，遠比拓荒者博昂・雷歐登陸刀鋒港岸，驅逐烏譯一族來的早——早了幾百年。然而，也沒有人能因此否定拓荒者博昂・雷歐是褐將軍後裔的可能性。

這樣的政治意涵是什麼？褐將軍勢必曾宣示效忠索格爾皇帝。如果拓荒者博昂・雷歐是褐將軍的直系後裔，那麼城主一族身為他的血脈，理論上來說，也須宣示效忠索格爾皇帝，並將刀鋒灣城歸列為索格爾帝國的領土。

「真是……」

凱特扶著牆，在窗沿上緩緩坐了下來。

如果是這樣，未免太瘋狂了。她多想大聲告訴每一個人，過去是過去，現在是現在，即便拓荒者博昂・雷歐以前是索格爾人，但他拋棄了母國、更換了名字，沒有道理他的後裔也非得向老祖宗的君主俯首稱臣。然而，凱特非常清楚，其實只要抓到這一點，只要索格爾皇帝想，完全能以此作為開戰的理由——當年索格爾帝國向法洛古城宣戰，不也是找了個雞毛蒜皮的小事當作出兵的藉口？

凱特發現自己抿出一個諷刺的苦笑。由於刀鋒灣城特殊的地理位置，索格爾帝國不能像出兵攻打鄰居法洛那樣，出其不意地傾巢而出：無論是要跨越多東、翻過格蘭塔山脈的陸路，或者是經由克格多爾或杜博拉拉，借鄰國的港口以海路北上，索格爾帝國都無法隱密且迅速地行動。褐將軍一事，雖然「可以」成為一個宣戰的理由，卻不代表索格爾皇帝「願意」以此宣戰。凱特還是不明白到底有什麼理由能讓索格爾皇帝大費周章地來到冷得要命而且什麼都沒有的北國，硬是用武力佔領刀鋒灣城。

除非，艾里莎和多恩爵士還有什麼其他的事情瞞著她。

除去剛抵達的第一天外，凱特沒有再與家臣午膳的機會，她本以為昨天沒去，是因為自己在聽到喪鐘後，衝下樓梯時受傷的原故。然而，她後來才發現，艾里莎特地下令指示凱特不須參加午膳。凱特自忖，不知道艾里莎是不是想避免凱特說出更多反對與索格爾帝國結盟的意見。

其實凱特也不是絕對的反對派，如果非要結盟不可，那麼凱特的立場將視結盟的條款而決定，結盟往往有相當多好處，必須仔細研讀條款，判定盟約之於刀鋒灣城的利弊——有機會她得向多恩爵士或艾里莎探探口風。

凱特將書本原封不動地放回。沒必要深入探尋褐將軍和博昂・雷歐的連結，畢竟那都只是推測，如果索格爾皇帝真要拿這個當作出兵的藉口，誰也阻止不了他。

匆匆回到房間，凱特將自己包裹在雜色厚披風內，戴上兜帽，確定釦子都整整齊齊地釦好，並將脖子下方的繩結繫緊，做好十足的心理準備以迎接城外的寒風與冰雪。

刀鋒港岸昨晚下了一場相當沉的雪。雪很深，高到幾乎要淹到一名成年男子的大腿，依凱特的身高，這可是及腰的深雪。刀鋒灣城有剷雪員，每天早上會固定清理重要幹道，以利交通，雖然刀鋒灣城惡劣的天候在最糟糕的情況下，能讓這些鏟雪員的努力在幾個小時、甚至幾分鐘內功虧一簣。不過，依據凱特稍早的觀察，今天並不算太糟，城內主要道路應該在幾個小時內能夠保持暢通，不過支幹道或是小路就不能奢望了。

這樣正好，凱特想。天氣糟糕到一般人不想出門，卻也沒糟糕到連門都出不了。

沿途，她走得很小心，昨晚新下的雪雖然還很鬆，但一經踐踏，變得相當碎。凱特必須一步一步慢慢走，以免踩到溼滑的雪而跌倒。她走出堡壘，走進市鎮，快步擦過行色匆匆的路人。天很冷，人人都想快快抵達各自想去的地方，風刮得很緊，行人無一不是拉緊帽子，低頭專心走路，這正合凱特的意。

她物色了一間人多、嘈雜卻陰暗的小酒館，點了杯熱甜酒後，便縮進黑暗的角落裡，趁著沒人注意的時候將披在外面的薄裙解下來，露出一開始就穿在裡頭的男款長褲。借著昏暗的光線，她背過身去，調整圍巾，遮住口鼻，再將長髮藏進一頂男用的毛帽內——毛帽是刀鋒港岸常見的樣式，左右兩邊多出一塊厚重的軟毛遮住耳朵。這麼一來，凱特便只露出眼睛，身上厚重的雜色披風將女性特質掩飾得相當好，一般人要是沒仔細看，很容易將她誤認為身型瘦小的男子。

將熱甜酒一飲而盡，凱特深吸一口氣，避開人群，走出了酒館。

她快速走過鬧區，在近午至下午時分，刀鋒灣城往往相當熱鬧，因為這是刀鋒港岸一天中最溫暖的時分，商人必須抓緊時間，向居民推銷他們的商品。這樣很好，混在人群中，她不會引起不必要的注意。

看著四周的人們——母親抱著孩子、小販叫賣著物品、丈夫和妻子的爭執——凱特藏在圍巾裡的嘴唇微微地笑了。多麼熟悉的聲音、多麼熱鬧的小鎮，這常年冰封的雪城，孤傲刻苦地站在大陸的至北端。她是多麼熱愛這一切！示亞撒半島上的吞紋塔雖然提供她另一個棲身之地，但那終究不是她的歸處、終究不是她的家。她深深地愛著這方孤城，她喜歡這能將一切凍裂的寒風，喜歡風中含著海鹽的腥溼，喜歡這個地方時而吵嚷時而冷清的矛盾。這是她成長茁壯的地方，是她父親引以為傲的城池。凱特熱愛這塊土地，並由衷希望這一切能夠持續下去。

誰願意成為索格爾帝國的一部分？刀鋒灣人長期以來在這塊土地上胼手胝足地開疆拓土，索格爾有什麼資格將這一切毫不費力地納入它的版圖？去他的蠢歷史，刀鋒灣城主一族就算真是褐將軍帶來的索格爾遺族，這塊土地上仍有相當比例的原居民，如烏譯一族。哪有人規定祖先是什麼人，就應該臣服於哪個國家之下？

我，凱特‧博昂雷歇，生在刀鋒港岸，長在刀鋒港岸，我所熟悉及認知的一切都是刀鋒灣城的價值體系，憑什麼我要莫名其妙地變成索格爾人？如果我是出自自願，那還算是個人的自由選擇，不容置喙，可是如果我不想要呢？

凱特從主幹道上轉彎，走進支道，路況馬上變得很惡劣。有剷雪隊大力清除的主幹道，和只有居民獨力剷雪的支道大相逕庭。腳一踩，路上的積雪便深深地陷了下去，凱特只能用力將腳從雪地裡拔出，然後再將另一隻腳插進雪堆裡，沒走幾秒鐘，她就覺得自己像是在雪堆裡泅泳似的，氣喘吁吁，狼狽不堪。

憑著印象，凱特找到了目的地——荒涼的郊外、破敗的房屋。凱特渾身又熱又冷，身體因為在困難重重的雪地裡行走而發熱，甚至流了汗，但暴露在外的皮膚，特別是眼睛附近，以及被雪浸溼的靴尖和手指都凍得發痛。

她先在門口喘息了一陣子，調整呼吸，抖落身上的雪花後，才步上木階，推門走進黑暗的小屋。

一進門，一名壯漢立刻堵住了她的去路。凱特沒說話，只伸出右手，抽掉手套，攤開掌心。她在手掌上事先用墨水寫上了暗語，雖然融化的雪花及掌心的汗水讓字跡稍稍模糊，卻不妨礙對方閱讀：杜博拉拉鴉王冠上的第三根尾羽。

凱特有些緊張，她費了很大的心力才弄到暗語。這裡是刀鋒灣城最敗落的貧民區，如果給了錯誤的暗語，壯漢會對她做出什麼事，誰都說不準。但在凱特有機會繼續胡思亂想之前，壯漢點了點頭，表示暗語正確，他側過身去，讓凱特進入暖室。

凱特擠進門，在暖室找了個靠近火爐位置坐了下來，小小的暖室裡沒有其他人。她好奇地打量四周，一切都跟她十年前所記憶的一樣：石板房，木製樑柱，空氣間瀰漫著一股濃厚嗆鼻的藥草味。

凱特記得十九歲的自己，又驚又恐地闖進這間屋子，哭著求屋主幫忙。當年，為了避免在貧民區遇上不必要的事端，她也曾變裝為男性，隻身來到這裡。

那是她最黑暗的記憶，十年來，她絕望地想要忘卻一切。她曾發誓不再踏進此處一步，但是，看看現在，她依舊坐在暖室裡，等待，並尋求協助。

位於貧民區的地下藥師，是唯有知道門路的人才知曉的存在。當年凱特在走投無路下，從下人的耳語中，花了很大的功夫才探聽到確切的位置。

她並沒有在暖室浪費太多時間，比起寒冷，她更希望早早辦完事，速速離開這塊是非之地。

正廳很小，瀰漫著濃厚的藥草味，一如凱特記憶中的那樣：一把沙發椅、掛得整個天花板都是的各式藥草、矮小的木茶几。爐火燒得很旺，爐架上掛著一壺熱茶，旁邊還擺了茶具，明顯讓客人自行取用。房間的格局相當詭異，除卻凱特剛剛進來的門之外，沒有其他出口，更沒有窗戶。

凱特迅速地環視一周，屋內沒有人，正如十年前。

「請坐。」

一個蒼老的聲音響起，明知會發生這樣的事，凱特卻還是嚇了一跳。聲音是從牆裡傳來的，不過是從哪一側的牆，凱特說不準。這是藥鋪主人保護自己身分的方式，他從不現身。進出由門口的壯漢以暗語控管，有所求的客人先私下取得暗語，並告知預計來訪的時間。客人抵達後，自行進入正廳，將所需告知牆後的主人，主人會依據客人的要求開出處方。

在這間地下藥鋪，只要你說的出口，付得起價，它什麼都提供。

凱特在沙發上坐下，打開準備好的包袱，將一小瓶液體以及一條幾乎可以稱之為髒抹布的東西放在茶几上。那一小瓶液體是她昨晚趁艾里莎不注意時，偷偷從她的藥裡撈出的。至於那條髒抹布，則是赴老臣晚宴遇襲時，救她的人拿來摀住她的嘴巴，幫助催吐的東西。在刀鋒灣城醒來時，她發現布落在身畔，應是救她的人不小心遺落的。

凱特指向艾里莎的藥：「我需要知道這瓶液體的內容物是什麼，以及它是用來醫治什麼疾病的。」

艾里莎不肯透露自己生了什麼病，那麼，凱特只好獨力查出來。唯有知道艾里莎在面對什麼，凱特才有可能幫助她。

「我還需要您告訴我，這布上塗了什麼，是用來對抗哪一種毒藥的。」

凱特轉而指向那塊破布，如果知道夜襲的人用的是什麼毒藥，或許可以從毒藥的來源反推，查出對方的身分。

「那瓶藥會需要點時間查驗。」藥鋪主人年邁的嗓音幽幽傳來：「至於那塊布上抹了什麼，我現在就能告訴您，隔著牆我也能聞到。那是一般獵戶常用的催吐劑，當馴養的獵犬在野外誤食了有毒的東西，只要將催吐劑放在鼻子上嗅個幾秒，就能將誤食的毒物吐得一乾二淨，這個方法在毒物進入體內的前幾分鐘都相當有效，只要不是劇毒，往往能挽回一條命。」

所以我就是扮演誤食毒物的獵犬這個角色。凱特一抿嘴，壓下不合時宜的幽默。

但這麼一來，恐怕不能反推毒物是什麼。「您知不知道哪種毒物，服用後不會立即生效，卻能導致人呼吸困難而死？」

藥鋪主人沉吟了一下：「這麼形容，很像棻紅草的汁液。它會造成食用者呼吸道痙攣，在某些極端的案例裡，甚至能致死。」

凱特並不驚訝，畢竟她自己吃過那玩意兒的虧。「就您所知，近幾個月是否有人向您購買棻紅草？」

「關於其他客戶的資訊，我無可奉告。」

抿了一下嘴唇，凱特本也不期望會從藥鋪主人的口中問出買家的訊息，於是她換了一個方式問：「棻紅草是毒物，在尋常地方應該很難取得吧？」

「您如果持續問這種讓我為難的問題，恐怕我能幫您的忙，會變得相當有限。」

真是守口如瓶，不過這個答案很好找，凱特只要上街在尋常藥鋪繞一圈，就會有答案了，於是她跳過這個話題，以免引起藥鋪主人的不快。

「最後，我想知道，貴店是否提供雅夕薇？」

在夢境中，這是凱特唯一記得的部分，瀆諭言者婦人表示，前刀鋒灣城主曾經以雅夕薇換取瀆諭言者的預言。預言的內容，雖然婦人在夢中曾以某種方式傳達給她，可惜夢醒後，無論她如何努力，都無法想起。

「雅夕薇？」藥鋪主人相當驚訝：「有是有，但店內不會直接存放那麼危險的藥草。雅夕薇具有特殊的毒氣，無味無色，卻能使人產生強烈的幻覺。這種藥草只生長在格蘭塔山脈，在離開它生長的海拔高度後，會散發毒氣。如果您需要，我可以安排。」

「我要一小株雅夕薇。」凱特說道：「一小瓣，幾片葉子就行。」

一株雅夕薇，換一則預言。即便夢醒也感覺這預言似乎過於廉價。

或許瀆諭言者抱持著一種半實驗性的狂熱，像夢中那位婦人所說的，她們剃羊毛並不是為了實質上的需求，而是為了搓線紡紗，在紡紗的過程中，誘發有天賦的人看見幻象。

或許他們想藉由雅夕薇，催化預言的產生。

「請告訴我應付金額，我會來取雅夕薇，並聽取您關於那瓶藥的想法。」凱特指了一下艾里莎的藥，從沙發上起身。

藥鋪主人告訴凱特一個數字：「只收杜博拉拉金幣，其餘一概不收。」

凱特點頭，這個規矩和十年前一模一樣：「了解，我會準備好的。」

「暗語是『閃爍在孛龐外海的點點星芒』，慢走。」

拉緊了衣領，凱特往回刀鋒灣城堡壘的方向走。

還沒走幾步路，她竟看見一個非常熟悉的身影，迅速地閃進了一家相當髒亂的酒館。雖然穿著厚重的禦寒衣物，並且將衣領豎起來遮住臉，凱特依舊認出了對方。

多恩爵士在貧民區的酒館裡做什麼？

仔細觀察，對方甚至將平時貼在臉上的假鬍子取了下來——或許正是因為這樣，凱特才特別留意到他？

好奇心戰勝了一切，凱特跟隨著多恩爵士，鑽進了髒亂的酒館。酒館裡相當陰暗，混雜著酒腥和嘔吐的味道，地板黏黏的，凱特每踩下一步，都得忍受腳下傳來的黏著感。估計是不適應刀鋒港岸的氣候，多恩爵士穿得比一般人還要多，他掙扎著解開了兜帽，朝吧台靠去。凱特見狀，低著頭，盡可能不動聲色地湊上吧台。

多恩爵士熟練地向酒保打了個招呼，從酒保的反應看來，多恩爵士顯然是常客。只見多恩爵士先用刀鋒港岸使用的北方語說了幾句客套話，隨即切換成索格爾通用語。多恩爵士的索格爾語講得太流利，速度幾乎和土生土長的索格爾人一樣，凱特跟不上，只能從上下文去拼湊對方的意思。

在凱特聽來，多恩爵士向酒保詢問某艘索格爾商船是否準時入港——凱特一開始沒弄懂那個字眼是一艘船的名字，還以為多恩爵士在等待某個人來跟他會面。酒保搖頭，表示目前沒有那艘船的蹤跡。多恩爵士立刻接著問，有沒有什麼方式可以確認那艘船現在的位置？酒保抿起嘴，再度搖頭。

多恩爵士沒有馬上說話，他的額頭擠出了皺紋，神情緊繃，看來有些憂心忡忡。隔了好一陣子，他才緩緩地用索格爾語答話——他這回語速很慢，所以凱特聽得很清楚。

「……在這段時間，我們還是沒有發現茱兒阿提埃的蹤跡？」

茱兒阿提埃？凱特困惑地蹙起眉。那是另一艘船的名字嗎？發音如此異國，一點都不像索格爾語。

「從索格爾首都消失……天翻地覆……」

凱特盡可能地靠近，巴不得耳朵能伸長些。

「……公爵鐸大為震怒。」

等等，他們剛剛說的是，索格爾帝國的那位公爵鐸嗎？

在極度錯愕之下，凱特還以為自己聽錯了。凱特的索格爾語說得不算好，而索格爾語又有許多同音異字，她不敢肯定自己的理解是正確的。

「可以想見，」多恩爵士陰沉的神情確認了凱特的猜測：「真是雪上加霜。」

酒保聳聳肩，似乎想讓看起來相當憂慮的多恩爵士開心點：「嘿，沒消息就是好消息。」

公爵鐸，那位聲名狼藉、令人聞風喪膽的索格爾外務首長——索格爾皇帝身邊的親信、攻掠法洛古城的戰略總指揮、索格爾帝國軍務最高統帥。

凱特的血液凍結了。為什麼他們會提到公爵鐸？

身為帝國最高領袖，索格爾皇帝擁有最終的決定權。在皇帝之下，分別有三位掌管宗教、內政及外務的首長。宗教首長一向由索格爾國教的宗廷選出，具有相當高的政治及信仰地位，被視為神在世間的代言人。

至於內政首長，就凱特所知，這個位置一度由索格爾皇帝的長子，也就是未來將繼承索格爾皇帝這個頭銜、貴為皇子的「察」擔任。以風評來說，皇子察是位相當有才幹的人，在任內做得有聲有色，卻在幾年前遭到撤換。官方說詞為，這是皇帝讓皇子接受訓練，培養其成為下一任繼承人所做出的更動。然而，這個空下的位子，皇帝也沒有讓年輕的次子，索格爾的王子「宜」接任，凱特並不確定現任的內政首長是誰。

而所謂的外務首長，在軍事化國家索格爾的觀念裡，就是軍事領袖。內陸國家索格爾以強大的軍事能力讓四周的國家畏懼它的存在，進而不敢進犯，它以軍事行動解決大多數的外務紛爭。

理論上來說，一個宗教、內政、外務三權頂立的國家，三項權力應是彼此平行、相互牽制的。然而，在索格爾帝國內，外務，即是軍務，有著壓倒性的權力。將這個龐大的權力緊緊握在手裡，從未鬆手的男人，正是索格爾的公爵「鐸」。

公爵鐸是索格爾現任皇帝從小到大的玩伴，從侍從、學伴、能幹的下屬開始，一路到有力的政治盟友，甚至後來成為不可取代的軍事全才。從前任皇帝駕崩，至現任皇帝自眾王子激烈的鬥爭及角力中脫穎而出，逐一除去政敵，鞏固權威——公爵鐸一直侍奉在當今索格爾聖上的身邊。人們說索格爾皇帝比信任自己的兒子還要更信任公爵鐸，甚至有謠傳表示，皇子察遭撤換一事，是源於皇子察與公爵鐸的種種不合。皇子察是宗廷的在俗教士，理應得到宗廷的支持，但宗廷領袖寧可不表態，也不敢在公爵鐸面前公然袒護皇子察，皇子察最後被逼得非卸任不可。

即便被趕下了內政首長的位置，至少皇子察在人們口中，留下了才幹拔萃、政績優異的好名聲。相對的，公爵鐸就是全然的相反。公爵鐸雖是一名軍事天才，也是一位非常有魅力的軍事領袖，在戰場上與下屬同進退、共生死，讓下屬能將性命置之度外地追隨——但對他的敵人：戰場上的對手、變節者、叛逃者和違反軍令者，公爵鐸則毫不掩飾地展露他最殘忍的嗜好。

在他的領導下，索格爾軍法裡有著各式各樣凌虐拷打犯人的方式。公爵鐸最著名、最惡名昭彰的刑罰，莫過於令人聞之色變的「人柱」。這種刑罰的執行方式，是將一根削尖的粗木棒，從肛門或性器官穿入活生生的人體，然後將木棒直立起來，讓木棒的另一端從犯人的口腔或頭頂穿出。

在索格爾帝國摧毀法洛古城的戰事中，法洛王司雖在大軍攻進城前服毒自盡，但他的屍體就沒那麼幸運了，公爵鐸命人拖著王司的屍體，並將還活著的王司遺族趕至大廳，下令執行「人柱」——法洛大廳內頓時響徹著淒厲的慘嚎。公爵鐸勒令不許任何人為他們收屍，據傳，在頹頃的法洛古城內，已化為白骨的「人柱」依舊淒涼地豎立著。

這就是輸掉戰爭的下場——整座城池、一個國家、千千萬萬的性命，都在那一瞬間輸去。

難道索格爾帝國真的打算向刀鋒灣城宣戰？

危機已經緊迫眉睫了嗎？為什麼多恩爵士選擇避人耳目的貧民窟酒館打聽索格爾帝國的消息？到底多恩爵士跟艾里莎還知道些什麼，是凱特不知道的？

忍住這一秒鐘就衝上去揪住多恩爵士的領子問個明白的衝動，凱特朝酒館的陰影處移了移，她不希望被對方認出來。不能在這裡、不能是現在。她也同樣缺乏合理的藉口出現在貧民區。

「……留意米娜烏里絲的狀況，並向我回報。」將面前的飲料一飲而盡，多恩爵士彷彿決定了什麼似的，一掌拍在桌上，留下酒錢：「茱兒阿提埃的失蹤是最糟的變數，但對於米娜烏里絲，我們不能沒有掌握。」

名字，這兩個字眼是人名，是法洛名字。凱特恍然大悟，多恩爵士的咬字太異國，她一瞬間沒能反應過來。

她雖然不肯定茱兒阿提埃是什麼人，但她知道米娜烏里絲——那是末代法洛大祭司，在描述索格爾征服法洛的紀錄中，她是如傳說般的存在，被索格爾歌頌，並遭法洛唾棄：末代法洛祭司米娜烏里絲對公爵鐸一見傾心，在索格爾兵臨城下時，撤去邊界的魔法屏障，讓戀人的軍隊長驅直入，一把火燒掉森林，終結了法洛文明。

背叛家鄉的米娜烏里絲因而遭到法洛王司詛咒，染上了不知名的怪病，即便跟隨公爵鐸回到索格爾卡比，也絲毫不見起色，從此消失在公眾舞台。

一陣戰慄竄過全身，凱特突然明白了晚宴遇襲後，她所見到的幻象。

焚燒的古城、啜泣的絕代佳人、誓言保護對方的索格爾軍官。

她竟見證了法洛文明最後的消亡。

不行了，不能等。凱特一拉披風，準備追上起身離去的多恩爵士。這已經不是能不能解釋自己為何出現在貧民區的問題，沒時間了，她現在就得知道——

後領被人猛然一拉，其勁道之大讓她朝後仰天跌去，整個人重重撞上木桌，雙手被反制在身後，腰際上感覺到尖銳的刀鋒，隨時可以戳破她的肌膚，劃開她的血肉。

「美人，這可不是妳家後院，想來就來，想走就走。」一個沙啞粗野的聲音幾乎是貼著她的耳邊說道。

凱特想說話，卻嚐到唇邊濃濃的鐵鏽味。低咳了幾聲，驚惶失措加上劇烈的疼痛讓她當下腦中一片空白。

這就是貧民區，這正是她所害怕的。打劫、勒索或強姦？

「……想幹麼？」是她唯一擠出來的字句。多恩爵士還在嗎？如果在，他能認出她來嗎？或他會袖手旁觀？他會不會認為這是暗巷常見的戲碼，而她不過是眾多被害者中的其中一名？

「幹麼？我也真想問妳，到底想幹麼？」對方笑了，聲音渾濁而下流。

忍住強烈的厭惡，凱特掙扎著，想讓身體脫離對方的掌控，卻敵不過對方的力氣。對方收緊力道，緊貼著凱特的臀部。

唐突地暴露身分是不智的，不但不能解決問題，還可能讓自己陷入更深的危機裡。但她能怎麼辦？若凱特如目前所偽裝的那樣，只是一介平民，在這龍蛇混雜的酒館裡，任誰都不會多管閒事的。

在凱特思考的當下，對方的雙手已經開始無禮的探索。凱特猛烈地掙扎了起來，事後幾乎回憶不起究竟發生了什麼事，她只記得自己歇斯底里地抗拒著，成功地踢了對方一下。趁男子吃痛時，凱特使出全力抽出被鉗在身後的雙手，迅速蹲下身子，從靴子裡抽出一把匕首。

喘著氣，凱特反握刀刃，直指對方，防衛性地緊貼著木桌。

對方啐了一口髒話，一手捉起身旁的椅子就要向凱特砸來。凱特彎腰一蹲，雙手格擋在前，正準備承受痛感時，不可置信的事情發生了。

為了承受痛擊，凱特縮著身子緊閉雙眼——但她清楚地感覺一團黑影從身後飛掠，出現在她的正前方，擋去了迎面而來的攻擊。

那道黑影屬於一頭巨大的雪原熊，牠張開大嘴、露出利齒，兇殘地咆哮著。凱特驚愕地發現，**即便她緊閉雙眼，卻能清楚看見**。自己彷彿是新生的嬰兒，以某種從未使用過的感官在探索這個世界。

更確切的說法是，世界在她面前掀起面紗——她睜開了一直以來都沉睡著的**心眼**，貼近宇宙的真實。一秒，即為永恆。

然而，這種感覺來得快，去得也快。猛然睜開雙眼，她瞬間被拉回現實世界，彷彿適才經歷的一切都只是幻覺。對方的椅子並沒有砸到她身上，她的面前站著……不、不是雪原熊，有一瞬間凱特甚至以為是多恩爵士來救她，但，也不是。

黑衣、皮靴、熊皮。一把巨劍握在手裡，將原本要砸到凱特身上的木椅劈成兩半。

刀鋒灣城的第一武士——「銀爪」布雷特將劍收進鞘裡，連看都不看一眼面前目瞪口呆地握著半截椅子腳的流氓。布雷特將右手壓在凱特的肩上，左手將兩枚刀鋒灣銅幣按在吧台，作為拆了椅子的賠償，他帶著凱特在鴉雀無聲中推開酒館的門，迅速離去。

甫回刀鋒港岸時，凱特見過布雷特一回，但對方來去無蹤，像一場不真的夢。她從來沒想過自己會再見到他，在這個地方、以這樣的方式。他的手按在自己的肩膀上，堅定有力，卻缺乏溫度。

這麼多年來，自己以為對方死了。凱特寧可不去想、寧可粉飾太平，而對方的神情深藏在生鏽的頭盔下，凱特看不清，也猜不透。

如果時間倒流，光陰逆轉。凱特苦澀地想，十九歲的自己仍然會瘋狂地在比武大會，愛上當年既無身分也無地位，擁有滿腔熱血和一身武藝，自貧民窟出身的孤兒「銀爪」布雷特。

布雷特率性灑脫，無拘無束，對於活在父親嚴格的告誡及監控下的凱特來說，是一個不可思議的耀眼存在。從相遇、相惜到瘋狂地愛上彼此，一切發生在短短幾天。天啊，如今凱特回想起來，雙頰還是會發燙，當時的自己是多麼年輕！她會在整座刀鋒灣城入睡後，藉由艾里莎的幫助，溜出堡壘。而他，總斜倚在破敗的城牆上，一邊吹著口哨，一邊等待她的到來。

那是刀鋒灣城難得的夏日，兩人在世界沉睡之際，享受祕密的時光。片草不生的刀鋒港岸，長年冰雪覆蓋，唯有在短暫的夏季，才被青草蔓沒。刀鋒港灣的湖泊，也只有在那段黃金般的美麗日子，由冰面化為沉謐的湖水。

凱特還記得自己的初吻，還記得那天夜裡，布雷特帶她泛舟，船朝湖心盪，整個宇宙好靜、好靜。湖泊靜謐的像面平整的鏡子，映著滿天星空，天與地彷彿沒有邊界，他們的船在一片星海中航行，美得令人屏息。當她迷失在眼前的美景，不可自拔之際，布雷特輕輕扳過她的肩膀，低頭吻了她。

真是難以想像，自己也曾陷入熱戀。現在的她，只覺得自己好老——非指生理上的老邁，而是心靈層面的。當時的愛是多麼炙熱、多麼一無反顧：心臟狂跳，血液流動快速得能聽見沙沙聲響。凱特從來不認為自己是美麗的，艾里莎才是眾所矚目的美女，但只要跟布雷特在一起，從他的眼中，她就是完美無瑕的。

這樣的愛情終究是危險的，凱特想，人會為了追逐在他人眼中那個完美的自己而不可自拔。那究竟是愛情，還是到頭來她只愛著自己？那個帶著強烈自卑感的自己？

凱特沒有答案，她只知道，十九歲的她可以為了那樣的愛，將一切獻給布雷特，她的心、她的一切，甚至公然反抗父親，將身為城主女兒才有資格贈與比武武士的信物——具有濃厚政治象徵的信物——送給了兩袖清風的「銀爪」布雷特。

當布雷特打敗所有人，奪得第一武士的頭銜，尚不知兩人戀情的前任城主亞道浮・博昂雷歐一度欣賞過這名年輕人的膽識，甚至幾乎原諒了抗命的凱特——畢竟女兒託付信物的對象贏得了比賽，在其他貴族面前，算是有個交待。

然而，深陷熱戀的凱特沒有察覺到父親的底線，父親不可能將身為未來城主繼承人的凱特嫁給布雷特，更不可能讓對方入贅博昂雷歐家族。

凱特不認為布雷特在乎這一切，她不認為率真灑脫、無拘無束的布雷特對於刀鋒灣城的政治有一絲一毫的興趣。十年前的他們，既天真又愚蠢，妄想著某一天問題能自然而然地迎刃而解。

而艾里莎，始終將一切看在眼裡，她是他們最好的盟友，也是最致命的敵人：是艾里莎暗中協助兩人幽會，也是艾里莎突然倒戈，出賣了他們。當艾里莎領著盛怒的父親闖入兩人幽會的地點時，那是刀鋒灣城史上最荒謬的一齣醜聞，凱特被父親一路揪著頭髮，扯回房間之際，她連衣服都來不及穿。

不錯，這就是她的醜聞，十年前傳得沸沸揚揚、全城盡知的醜聞。「銀爪」布雷特一夕之間從刀鋒灣城第一武士，成為地牢的階下囚，等候以銀鷗家法審判。

從第一任城主拓荒者博昂・雷歐時代流傳下來的銀鷗家法，是一枚巨大的古幣。正面刻的是某位不知名的女子側寫，背面刻的是一種刀鋒灣城所沒有，只出現在南方溫暖地帶的猛獸。十九歲的凱特只知道這種猛獸的名稱是「獅子」，對猛獸本身一無所知。直到多年以後，她才在示亞撒半島上，有幸目睹這種貓科生物的美麗與兇殘。

審判當天，一臉嚴峻的亞道浮・博昂雷歐在眾目睽睽下，將古幣交給長女凱特・博昂雷歐，要她做出選擇。

依照家法，如果凱特選擇了獅子的那一面，「銀爪」布雷特將會赤手空拳地面對一頭猛獸

——刀鋒灣城沒有獅子，所以用同樣兇狠而致命的雪原熊取代。如果布雷特殺了雪原熊，便能活下來。依照古法，在打鬥時，他不能攜帶武器，這個選項等同判布雷特死刑。

如果凱特選擇了女人側寫的那一面，亞道浮・博昂雷歐將立刻釋放布雷特，並且將自己的小女兒艾里莎・博昂雷歐，許配給「銀爪」布雷特。

這是一場亞道浮・博昂雷歐和女兒的豪賭，也是一道殘酷的刑罰。他賭得是凱特的責任心，罰得是凱特的愛情。不論選擇哪一條路，都將是一輩子的陰影。在親手宣判愛人死刑，以及忍受愛人和背叛自己的人結婚的選擇中，凱特將獅子判給刀鋒灣第一武士，並宣布自己放棄繼承權，在雪原熊朝「銀爪」布雷特撲去時，踏上航向示亞撒半島的旅途。

凱特永遠記得，當自己將獅子遞給父親時，布雷特的眼睛灼灼地望著她。她、父親、母親及艾里莎站在高高的看台上，全刀鋒港岸都是見證人——「銀爪」布雷特在他曾經贏得刀鋒灣第一武士的擂台上，等候發落。

父親笑了，灰白短髭下的嘴唇扭出一抹笑容，高舉古幣的獅面，以一個非常簡單的手勢意示僕人拉開柵欄，斬斷絞鍊，放出雪原熊。

布雷特的表情是怎樣的，凱特一直都不知道，她逼迫自己不去看。伴隨著雪原熊的怒號，凱特以清晰冷冽的聲調，當眾放棄繼承權。父親嘴角勝利的微笑，立刻扭為盛怒的咆哮。

——妳、妳背叛我、妳背叛了家族！妳走，走了就不要回來！

十年過去，父親逝去，母親陪葬，而艾里莎病了。她在異地流浪了十多年，一切都不一樣了。但布雷特、布雷特竟仍活著，在她身邊，憑藉著良好的反射神經，輕而易舉地在雪地行走。

凱特一邊跟隨著他，一邊露出苦澀的笑容。他們曾經無話不談，真的，無話不談。在刀鋒灣城的短暫夏季，兩個人曾並肩躺在點綴著星子的蒼穹之下，他們擁有彼此的祕密，分享聊不完的話題。

現在，他們竟無話可說。

「謝謝你救我。」凱特的喉嚨異常緊縮，聲音非常乾澀。

布雷特的動作停滯了一下，然後繼續向前走。

凱特張開嘴巴、又闔起，發現自己什麼話都說不出來。她該道歉嗎？為了十年前的決定道歉？當時她只想逃避責任、離開刀鋒港岸，她被嚇壞了——既年輕又愚蠢，渾然不知自己做了多麼殘忍的決定。

「前天晚上，在曠野，」考慮了幾秒，凱特開口詢問：「是你救了我嗎？」

晚宴歸途的突襲，救了她的十之八九是「銀爪」布雷特，但她仍希望能從對方口中得到確認。

她毫不猶豫地判了對方死刑，對方卻義無反顧地救了她。

布雷特停下腳步，鬆開壓在凱特肩上的手，戴著頭盔的面部直視前方，看也不看凱特一眼。

蒼穹緩緩落下細雪，雪花很碎，片片以令人心碎的姿態，無依無靠地飄搖在空中。落在凱特鼻尖的飄雪，一秒，就化了。柔柔癢癢，一點痕跡也不留。然而，落在布雷特頭盔的碎雪，卻凍成冰霜，無法消散，像是另類的枝蔓，攀附在這鋼鐵打造的面具之上。

「……沒有意義。」

世界好靜，靜得幾乎可以聽見雪花飄落的聲響。

「什麼？」

布雷特冷冽的嗓音比記憶中的更加漠然。

「離我遠一點，我只想過我的日子。」

†

凱特在略為恍惚的狀態，走回刀鋒堡壘。

她曾經很愛布雷特，很愛很愛，但她也非常清楚，這段感情的終結完全是她造成的。很奇怪，那份眷戀此刻卻無比陌生：唇瓣吻上布雷特，是哪一種悸動？指尖撫過古幣的表面，是什麼觸感？

當她拋下一切，出港遠颺，海風刮在她的臉上。她有沒有回過頭，再望一眼？

她的回憶模糊不清，像多霧的清晨，太陽徒勞地試圖穿透雲層。然而，她千真萬確地記得她曾感到恐懼與羞愧。她記得自己在哭，記得自己像今天這樣來到貧民窟，向密醫尋求協助。

她記得殷紅的鮮血在她的裙襬暈開、記得生命在體內流逝的感覺、記得自己的躁鬱和憂慮、記得自己哭了又哭、記得孤單和無助、反覆的祈禱和詛咒。

她記得自己認真地想尋死——嘩地一聲，跳入大海。看，多麼輕易。

但是這一切布雷特不會知道，也沒有必要知道。這是屬於凱特一個人的祕密，她會將它帶進墳墓。

既然已經決定不告訴對方，那為什麼她仍感到無比悲傷，悼念著早已逝去的純真年華？像隻嚇壞了的小動物，將頭埋進洞裡，以為只要將布雷特從這個世界抹除，就可以洗淨自己汙濁的雙手。

如果可以回到過去，她想要深深擁抱那個十九歲的無助女孩，想用堅定而溫和的語氣告訴她，不要慌、不要怕。她想要抹去女孩因為歇斯底里地哭泣所落下的淚水，告訴她一切都會好轉，要勇敢。

如果可以回到過去，當亞道浮・博昂雷歇捉到兩人幽會時，她會制止城主在盛怒下，對那十九歲女孩做出粗暴的行為——連衣服都不給穿就強行將人拖過半個刀鋒灣城是暴力，把人用力扔進房間也是暴力，一巴掌將女兒打到石地上更是暴力。踢她、打她、罵她，都是暴力。

如果可以回到過去，她會在那十九歲女孩發現自己下體大量出血時，就傳喚最好的醫生。

她不會讓女孩一邊哭泣、一邊流血，在漸漸轉冷的刀鋒灣城深夜，一個人喬裝徒步向密醫求救。她不會讓女孩在知道自己成為母親又失去孩子的當天，放任女孩隻身趴在鰡黃草叢裡嘔吐。

女孩吐了又哭，哭了又吐，後來幾乎分不清乾嘔和啜泣的差異。好不容易站起身來，卻差點踩到自己的嘔吐物而摔倒。

如果可以回到過去，她會阻止喪失理智的女孩將自己的愛人當作代罪羔羊，彷彿一切是對方單方面地讓自己遭逢折磨。傷害他，並不會解決問題。她多想拯救當年自責又困惑的女孩，她多想告訴對方：她的精神狀況是不穩的，心態也是不正確的。她好想一把抱住那一臉蒼白、瑟瑟發抖的孩子，告訴她：妳要原諒自己，也要原諒布雷特。

十九歲的凱特・博昂雷歇覺得自己被世界遺棄了：妹妹出賣她、父親責怪她、母親視若無睹。而她應對這件事的方式，就是以其人之道還其人之身，遺棄布雷特、遺棄刀鋒港岸、遺棄父親對她的期許——差一點，就要在甲板上遺棄自己的生命。

這個事件在博昂雷歇姐妹的關係裡劃下一道不可磨滅的裂痕，凱特再也無法肯定艾里莎在她心中的定位。她支持對方，也愛對方，但如果她願意正視靈魂的深處，她其實無法真正原諒艾里莎。

「凱特閣下！」

真會挑時機，在她最不想被打擾的時候。

萬分疲憊地拉下兜帽，凱特用凍僵的手指胡亂順了一下頭髮，沒什麼耐心地回頭。

只見莫奈爵士身後跟著兩名武裝守衛，快步朝她走來。她疲倦地揮手，示意對方離開：

「晚點再談，莫奈爵士。」

出乎她意料之外，莫奈爵士不但沒有依言離去，他手下的兩名守衛反而一前一後地擋住凱特的去路。在這狹小的通道，被高壯的守衛這麼一堵，凱特前進不得，後退不能。

「有什麼事？莫奈爵士。」嗅到了事情有些蹊蹺，凱特瞇起眼，謹慎地問道。

莫奈爵士意味深長地看了她一眼，隨即挺起胸膛，取出一紙公文，大聲朗讀。

「奉攝政王培賽利・烏譯之名，以涉嫌煽動叛亂之罪名，逮捕凱特・博昂雷歇閣下。」

什麼！

兩名守衛一人一側，老鷹捉小雞似的將凱特挾在中間，鋼鐵般的手掌鉗進凱特的臂膀，她毫無抵抗之力。

「讓我檢視那份公文的授權！」根據刀鋒灣城律法，被捕的嫌犯有權這麼要求。

「……一切會在攝政王親審時解釋。」莫奈爵士簡短地說，抖開公文，遞上前。

「攝政王親審？」凱特心中警鐘大作，她的聲音聽來尖銳而驚惶：「不是公開審訊？沒有旁聽？」

傾身向前，凱特看了眼授權的戳章。授權人是培賽利・烏譯，戳章是烏譯家的古訓，沒有銀鷗家徽，艾里莎沒有批過這份公文！

「異議！文件有瑕疵，城主夫人沒有核准。」堅定地為自己辯解，凱特不能坐以待斃：

「培賽利明顯越權，你無權逮捕我！」

莫奈爵士猛地轉過身，一巴掌煽在凱特的臉上，他下手不重，但是聲音很響，憤怒和羞辱讓凱特感覺臉頰火辣辣地燒灼。

「不是培賽利，是培賽利**攝政王**。」貼近她的臉，莫奈爵士一個字、一個字放慢速度說。

凱特不甘示弱，惡狠狠地瞪視對方：「你自己說，培賽利**攝政王**買通你多久了？他給你多少錢？」

莫奈爵士反手再給她一巴掌，這次沒手下留情，凱特嚐到口腔內的鐵鏽味。

在盛怒下，凱特啐去口中的鮮血，咬牙切齒：「**莫奈爵士！你效忠的對象應是城主夫人艾里莎・博昂雷歐，不該是——**」

然而，話她沒能說完，就先聽到一個奇怪的聲音：某種悶悶的、卻有著速度感的聲音。

接著，一陣液體灑落地面的聲響。凱特還沒弄明白發生了什麼事，只注意到莫奈爵士的表情有些扭曲——然後她突然明白了。

鋒利的刀尖從莫奈爵士的前胸戳了出來，鮮血在陰暗的走道中，看起來幾乎是黑色的，汩汩流下，形成一攤墨色的水窪。莫奈爵士短促地喘了幾聲，彷彿還想說些什麼，卻只有染血的唾液從嘴唇冒出，順著流過下巴，從鬍鬚滴落。

凱特第一次目睹這樣的場面。張大嘴巴，她一點聲音都發不出來。

唰唰兩聲，左右兩側挾著她的守衛人頭應聲落地。大量溫熱的鮮血直接噴濺在凱特的臉龐和身上。她茫然地愣在原地，溫熱的液體滑過臉頰、從髮稍滴落、被衣物吸收……然後她才意識到，好腥！

掙脫開來，凱特扶著牆，開始大吐特吐。從眼角餘光，她看到插在莫奈爵士胸口的刀尖被拔出，莫奈爵士失去控制的身軀頹然倒下。

一臉漠然地收回刀，曼倪爵士逆著光，佇立在陰暗的走道，臉上的疤痕更顯猙獰。

在曼倪爵士身後，年老的挪臨爵士和門朵爵士一人砍殺一名武裝守衛，並拿失去頭顱的守衛制服當抹布，將刀劍上的血漬抹去。曼倪爵士、挪臨爵士、門朵爵士……這些全是參與晚宴的老臣。

曼倪爵士一個箭步上前，粗魯地將凱特扶起。

「那烏譯雜碎想拿您開刀……還好我們趕上了。」

凱特仍在凝視倒在地上，一動也不動的莫奈爵士。她在發抖，頭腦很熱，掌心卻很冰冷。這一切真的在她眼前發生了嗎？莫奈爵士死了？這豈不是公然向艾里莎跟培賽利宣戰？

「……都是那愚蠢的多束外交官，說什麼索格爾流浪將軍的故事，盡是些天方夜譚！去他的研究，老子才不當索格爾人！」曼倪爵士急促地說：「凱特閣下，您有在聽嗎？」

試圖集中精神，凱特茫然地望向對方。

索格爾的褐將軍。多恩的研究。她知道，但這跟眼前發生的事情有什麼關聯？

曼倪爵士嘖了一聲，很不耐煩：「重點是，城主夫人表示既然博昂雷歇家族是索格爾後裔，從今以後刀鋒灣城和索格爾帝國理當密切往來，展開合作。您明白這件事的後果嗎？」

她沒想到艾里莎會這麼快展開動作，這難道跟多恩爵士現身貧民窟，向酒保探詢的資訊有關？

危機究竟有多緊迫？導致艾里莎和多恩爵士幾乎狗急跳牆地，匆忙用歷史研究這種站不住腳的論調推動與索格爾的結盟？

咬咬牙，凱特定下心神，深吸一口氣：「我必須跟艾里莎聊聊。」

「什麼？」在一旁一直沒發言的挪臨爵士不可置信：「剛剛這幾個人就是她派來擺平您的，您找城主夫人是不會有結果的！」

「不是她派來的，是培賽利。」

「少來了，我不相信妳真的這麼蠢！」曼倪爵士喪失了耐心，連對凱特的敬語也懶得用了：「妳到底要被她整多少次？妳真的以為培賽利那個蠢貨才是這一切的幕後黑手？十年前栽過那麼大一個跟斗，連繼承權都玩丟了，妳居然還沒學到教訓？」

「您比艾里莎年長，以傳統的角度，您比艾里莎更有資格成為城主夫人。」挪臨爵士往前踏了一步：「現在她一攤牌，說要和索格爾帝國結盟——不只是老臣，連中間派都會反抗。這也就是為什麼培賽利・烏譯急急忙忙地派莫奈這傢伙來先下手為強，您的地位具有號召力，他清楚地知道這一點。」

「等一下，」凱特萬分驚恐地看著眼前的三位老臣。誰都好，拜託趕快把她搖醒：「……您真的知道您在提議什麼嗎？」

「我們很清楚，凱特閣下。」曼倪爵士的口吻異常冷靜，讓凱特打從心底不寒而慄：「當我手上這把刀從可憐的老莫奈背後刺進去時，我就知道這條路回不了頭。」

你知道這條路回不了頭，你做了決定。但我呢？你做出這件事之前，可曾問過我的意見？怒氣混雜著驚駭，填滿了凱特的胸口。她無法思考，事情怎麼會變成這樣？

「你這是叫我叛國！」凱特尖銳地說，右手用力地指向曼倪爵士的胸膛：「你這是叫我背叛我的親生妹妹，自立為城主！這是叛國！」

「我知道這很困難，但是我們都必須做出犧牲，捍衛所愛的土地。我相信您比任何人都更明白，不願刀鋒灣城落入其他人的掌中，特別是索格爾。」曼倪爵士冰冷的眼珠閃爍：「還是您對刀鋒灣城的愛僅是紙上談兵？」

「輪不到你質疑我對刀鋒灣城的愛！」凱特齜牙咆哮。

不錯，她深愛這塊土地，她會比任何人都更痛恨這塊土地以任何形式被納入索格爾帝國的版圖。

「但在謀反之前，不該盡可能地去理解艾里莎的理由嗎？」就像使用暴力前，應該盡可能用平和的外交手段尋找出路：「我認為我們該……」

唰的一聲，曼倪爵士那把奪去莫奈爵士生命的刀刃再次出鞘，這次染血的刀尖對準的是凱特・博昂雷歇。

「妳大可開開心心地和妳妹妹一起發瘋，但我們在這條路上已經走得太久太遠，不能回頭了。」曼倪爵士的語調毫無溫度：「不管妳同不同意，妳都得跟我們一起走。現在、立刻。」

凱特長久地凝視著曼倪爵士。

不論對方追求的是什麼，他需要她的名號。這點是千真萬確的，他需要她活著——她的身分具有影響力，能與艾里莎抗衡。

被迫服從於曼倪爵士劍尖下的瞬間，凱特猛然想起已逝的馬羅爵爺。她不禁詛咒起自己的愚蠢。她居然完全沒搞清楚那天晚上的暗潮洶湧：老臣們就是想造反！如果不是馬羅爵爺擋在中間，她絕不可能在拒絕老臣的要求後，平平安安地走出舊議事堂——不，她也不算平平安安，她差點死在半路上。

若馬羅爵爺在世，他不會讓這種狀況發生。然而，馬羅爵爺已經不在了，再沒有人能約束這群長年被冷落，心態嚴重失衡的老臣了。

Night Came Beneath the Stars

第三章：夜沉於星空下

光線緩慢地移動，清晰地照出飄浮在空氣中的塵埃，偶爾，被吹散的飛雪從小小的窄窗誤闖，飄落在冰冷的石造地面。凱特・博昂雷歇斜倚在散發出潮溼氣味的稻草床上，雙眼空然地望著汙濁的廂房，她將身軀縮成小小的一團，一言不發。

冷、很冷。壁爐裡滿是灰塵，顯然很久沒有生過火了。房內除卻破敗的稻草床外，僅剩一只雕花木櫃，已腐朽欲墜，凱特曾試圖打開它，卻在發現一伸手便會拆散整座櫃子後作罷。屋內空無一物，沒有什麼能協助凱特逃離這座囚室。

是的，囚室，她被囚禁了。剛被扔進來時，凱特也曾拍打著門，大聲喊叫，直到雙手和喉嚨都又痠又痛，但無論她怎麼敲打怒吼，門都聞風不動。窗戶太小又太高，她搆不著，就算成功爬了上去，根據她的判斷，距離地面也仍然太遠。

隨著時間過去，凱特漸漸接受了幾件事情。第一，這幫老臣將她挾持到古老的議事堂。這個曾作為馬羅爵爺舉辦晚宴的地點，現在卻成了囚禁凱特的石牢，她無法靠自己的力量脫逃。第二，她必須盡量儲存體力。老臣們暫時不會殺她，但不論他們想利用她達到什麼目的，她都得保有一定的精力，隨機應變。

在這段時間內，凱特曾多次嘗試睜開心眼，另闢蹊途——如果物理上無法離開，或許她能藉由異能，聯繫外面的世界。

睜開心眼並不難，她甚至已經練習到不論睜眼閉眼，她都能自在的開啟心眼。只可惜囚室之內，沒有什麼值得觀看的物件，她只能白白睜著心眼，不期待任何事情會發生。

另一方面，開闢夢途，像之前那樣誤打誤撞地遇上瀆諭言者——她卻一次也沒有成功過。凱特懷疑自己的夢途是不是被瀆諭言者用某種方式阻斷了，雖然她並沒有證據。

房間的環境非常不好，沒有生火的石房冷得像冰窟，凱特最後受不了，裹著披風站起身，使勁拉扯舊木櫃的門板，直到整個破木櫃被她扯得支離破碎，轟然倒下。她將木板扔進壁爐裡，嘗試生火。

生火比她想像中的困難許多，她看過下人拿著打火石生火，在年輕的時候，她也見過「銀爪」布雷特在野外徒手生火，他的動作是那麼俐落輕易，可是她卻怎麼樣都做不到。

雙手因摩擦而紅腫，凱特頹然坐回稻草床上，決定放棄。

又累又餓，她蜷著身子，陷入半恍惚的昏睡狀態。房間裡實在太冷了，凱特睡不深，只能半瞇著眼假寐，思緒在夢境和現實徘徊。她想到多恩爵士在酒館語焉不詳的對話：她始終不清楚對方所提到的茱兒阿提埃是什麼人，以及為什麼這個人的失蹤讓多恩爵士如此不安。

她也記起自己見證法洛殞落的夢境：公爵鐸，和末代法洛大祭司米娜烏里絲。如果說夢境試圖警告凱特，那麼，那項訊息究竟是什麼？

紛亂的心緒使她輾轉難眠，她聊勝於無地睜開心眼，彷彿自言自語般，在心底喃聲自語：茱兒阿提埃。

霎時，異變驟生。

凱特還來不及反應，只感覺從心眼看出去的視野改變了。晃，好晃。她的頭好暈。帶有鹹味的海風撲面而來，混雜著魚腥味，相當刺鼻。

船！不論這個茱兒阿提埃是什麼人，**她正在一艘船上！**

發現這件事情的凱特相當激動，驅動心眼，探索著這個前所未見的新能力，找尋屬於茱兒阿提埃的蛛絲馬跡。

她似乎在一艘船的內艙，刺眼的陽光篩落在潮溼的木板地，一名法洛女子歪著身軀睡在吊床上。她和當年法洛亡國時，凱特所見到的稀世美女非常相像，但並非同一人。同樣有著像瀑布般濃密的長髮，女子的髮色並非夕陽的顏色，而是偏紫的酒紅——乍看之下有些神似，卻完全不同。

這名法洛女子蒼白而瘦削，神采間帶著不健康的陰影。美雖美，卻帶有一種花開荼靡，馬上就要敗了的姿態。

長長的睫毛微顫，女子側過身，睜開——

像開始時一般突兀，凱特由心眼感知到的影像消失了。她喘著氣，茫然地睜眼，瞪視著空無一物的天花板。

她看見對方了！不是透過夢途，而是藉由心眼。這不可思議的感覺如戰慄般竄過她全身，她好像有一點了解為什麼瀆諭言者寧可走入極端，也要追逐幻象，這種感覺實在太奇妙了。

有些亢奮，凱特再次睜開心眼，這回她低聲默念：米娜烏里絲。

浮現在心眼的，是一座華美的廳堂：鋪張地擺設奢華的家具，壁面羅列著繁瑣的刺繡，天花板盡是精細的雕刻。一名男人半裸著上身，站在房內一座四柱大床的床側。

……怎麼是他？凱特看著對方，驚訝，卻不意外。

黑髮黑眼的男子依稀能看出年輕時的風采，歲月在他的輪廓刻下痕跡。當年極力安慰法洛大祭司的公爵鐸，現在法令紋相當深，雙眼凹陷，鼻翼寬闊，薄薄的嘴唇顯得殘酷，彷彿隨時可以擰出一個冷笑。

在公爵鐸的面前，一副枯槁如死灰般的身軀橫躺在四柱大床上。如果不是男子的視線持續地定在對方的身上，凱特可能會花上更多的時間才會意識到，那竟是她在夢中看過的絕代佳人。

末代祭司一點也沒有過往的豔麗了，她病得非常重，就連凱特也看得出來。凱特甚至有個奇怪的直覺：這倒在四柱大床上的軀體，不知怎麼，竟與艾里莎的病容極度相似。為什麼會有這個想法，凱特自己也說不清。

艾里莎和米娜烏里絲的長相截然不同，但面容上不祥的淡淡褐斑、沉重浮腫的眼皮——難道久病不癒的人都是類似的容貌？又或者……

一陣腳步聲打斷了凱特的思緒，她下意識地觀察公爵鐸的反應，卻發現對方置若罔聞，無動於衷。

不對，腳步聲不是公爵鐸那邊的，是凱特這邊的！

關閉心眼，凱特急忙跳起身，隨手抓過身邊的碎木片對準門口的方向，做出防衛的姿勢。

她的前額抽痛，整個人感覺有些眩暈——或許這就是使用心眼的後遺症？微蹙雙眉，她緊緊握著碎木片，不肯鬆手。

門砰的一聲打開，凱特先是見到兩名持刀的衛士走進屋內，再看到另外兩名衛士費力地扛著木桶，沉重地放下。

最後走進來的，是一位眼角和髮鬢都灑上風霜的婦女，凱特認得她，至少，曾經認得——天啊，她蒼老了好多。

「曼倪夫人。」凱特被這個陣仗搞得有些困惑，但她盡力讓自己的聲音聽不出情緒。

「凱特閣下。」

曼倪爵士之妻，是一名瘦削高挑的婦女。她的顴骨很高，雙頰凹陷，予人一種嚴厲難以接近的感覺，她的手腕和指頭都瘦得宛若雞爪。凱特曾在十年前見過曼倪夫人，當時的她瘦歸瘦，卻沒有這份渾身帶刺的苦澀氣息：「有勞您沐浴更衣。」

凱特愣了一下，還以為自己聽錯了。她茫然地看了一眼木桶，視線掃過四名衛士，最後回到曼倪夫人嚴峻難解的表情上。

「沐浴更衣。閣下哪一個字聽不懂嗎？」曼倪夫人冷冰冰地說：「您是要自己更衣，還是要我請衛士幫您脫？」

凱特緊緊凝視著曼倪夫人，這是什麼意思？某種殘忍的玩笑嗎？還是一種針對博昂雷歇家族的羞辱？

她對曼倪夫人的印象不深，在十年前的比武大會上，她見過曼倪爵士一家人，印象中的曼倪夫人不是這樣的，凱特記得她挺著大肚子，站在丈夫與兒子的身邊，容光煥發。噢是了，曼倪夫人當時身邊有一位高大的青年，是她引以為傲的長子，他長什麼模樣凱特記不清了——或許也曾在比武場上角逐過？當年那位倚著丈夫，挽著長子，懷有身孕而微笑著的幸福婦人到哪裡去了？

曼倪夫人將她的沉默視為抗拒：「來人，幫閣下脫——」

「不必。」凱特打斷她，舉起手開始鬆開髮髻：「我聽得懂，曼倪夫人，有勞您請衛士們迴避。」

曼倪夫人偏了偏頭，考慮了一下，才揮手支開了四名衛士，讓他們退到走廊，帶上門。凱特和曼倪夫人對望，兩個人誰也不說話，凱特原以為曼倪夫人會給她一些應有的隱私，然而曼倪夫人卻一動也不動，完全沒有打算離開的跡象。

凱特毫不退縮：她在等我跪地求饒嗎？希望我懇求她給予我隱私嗎？如果是那樣的話，我不會讓她稱心如意。凱特搞不清楚曼倪夫人到底打著什麼樣的算盤，為什麼會端個木盆給自家的囚犯，然後請對方沐浴更衣？衛士帶上來的木桶盛著完全沒有冒煙的冷水。

凱特一咬牙，將她的不安和困惑藏在漠然的面容下，她解開衣服的扣子與繩結，假裝毫不在乎曼倪夫人的視線，褪下所有的衣物。

如果曼倪夫人認為這樣可以嚇倒她，那可就錯了，凱特的父親曾在盛怒之下將她一絲不掛地拖過半個刀鋒港岸，並且對她拳打腳踢，導致她重傷後流產。僅僅是在曼倪夫人的面前脫光衣服，並不足以恫嚇凱特，她將衣物扔到一旁，然後一腳踏進冷水裡。

水比凱特想像中還要冰冷，她立刻起了全身的雞皮疙瘩，牙齒也格格打顫。看來曼倪夫人是希望我得肺炎而死，凱特嘲弄地想，並且用最快的速度開始刷洗自己。她相當不安地注意到，曼倪夫人開始圍著木桶繞圈走，視線始終沒有離開她，這讓凱特非常的不舒服。

「妳的胸部還真是小。」曼倪夫人的聲音冰冷地響起，如鞭子般打在她身上：「而且妳太瘦了，一點都不健康。嘖，真是太瘦了。」

如果不是因為這桶水太冰，凱特或許會脹紅雙頰，但她沒有。渾身發抖，她不確定是因為寒冷，或是強烈的怒氣。

「……還算可以接受，至少妳的屁股有點肉，感謝老天，看起來像是可以生孩子。」

這句話如五雷轟頂般敲醒了凱特，她突然聽懂了，並且知道曼倪夫人到底為什麼要她沐浴及更衣，她終於聽懂了——

她馬上從木盆裡跳了起來，想逃出去，但在曼倪夫人的一聲令下，四名衛士就衝了進來，將她按回水裡。一陣掙扎後，她像個無助的小動物般被扔回水裡，再溼答答地被撈起來，渾身赤裸地被拋在地上。

「把妳自己擦乾，」曼倪夫人冷若冰霜地說，朝凱特的方向扔去一條長巾：「幫妳自己一個忙，不要蠢到想再逃脫。如果妳逃的話，我不會對妳客氣的。」

凱特怒目瞪視曼倪夫人，伸手將長巾扯來裹住自己：「刀鋒港岸不會承認這件事情的正統性。」

「正統性？」曼倪夫人嘴一歪，笑了：「正統性一向都是贏的一方說了就算。」

她拍了拍手，兩名衛士便將木桶扛了出去，接著另外兩名衛士招呼一位侍女進來，那女孩手上抱著刀鋒港岸的傳統冰藍色婚禮禮服——象徵此地的酷寒與冰霜。凱特以抗拒的眼神瞪視著侍女及禮服，曼倪夫人注意到她的視線，再次笑了，彷彿品嘗著某種勝利：「如果閣下反抗的話，請諸位好衛士善意地『提醒』她這裡不由她作主……對了，別傷她的臉，我不希望我兒子的新娘在婚禮上嚇壞賓客。」

凱特以長巾蔽體，緩緩起身，讓侍女到身邊幫忙更衣。凱特注意到侍女的指尖在顫抖，可憐的女孩，她根本不知道自己被捲入了什麼事情。

「我放棄了刀鋒灣城的繼承權，曼倪夫人，如果您想要讓兒子入贅到博昂雷歐家，讓他娶我是不會有實質意義的。」凱特盡可能讓聲音聽起來平穩而冷靜。

「正如我剛剛所表達的，勝者為王，敗者為寇，贏的那方說的話就是真理，而且艾里莎要是真的不孕，依據道統，她若識大體，非退位不可。」曼倪夫人眼中毫不掩飾她的不屑：「妳是不是搞不清楚自己處在什麼狀況？我聽說妳在聚會上拒絕了馬羅爵爺，我當時就想，妳大概是根本沒想清楚，就唐突地回來了刀鋒港岸，顯然妳這十年來什麼都沒有學到。認清現實吧，刀鋒港岸在亞道浮・博昂雷歐將艾里莎・博昂雷歐許配給培賽利・烏譯的那瞬間就分裂了。妳以為妳是唯一一個不喜歡烏譯家族的人嗎？自以為是的古老家族，充斥著過時的觀念和僵化的思想，還妄想統治刀鋒港岸？不要笑掉大牙了。如果由他們來統治刀鋒灣城，那拓荒者博昂．雷歇還不如不要登陸，歷史直接退化四百年算了。」

睥睨著凱特，曼倪夫人神色冰冷：「妳有沒有想過，以艾里莎城主夫人的能力和才智，為什麼壓制不了培賽利．烏譯？為什麼沒有一統刀鋒港岸，終結中央和老臣的對立？我告訴妳，那自私的姑娘絕對不是以刀鋒灣城的福祉為優先，我搞不清楚她跟那個多柬蠻子為什麼糾纏不休，但我可以明確地告訴妳，一如妳在午膳時所表明的，刀鋒灣城不可能受到索格爾帝國威脅。妳說得一點都沒錯，索格爾皇帝攻下我們能有什麼好處？唯一的可能，是這整件事情只是城主夫人聲東擊西的策略，以模糊她執政的不力：是她放任烏譯家族在刀鋒灣城橫行，是她荒廢了身為城主夫人應當扛起的責任。如果她不能做好城主夫人這個角色，不論是以暗殺、叛變、或是透過革命，身為臣民，我們有權為了自己的未來爭取更好的。」

即便曼倪夫人將理由說得冠冕堂皇，他們囚禁凱特的唯一原因，仍是在於她的姓氏。他們要博昂雷歇這四個字帶給他們的正統性——以凱特夫君的身分，否定凱特被褫奪的繼承權，另立刀鋒灣城主，藉此與培賽利．烏譯和艾里莎．博昂雷歇的既有政權抗衡。

凱特承認自己比任何時候更加體認到自己回到刀鋒港岸是個錯誤。

「我父親……」凱特蹙眉，問出心中一直以來的疑惑：「到底是基於什麼樣的考量，入贅培賽利．烏譯？」

曼倪夫人揚起眉毛，失笑：「妳不知道？妳居然不知道？」

凱特看著對方，盡可能忍耐心中那種受辱的感覺。確實，身為一名博昂雷歇，她對妹妹的婚事一無所知，她明白在對方看來，這有多麼荒謬。

「好啊，由我告訴妳。」曼倪夫人縱聲大笑，在凱特聽來既尖酸又刺耳：「我們英明果斷的前城主信了一群江湖騙子的片面之言，那句子是怎麼說來著？我一下子想不起來……意思約略是，博昂雷歇一家需要和一個古老的家族聯姻，才能渡過刀鋒港岸的難關。」

瞬間，凱特一顆心沉了下去。她知道這件事，她想起來了，這居然是真的。顫抖著雙唇，她吐出真言。

渡天劫，禍古唯倖。

說出預言的確切字眼時，她感受到一字一句的重量，她無法解釋這超脫世俗的感觀，但她非常清楚，沒有比這更接近真實的句子了——這是世界必然的真實。

瀆諭言者婦人在夢中，已將這項預言深植在她的內心。凱特一度遺忘了這個夢境，現在終於想了起來。夢境的細節模模糊糊，凱特像透過薄霧觀看，始終有什麼東西阻撓她認清真相。然而，參透天機的真言不會出錯，從靈魂深處，她能感受到這七個字的共鳴。

原來這就是預言？這就是擁有一則預言的感覺？如果她當年在示亞撒半島接受了婦人的邀

約，成為瀆諭言者，這即是她步上的道路？每天都更接近宇宙的真實，多一點點？

然而，她也感覺得到這個預言有些許的不對勁，她無法精準描述這種違和感從何而來，彷彿除了這七個字之外，還有某些訊息遺落在夢境，尚未尋回。

「喔？所以妳不是完全不知道。」曼倪夫人並沒有察覺凱特的異樣，嘲弄著：「我是不曉得那些江湖術師怎麼說服亞道浮・博昂雷歇的，不過正是根據這項預言，我們英明的前城主下了指令：『褐』指的是刀鋒灣語中的『博昂』，『古』指的是最古老的家族，也就是烏譯家族，唯有兩者結合，刀鋒港岸才能倖存劫難。」

是這樣嗎？凱特心中的異樣感在擴大，她深知那七個字的真實性，但這種解讀卻有著微妙的不對稱感。

「哈。」曼倪夫人從鼻子裡噴出一聲冷笑：「在我看來，刀鋒灣城最大的劫難，就是讓艾里莎・博昂雷歇坐上城主夫人的大位。」

當侍女結束妝扮凱特時，她仍在琢磨預言的違和感。身襲刀鋒灣新娘禮服，凱特平時束起的長髮垂在肩上，僅用緞帶簡單纏繞。從侍女手中，凱特麻木地接下一個小布袋——她幾乎忘了這項習俗：袋裡裝有雪原熊的爪。強大兇猛的雪原熊在刀鋒港岸，一向被視為力與美的象徵。婚禮時，雪原熊的爪與牙被視為神聖的物品，遵循古禮，新娘應贈送夫君熊爪，而新郎應回贈妻子熊牙，以示婚姻的堅忍長久，禍福共享。

凱特從未給予過熊爪，但她曾獲得熊牙。十年前「銀爪」布雷特曾將自己親手獵殺的雪原熊牙贈與十九歲的凱特・博昂雷歇，她還記得自己的驚愕和羞怯，也記得兩個人同床共枕的第一夜，打破禁忌的刺激和歡愉。

擺弄著手上的熊爪，凱特只感到強烈的不真實。她聽見曼倪夫人的聲音傳進自己的耳朵：

「……以任何形式傷害我兒子，我絕不會手下留情，凱特閣下。」

凱特茫然地望向對方，傷害她的兒子？就憑凱特一個人？曼倪夫人的兒子又高又壯，如果嫁給他，那他傷害凱特的可能性遠大於凱特傷害他。

曼倪夫人讀懂了凱特無聲的困惑：「梅爾死了。」

這是凱特第一次在曼倪夫人的臉上讀到除了苦澀與尖酸之外的神情：「培賽利・烏譯重新授權烏譯家族的特權階級：擁有鑄幣權、港灣出入特權及冰酒交易專利，刀鋒灣城的財政全攬在烏譯家族的手上。除外，他一併恢復了捕狩古法，居民在刀鋒港灣內的魚獲及狩獵須上繳捕狩稅，任何私下收授皆屬盜獵。我的梅爾因看不慣培賽利・烏譯的專制獨裁，在午膳時向艾里莎城主夫人陳情，第二天他卻遭到襲擊，亂刀斬死……事情發生時，我丈夫也在場。」

凱特想起曼倪爵士臉上那道恐怖的疤痕，原來是這麼回事，但艾里莎怎麼能容許烏譯家族坐大到這種程度？

「妳要嫁的不是梅爾，而是我的小兒子梅嘉。如果妳膽敢傷害他，我就算賭上老命，也會跟妳拚了。」曼倪夫人冰冷地說：「妳真是什麼都不知道，就闖了回來。妳還是一心認定我們只是一群貪得無厭的投機份子，想從妳柔弱無助的妹妹手下奪權嗎？能安身立命的臣民是不會沒事鬧政變的，可我們已經走投無路了，我要生存、跟隨我丈夫的其他人也想生存，只要妳扮演好自己的角色，我們不會為難妳。」

曼倪夫人一個手勢，兩名衛士便架住凱特的雙手，另外兩人則拔刀以備她反抗。

「我不會說我所做的一切是正確的，但卻是必要的。如果我的家族要存活，就是必要的。」

拋下這一句話，曼倪夫人頭也不回地率先離去，凱特則被衛士半拖半拉，尾隨在後，離開囚房。

†

梅嘉・曼倪不安於室地在椅子上扭動，像任何一位同齡的男孩，他受不了儀式的冗長與繁瑣，凱特看他煩躁地踢蹬他的小腿，暴躁地拉扯新郎禮服的硬領子。

「別動，梅嘉。」曼倪夫人的聲音從凱特後方傳來，低聲喝斥：「城主要有城主的樣子，坐好！」

聽見母親的聲音，梅嘉收斂了些，他停止扭動，小小的身子頹然癱在椅子上，垂著眼瞼偷偷打量身旁的凱特，然後發出細小的悲鳴：「我想去跟狗狗玩，媽媽，拜託……」

「坐好。」

曼倪夫人嚴厲的警告比什麼都有效。梅嘉立刻坐直身子，不敢再亂動，他天然的捲髮在他的扭動下，蓬鬆地四處亂翹，他的新郎禮服被壓出了許多道皺摺，領子也歪斜一側。

這就是我的丈夫，凱特看著這稚嫩的孩子——年僅十歲的梅嘉・曼倪。在十年前的比武大會上，他還在母親的肚子裡，但這正是曼倪家族的計劃，強逼凱特・博昂雷歇嫁給尚未成年沒有執政能力的梅嘉・曼倪，並由曼倪爵士作為攝政輔佐，代理統治刀鋒灣城，以挑戰艾里莎・博昂雷歇與培賽利・烏譯的政權。

十歲的新郎和二十九歲的新娘，她和梅嘉依循刀鋒港岸古禮，坐在新人大位上。凱特手腳都被綁著，嘴裡也被人用布堵住，不讓她反抗或自盡。曼倪夫人在凱特的冰藍色新娘禮服外，披了一件連身的雪原熊皮斗篷，以遮掩被綁住的手腳。凱特相當懷疑這樣的欲蓋彌彰真的有用嗎？任何人都可以看出新娘的僵直多不正常，而且嘴裡鼓鼓地被塞了東西。

這倉促的婚禮在舊議事堂的大廳內舉辦，偌大的石廳中，凱特和梅嘉坐在石桌的末端，靠近古城主的石椅大位，凱特可以想見在完婚後，曼倪家族會要小小的梅嘉・曼倪以凱特的夫君之姿，爬上城主石椅，曼倪爵士再以攝政王的身分，高傲地坐上城主石椅後方的位置。

凱特將頭微微後傾，抵在椅背，閉上眼，難道她真的什麼都做不了嗎？無力阻止這一切發生。綜觀博昂雷歇家族統治刀鋒灣城的歷史，女城主都沒什麼好下場。或者該說，身為女人，接管城主一職的門檻本來就比男人更高，因而更加艱鉅，不但決策常被放大檢視，歷任男城主從未有因缺乏子嗣而被強迫退位的先例。或者該說，他們一旦發現妻子遲遲未產下子嗣，便休退配偶，另擇佳人。不過女城主因未產下正統繼承人而被挑戰者，艾里莎・博昂雷歐並非第一人。

第二任城主荊棘玫瑰蕊拉・博昂雷歐與其夫君熊主希爾孚也曾因膝下遲遲無子，釀成悲劇。兩人的生育能力皆正常，婚前，荊棘玫瑰蕊拉・博昂雷歐有一位私生子溫斯登，其父不詳，但荊棘玫瑰將私生子溫斯登帶在身邊，悉心扶養。而熊主希爾孚在首任城主拓荒者博昂・雷歐尚未帶領三十艘巨船駛入刀鋒港灣，打敗當時統領此處的王侯烏譯家族之前，曾和烏譯家族的一名女子有過露水姻緣，育有從母姓的私生子培禮・烏譯。

在荊棘玫瑰蕊拉與熊主希爾孚結婚多年，仍然沒有產下正統的繼承人時，輿論開始質疑荊棘玫瑰，並要求無法生下繼承人的荊棘玫瑰退位。當時剛打下江山的博昂雷歐一族尚未在刀鋒港岸站穩腳步，烏譯家族仍擁有龐大的影響力，熊主希爾孚的私生子培禮・烏譯借由輿論自立為王，恢復古法，挑戰博昂雷歐統領刀鋒灣城的正統性。

出兵討伐私生子培禮・烏譯的，是荊棘玫瑰的私生子溫斯登。私生子溫斯登長年認定自己繼承了博昂雷歐的血脈，加上荊棘玫瑰與熊主希爾孚沒有子嗣，他可以算是最合乎道統的繼任者。於是，私生子溫斯登自冠城主姓氏「博昂雷歐」，以博昂雷歐傳人的名號，與私生子培禮・烏譯掀起繼拓荒者博昂・雷歐大敗烏譯家族後的第二次烏譯戰爭。

培禮・烏譯與溫斯登・博昂雷歐的對立，逼得荊棘玫瑰和熊主兩人聯手討伐親生兒子，刀鋒港岸一度分裂為三，戰事連連。熊主希爾孚是刀鋒港岸古老詩歌中的傳奇人物，他是來自格蘭塔山脈的山民，神出鬼沒，行蹤不定。雖說凱特曾斬釘截鐵地向多恩爵士表示，刀鋒港岸是沒有信仰的，然而，在博昂雷歐尚未統一刀鋒港岸前，刀鋒港岸確實存在對於大自然的敬畏，其中最為崇敬的，正是力與美的代表——桀敖不馴的雪原熊。

「熊主」這個頭銜，是格蘭塔山民對於能運用古老自然力量，與熊溝通，知曉天意之人的尊稱。山民人數甚少，行事神祕。熊主希爾孚是在和自由豪放的荊棘玫瑰蕊拉・博昂雷歐一見鍾情後，才離開自己的族人，和博昂雷歐一起生活。

根據傳說，熊主的能力源自格蘭塔山脈上的古老力量，只可惜第二次烏譯戰爭距離格蘭塔山脈太遠，古老的力量無法延伸至希爾孚身處的戰場，熊主希爾孚在一場對親生兒子培禮・烏譯的戰事上失利，慘遭亂箭射死。甚至有傳言說，是培禮・烏譯慘忍地弒父。無論真相為何，隨著希爾孚的過世，熊主的古法及祕密從此失傳，古格蘭塔山民也在刀鋒港岸的歷史上銷聲匿跡。

痛失摯愛的荊棘玫瑰轉而與兒子溫斯登・博昂雷歐結盟，合力對抗培禮・烏譯。在兩人的努力之下，他們重創培禮・烏譯，逼得培禮・烏譯放棄根據地，跳上一艘大船，和殘存的餘黨逃亡海外。荊棘玫瑰主張乘勝追擊，一舉消滅烏譯家族，然而，在博昂雷歐聯軍氣勢如虹時，荊棘玫瑰卻突然發生了意外——在一次追擊中，荊棘玫瑰從座騎上狠狠摔落。自此，她的健康急轉直下，不久便撒手人寰。民間有著各式各樣的傳說，暗示荊棘玫瑰的死和兒子溫斯登・博昂雷歐脫不了關係——溫斯登・博昂雷歐很清楚一旦肅清了烏譯家族，荊棘玫瑰必然會回過頭來興師問罪身為私生子的他，怎能自冠「博昂雷歇」一姓？只要母親荊棘玫瑰在世一天，城主的頭銜就沒有機會落到溫斯登的身上。

荊棘玫瑰死後，溫斯登・博昂雷歇順理成章地排除萬難，成了第三任刀鋒灣城主，後世稱「雜種」溫斯登・博昂雷歇。只不過，他的城主位子還沒坐暖，就遇上第一次南方海盜大舉入侵：當年，南方列嶼的嶼民碰上饑荒，集結成海盜北上，一路掠劫，他們碰上刀鋒港岸罕見的夏日，短暫的夏季將保護刀鋒港岸不受侵犯的冰山融化，海盜長驅直入。僅擅長陸戰的溫斯登・博昂雷歇被熟悉海戰的海盜殺得措手不及。刀鋒港岸哀鴻遍野，狼煙四起，當海盜終於離開時，第三任刀鋒灣城主也賠上了他的性命。

溫斯登・博昂雷歇在位的時間非常短暫，尚未婚娶，因而沒有子嗣，在他過世後，仍帶有博昂雷歇血統，得以繼承刀鋒灣城主頭銜者，落到了博昂雷歇的旁系，一位名叫弗立克・雷歇的青年身上。弗立克・雷歇的血統源於第一任城主拓荒者博昂・雷歇的妹妹露希達・雷歇，身為第一任城主的胞妹，她是旁系而非嫡系，因而沒有冠上代表城主的姓氏「博昂雷歇」。然而，貴為城主旁系，她的婚姻也採入贅制。露希達・雷歇的女兒丹尼亞・雷歇結婚後所生下的孩子，便是弗立克・雷歇。由於缺乏博昂雷歇的嫡系血脈，旁系血脈弗立克・雷歇便依法繼承「博昂雷歇」一姓。

在這個時刻，逃亡在外的培禮・烏譯迅速返回國內，並且帶著一位傾國傾城的異國美人當他的新娘——夏妮・博昂雷歇。培禮・烏譯宣稱夏妮・博昂雷歇身上流著荊棘玫瑰的血脈，她是荊棘玫瑰隨父親拓荒者博昂・雷歇抵達刀鋒港岸前，在克格多爾的珀拉提港與克格多爾水手產下的私生女。培禮・烏譯擁立夏妮・博昂雷歇為第四任城主，並源引第三任刀鋒灣城主，「雜種」溫斯登・博昂雷歇為先例：如果刀鋒灣城可以接受私生子為城主，那麼私生女夏妮・博昂雷歇沒有道理不能繼承。

弗立克・雷歇大力抨擊培禮・烏譯：任誰都知道，夏妮・博昂雷歇只是培禮・烏譯推出來的魁儡政權，身為夏妮・博昂雷歇的丈夫——培禮・烏譯才是實際的掌權者。同時，弗立克・雷歇也質疑夏妮・博昂雷歇的身分，畢竟沒有人可以證實夏妮・博昂雷歇的出身。荊棘玫瑰有可能挺著大肚子，和父親四海為家十個月，再於珀拉提港生下夏妮・博昂雷歇，卻不曾傳出任何流言嗎？何況，若荊棘玫瑰將自己的私生子溫斯登帶在身邊撫養，為什麼她沒有將夏妮也帶上？女人和男人不同，男人可以在女人身上播種後便離開，完全不知道有私生子的存在。但女人不可能，如果有了私生子，要懷胎十個月、經歷生產以及產後哺餵孩子的漫長過程，荊棘玫瑰怎麼可能神不知鬼不覺地多了一名無論是她自己或是她身邊的人都不曉得的私生女？

於是，當培禮・烏譯自立夏妮・博昂雷歇為第四任城主時，弗立克・雷歇便和培禮・烏譯掀起了第三次烏譯戰爭，不過這次戰爭為時很短，弗立克・雷歇獲得刀鋒灣城的壓倒性支持——刀鋒灣人或許在第二次烏譯戰爭時各自擁立不同的城主，但經歷了南方海盜大舉入侵後，多數人已疲憊不堪，無心再戰。海盜入侵時，是溫斯登・博昂雷歇保護了這塊土地，培禮・烏譯當時逃亡海外，完全沒有顧及刀鋒灣人的死活，現在卻帶了一位來路不明的異國女人就想奪權？烏譯家族喪失民心，很快地被弗立克・雷歐平定，培禮・烏譯身為叛徒，遭到公開處決，烏譯家族也正式喪失在刀鋒灣城所有的尊敬，遺族遭到冷落，過去的榮光被淡忘。

夏妮・博昂雷歐則成為刀鋒港岸史上地位最曖昧不明的角色之一，在培禮・烏譯行刑時，他的夫人夏妮・博昂雷歐對群眾宣告她不是荊棘玫瑰的後裔，甚至並非來自克格多爾的珀拉提港，她乞求刀鋒灣新城主弗立克的原諒：她來自示亞撒半島，是在培禮・烏譯的威脅下才被迫假扮為荊棘玫瑰的私生女。

每當凱特想起這段歷史，常常覺得夏妮夫人的行為太過矯情。她不認為夏妮夫人會屈服於培禮・烏譯的威脅，他們應該同為擁有強烈權力慾望的人，到底是誰在利用誰，根本說不準。

後來事情的發展，令凱特更加肯定自己的觀點，新城主弗立克・博昂雷歐不只是原諒了夏妮夫人，甚至愛上了夏妮夫人，不顧眾人的反對，決心娶新寡的夏妮夫人為妻，她從第四任刀鋒灣城主轉為第五任刀鋒灣城主夫人，可說是在這場權力遊戲中最大的贏家。在刀鋒灣城主堡壘內歷屆城主畫像中，第四任城主的畫像從缺，空蕩蕩的畫框中沒有畫像，但夏妮夫人的身影和弗立克・博昂雷歐一齊出現在下一幅畫中。

在第五任城主，後世稱「護城者」弗立克・博昂雷歐的肖像中，夏妮夫人確實為一異國美女，但她的祖國始終成謎，雖然她聲稱來自示亞撒半島，但這只是表明了她的宗教立場，示亞撒半島人來人往，接納四海各處的人，這樣的聲明，並不能釐清夏妮夫人最初從何而來。凱特只能從殘留下的故事及傳說中拼湊，推測她是拜日樓的信眾，其他關於夏妮夫人的一切，如迷霧般失落在歷史的洪流中。

無論夏妮夫人有著多大的政治野心，她和弗立克・博昂雷歇都開拓了一段盛世——她的兒子是「守望者」波勒・博昂雷歇，而她的孫子，則是大名鼎鼎的「戰神」彌亞希・博昂雷歇。

考量到刀鋒灣城的歷史，以及博昂雷歇和烏譯的過往，當凱特看著身邊再度坐不住，這會兒玩起了熊牙布袋的梅嘉・曼倪，真是不禁羨慕這孩子的不經世事。一個弄不好，曼倪爵士挾凱特以令刀鋒灣城的行為，足以挑起第四次烏譯戰爭。如果烏譯家族真如曼倪夫人所說的坐大，那麼，為了保護得來不易的權力，凱特相信烏譯家族不惜一戰。

這麼想著，凱特試圖辨認出賓客們的臉，並在心裡比對曾出席晚宴的老臣名單，像今天這樣一場婚禮，基本上就是叛國宣言。有多少人臨陣退縮？又有多少人會加入？賓客在暗處低語，於大廳迴響成不散的嗡嗡聲。雖說整場婚禮倉促地舉行，但舊議事堂仍是擠得水洩不通，這可說是給足了曼倪爵士面子。

在馬羅爵爺過世後，迅速地竄起，並得到這麼多人的支持，或許曼倪爵士在老臣之中擁有極大的話語權？抑或只是曼倪爵士的動作最快，搶在別人動手之前，率先挾持凱特？如果是後者，他得要有能力壓制住老臣們才行，空有凱特這個魁儡是沒有意義的，他得有能力對烏譯家族造成實質上的軍事及政治威脅。

「天佑刀鋒港岸！」

曼倪爵士站起身，他的聲音強而有力，穿透細語的帷幕，讓整間議事堂靜下來。凱特聽見有人關上了舊議事堂的巨門，厚重的聲響迴盪在大廳。

「感謝諸位蒞臨小犬的婚禮，想必諸位明白我們今天為何齊聚一堂，我就不多說了。為了刀鋒港岸的未來，我們必須團結一致，孕育下一代的未來。」曼倪爵士簡短地致詞，將雙手各別放在梅嘉・曼倪和凱特・博昂雷歇所坐的椅背上：「不畏颶風！銀鷗永存！」

當眾人齊聲念出博昂雷歇的家訓時，凱特無聲地發著怒，實在太荒謬了，打著道統的旗號，把女人綁在椅子上逼婚，道貌岸然地說著一切全是為刀鋒港岸好。凱特相信培賽利・烏譯絕非明君，但曼倪爵士實在也沒高尚到哪裡去。

在一片唯唯諾諾重複家訓的呢喃外，凱特聽見有人將木栓拉上、鎖緊。

是將舊議事堂的巨門鎖上嗎？為什麼要鎖？賓客到齊了，將門關起來很正常，但有必要鎖上嗎？凱特試圖將視線穿越眾人，但被綁在椅子上的她行動受限，無法如願。

她忽地感到焦躁不安。

霎時，凱特的身軀猛地朝後傾倒，後腦重重地撞在地上，撞擊力之大令她眼前一黑。她聽見賓客們全部倒吸一口氣，緊接著混亂的尖叫、桌椅翻倒的聲響、以及淒厲的哀嚎，某種溫熱的液體噴濺在她身上。

她還沒機會弄清楚是怎麼一回事，某個人便急著越過她，前往另外側。對方被仍綁在椅子上的凱特絆了一下，朝凱特踩了一腳。凱特悶哼出聲，她的鼻腔充斥著血腥味，好痛。

「不不——喔不，不！」

尖銳的哭嚎聲聽來熟悉，是曼倪夫人嗎？發生了什麼事？為什麼——

感覺手臂一鬆，有人用短刀割開了她的繩索，並替她的雙腳鬆綁。撐著地板，凱特才剛勉強穩住身軀，對方立刻以鐵鉗般的手腕，粗暴地將她一把拉起。

凱特身邊擠滿了人，相互推擠、爭先恐後。她只來得及回頭瞥一眼，但一眼，就夠了，她差點當場吐出來。

一支箭矢射進曼倪爵士張開的嘴裡，從頸後穿出，曼倪爵士的鮮血噴濺得四處都是，曼倪夫人則發了瘋似的一手緊抱著死去的爵士，另一手緊緊護著十歲的梅嘉．曼倪。曼倪夫人歇斯底里地尖叫，彷彿只要這樣，就足以嚇阻敵方。

凱特被硬拖著，擠過驚慌失措的賓客，但她無法將視線移開。她看見門朵爵士高舉戰斧，一揮，剁下了梅嘉．曼倪的頭顱，鮮血噴出來，濺在曼倪夫人的臉上。

凱特腦中嗡嗡亂響，幾乎像個破布娃娃，她被繼續拉著向前走。**曼倪爵士沒能壓制住老臣。**凱特看著原是賓客的人，抽出武器，毫不留情地將曼倪爵士的家臣砍成肉屑。

原本只聽命於馬羅爵爺的老臣們，不服氣曼倪爵士擅自將兒子入贅給凱特．博昂雷歇。為首造反的是門朵爵士和挪臨爵士——他們和曼倪爵士一起殺了莫奈爵士，軟禁凱特。從他們的角度看來，他們的功勞和苦勞跟曼倪爵士一樣多，憑什麼曼倪爵士可以當攝政王，而他們不行？

拉著凱特的人在她手裡塞了把匕首：「走，快走！」

凱特瞪大了雙眼，不可置信：「你——」

戴著生鏽的頭盔，一襲黑衣的「銀爪」布雷特從背後抽出巨劍，蓄勢待發。

身後一陣吵嚷，凱特連忙回過頭，只見挪臨爵士和門朵爵士滿身是血地撥開人潮，朝她大步走來。布雷特往她的背後狠狠推了一把，其力道之大，讓她差點摔倒，但她即刻穩住身子，握緊匕首，朝人群喝斥：「讓開！」

她的聲音遠比自己想像的更加中氣十足，帶有威嚴，她很清楚自己一旦被抓住，就再無路可逃。挪臨爵士和門朵爵士已經沒有回頭路了，為了奪權，他們連同陣營的戰友曼倪爵士都敢殺，甚至連年僅十歲的梅嘉・曼倪也不放過。這回，她若是被捉住，對方絕對不會客氣。

嘗試著朝大門移動，凱特異常地冷靜，身旁有布雷特幫忙斷後。她不知道布雷特為什麼會出現在這裡，但她無所畏懼——布雷特的存在令她無所畏懼。

舊議事堂的大門深鎖，估計是老臣們鎖起了大門，以確保曼倪一家無路可逃。凱特的視線迅速掠過四周，找尋可以劈開鎖頭的工具。

就在這個時候，她感受到空氣的震動，扭過頭，她輕而易舉地睜開了非屬凡世的心眼，世界在她面前掀起面紗。循著波動的源頭，她看見布雷特身形暴漲，形成一頭巨大雪原熊的闇影，闇影張開大嘴，發出巨吼。

那磅礡的吼叫並非來自布雷特。一頭貨真價實的雪原熊正憤怒地咆哮著——在木門之後、從舊議事堂外傳來。世上沒有任何一種生靈，能體現出如此壓倒性的力量。

「磅——」

隨著巨響，眾人齊聲驚叫，一股巨大的怪力由外而內，奮力撞擊議事堂大門。厚重的門板發出嘎吱聲，出現裂痕。

「吼——」

又是一陣令人心驚膽顫的怒號，伴隨著劇烈的搖晃，門板發出駭人的碎裂聲，承受不了強烈的撞擊，木門化為飛屑。門外，一頭成年雪原熊張著血盆大口，人立起來，朝眾人齜牙裂嘴。如此近距離地看這美麗又恐怖的巨獸，凱特既是畏懼，又是著迷，一時之間竟呆站在原地，不知所措。

「走！」

布雷特抓住她的手臂，朝大門衝去。同一時間，雪原熊跳進議事堂大廳，引發一陣尖叫。凱特可以聽見挪臨爵士和門朵爵士發號施令，但她不敢回頭，只能拚了命地跟布雷特一起跑。

他們一路狂奔到議事堂外，跳上一輛莫爾格橇車，頭也不回地朝冰天雪地的曠原駛去。

†

舒展因酷寒而僵硬的手指，凱特放棄梳攏髮髻，將長髮放下。她靜靜看著布雷特停靠莫爾格橇車，從腰際抽出短刀，一一挑斷束縛莫爾格犬的皮繩。

他們誰也沒對誰說話。

老臣並沒有追上來，凱特猜測那頭衝進議事堂的雪原熊成功地阻斷了追兵。她望向布雷特，他自己明白嗎，他擁有身為熊主的力量？他是什麼時候得到這個能力的？其中又有多少曲折？

「銀爪」布雷特，刀鋒港岸第一武士，繼荊棘玫瑰的夫君「熊主」希爾孚後，第一位重現熊主能力的存在。

鬆開莫爾格犬，布雷特站在雪地，視線鎖向遠方。凱特可以明確地感受到他身上散發出的波動，她試圖用心眼感知——布雷特和遠方的雪原熊建立起某種連結，得以理解彼此。

溝通，布雷特在與熊溝通。

「……快離開。」凱特喃喃地說，她並不希望熊在舊議事堂被老臣殺死。

布雷特沒有聽見，就算聽見了，他也沒有表現出來。回過身，面對眼前毅然聳立的格蘭塔山脈，身為熊主的特殊氣息轉瞬收攏，就連凱特的心眼也再看不出任何跡象。

揚起頭，布雷特從喉嚨深處，朝遠方發出近似雪原熊的咆哮。

啊，所以，在老臣晚宴後，於雪地裡拯救她的人，確實是布雷特。

地表微微顫動，某種龐大的生物正全速朝他們奔跑而來，被布雷特鬆綁的莫爾格犬一哄而散，夾著尾巴飛快地逃開。凱特瞇起眼，只見一頭中等身材的年輕雪原熊，由遠而近，迅速逼近他們。

凱特認得這隻雪原熊，老臣晚宴那夜，她在城外的曠野見過牠。

「妳該好好感謝牠。」以一種莫可奈何的口吻，布雷特說道：「如果不是牠，妳已經死了。」

雪原熊緩下腳步，從全速減至慢跑，再從慢跑改為緩行。這頭雪原熊的體型，相較於剛才衝進舊議事堂的成年雪原熊來得矮小。凱特著迷地看著牠美麗的白色毛皮，以及敏捷迅速的動作──這傢伙一點都沒有熊的樣子，靈活的簡直像隻貓。

近看，凱特留意到牠身上滿是傷疤，不知道是否曾被獵戶所傷？

「那天夜裡，我會出現在曠野，是因為這傢伙不肯回來。」伸出手，布雷特搔了搔雪原熊的後頸。白色的巨獸噴了噴鼻息，整個頭朝布雷特的懷裡埋：「不但不願意回來，還跑去平時不會去的陌生曠野。我因為擔心跟了過去，沒想到竟遇見培賽利・烏譯穿著便服，駕駛莫爾格在追趕妳。」

凱特以為自己會更驚訝，但到頭來，她竟一點也不意外。

「離開議事堂後，我立即出現中毒反應，而培賽利……」凱特喃喃地說：「難道他在老臣中有內應，幫他下毒？」

「為什麼妳認為培賽利・烏譯進不了議事堂？假扮成某位老臣的莫爾格伕，低調混進議事堂，這類事情並不難達成。」布雷特的聲音透露著一股不耐煩：「我剛剛不也混進去了？老臣的守備並不森嚴。」

「如果是他下毒……肯定是那杯酒有問題。」凱特思索著：「在馬羅爵爺的勸說下，我喝過一杯酒，爵爺也喝了……」

而馬羅爵爺過世了。晚宴後的第二天，刀鋒灣城為馬羅爵爺敲響了喪鐘。

「天啊。」凱特不寒而慄。

「我不明白你們的政治遊戲，也不想弄明白。」布雷特漠然地說，伸出手來，再次揉了揉雪原熊的後頸：「妳得好好感激牠，如果不是牠，我那天不會在曠野，也絕對不會出手救妳——是牠在雪夜將培賽利・烏譯趕跑，今天也是牠執意要我想辦法帶妳離開。」

凱特不可置信地望著雪原熊，白色的巨獸看也不看她一眼，只顧著在布雷特身上磨蹭。

「我……不明白。」凱特有些困難地說道，喉嚨意外地有些緊：「牠並不需要守護我啊，你理解我的意思嗎？牠為什麼要這麼做？」

布雷特短暫地沉默了一下：「是啊。牠怎麼不恨妳？我真不懂。」

「恨我？」凱特以為自己聽錯了，不禁重複了一次：「恨我？牠為什麼要恨我？」

雪原熊親暱地頂了頂布雷特的手掌，隨即轉身，領頭邁進。布雷特沒有回話，只將巨劍一揹，跟隨在雪原熊身後，亦步亦趨。

凱特仰望眼前宏偉的格蘭塔山脈，顯然布雷特和雪原熊打算帶領她深入山區。山上天氣變化莫測，路況艱險驚心，要甩開老臣的追兵，進入格蘭塔山脈是最好的選擇。

凱特用力抓緊身上披著的熊皮斗篷，幸好有它。冰藍色的新娘禮服飄逸而輕薄的布料完全不保暖，而曼倪夫人幫她搭配的鞋子，是一雙細緻的雕花鏤空高跟鞋，不用說墊高的腳跟讓凱特寸步難行，鏤空的部分更使她裸露的皮膚凍成紅紫色。

抿起嘴，凱特陷入兩難。她非得脫下這荒謬的鞋子才能跟隨布雷特和雪原熊上山，然而，若是她脫下鞋子，直接在雪地行走，那麼走不了幾步，雙腳便會被酷寒的冰雪凍至壞死。

管不了那麼多了。一咬牙，凱特彎下腰，正準備脫下鞋子，赤腳登山之際，一股溫熱的鼻息朝她直噴而來，她毫無心理準備地和白色巨獸對上視線，深深望進那棕黑色的雙眼——龐然而令人尊畏。凱特屏住氣息，深怕一眨眼，就破壞了這完美的瞬間。

熊的眼神帶給她溫暖，凱特幾乎是下意識地，便知曉了對方的意圖。

「牠要幫妳。」布雷特將雪原熊的提議化為文字，口氣有些不滿：「牠願意揹妳上山。」

「這……」感覺不妥，凱特想拒絕，卻苦於想不到其他的上山方式。

「相信我，我也覺得沒這必要，不過牠堅持。」

凱特望進那對溫暖的雙眼，只能感激地點點頭，布雷特扶了她一把，讓她爬上雪原熊寬闊的後背。熊背沒有可供支撐的地方，凱特只能整個人伏在雪原熊的身後，雙腿夾緊熊腰。

雪原熊為了不要將她摔落，明顯地減緩行走速度，以方便她平衡身軀。這麼一來，布雷特就走到前面去了，凱特一邊凝視著他的背影，一邊將臉埋進雪原熊的厚毛裡。潔白的毛皮上，清晰可見多道深刻的傷疤，傷疤上生不出毛髮，光禿禿的很猙獰。凱特輕輕撫過這些錯綜複雜的傷，若非生死相搏，不可能這麼嚴重。這雪原熊究竟經歷了什麼？而布雷特，又是怎麼認識這隻熊，進而變為熊主的？熊主這個角色在刀鋒港岸早已化為傳說，走入歷史。在斷絕了這麼久之後，布雷特是如何繼承這源自格蘭塔山脈的古老力量？

這麼想著，凱特睜開心眼，試圖感知熊主和雪原熊之間的牽絆，卻被眼前的畫面澈底震懾。

在凱特短暫接觸異能的過程中，她尚未完全掌握心眼揭示的意涵，但她所看到的幻視，卻總能透露出某些出乎意料的真實，這一次也不例外。

布雷特和揹著自己的雪原熊之間，彼此的羈絆密不可分，兩個生命體相織交錯、相輔相成。這和她先前看到的狀況截然不同：布雷特與撞開議事堂的雪原熊之間，僅僅是建立起連結，相互溝通。然而，現在這隻雪原熊卻是將生命軌跡完全綁進布雷特的形體，而且，她驚慌失措地發現，將這兩條生命綁在一起的線頭，竟是牽在自己身上。

驚駭萬分，凱特慌忙閉上心眼，即便如此，她心裡是明瞭的。

「……難怪你無法接受，」在格蘭塔山脈哭號呼嘯的寒風中，凱特希望自己的聲音聽起來不那麼顫抖：「牠確實該恨我。」

「喔，妳終於明白了？」布雷特的嗓音粗嘎刺耳，充滿了嘲諷的意味。

是啊，原來是這麼一回事。她正趴在「獅子」的背上——十年前刀鋒灣城比武大會，凱特將象徵銀鷗家法的古幣遞給城主亞道浮・博昂雷歐：獅子朝上、女人朝下，從牢籠內朝自己愛人撲去的那頭張牙舞爪的雪原熊，此刻正在她的身下。

「你們……」

你們是怎麼活下來的？這個問話聽來無比偽善。

她的一個決定，讓兩個生命體在一聲令下相鬥至死，而她揚帆，遠走高飛，不需背負任何責任。十九歲的凱特・博昂雷歐，多麼自私、多麼殘忍。

「我們怎樣？」布雷特停下腳步，低聲吠道。

「我——」

凱特連一個字都還來不及說完，布雷特便踱步逼近，黑色的身影充斥著危險的氣息：「妳想表達什麼？妳說，妳說啊。」

雪原熊警告地哼了幾聲，布雷特一揮手，阻止雪原熊的介入：「你別插手，你給我閉嘴。」齜牙低嚳，雪原熊加重聲音中威嚇的意味。

「你別想！」布雷特有些動怒了。他相當暴躁，不知道是對著雪原熊說，還是對著凱特說：「別告訴我你輕易地放下了一切。」

「我……」我很抱歉，真的很抱歉。但這麼說，布雷特是不會接受的。十年前的她嚇壞了，只知道轉身逃跑：「我不知道……」

「妳當然不知道！」布雷特咆哮：「妳把我們拋下待死！妳怎麼可能知道！」

十年前的我愛你，布雷特。我不可能讓你娶艾里莎，我寧可摧毀你，我寧願給你「獅子」。凱特絕望地望著對方，垂下視線，放棄辯解，布雷特不會理解的。

然而，她卻聽見布雷特的聲音說：「……我從不在乎妳給的是『獅子』。」

猛地抬起頭，凱特被眼前的景象嚇愣了。布雷特不知道什麼時候，將一直戴在頭上的生鏞頭盔取下，夾在臂彎內。這麼多年來，凱特・博昂雷歐第一次再次看到「銀爪」布雷特真正的面容——**他缺了半張臉**。

布雷特的左臉嚴重變形，彷彿有一半的肉活生生的被剮去，連左眼也失焦泛白，已失去視力，左耳更是殘破不堪，完全被削平。凱特這才明白，原來這就是為什麼他一直戴著那生鏽的舊頭盔。

這顯然是雪原熊在十年前生死搏鬥時的傑作，而雪原熊身上那些傷疤也說得通了，那是刀鋒灣的第一武士當年反擊的戰果。

「我一點也不在乎妳給的是獅子，因為我深信，無論如何，妳會等我。當我從雪原熊的尖牙及利爪下倖存之後，妳我終究會在一起。」

望著那熟悉的半張臉，凱特的淚水幾乎奪眶而出。她終於明白布雷特在怪她什麼了。

可是這也不是純粹等待與否的問題，當年的凱特還在跟別的東西奮戰：她無法接受一條性命從體內消逝。罪惡感混著內疚，她幾乎把自己逼死。她覺得自己無路可走，只能逃開，遠行示亞撒半島。

「妳為什麼離開？」相較於怒火，布雷特的語氣更多的是無奈與失望。這十年來，對方顯然反反覆覆將這個問題放在心上把玩：「妳為什麼不肯等我，為什麼轉身就走？」

凱特笑了，淒涼又悲苦。因為啊，布雷特，我不認為你會活下來。更正確地說，當時的我無法忍受活著的你，無法忍受看著你的眼睛，告訴你，我們有個孩子，而那個孩子死了，死在母親的肚子裡。

重提這一切有什麼意義呢？孩子早已死去，內心中沉重的罪惡感迫使她寧可成為吞紋塔上放下萬象的蛻蛹者——無悲無喜，從自己的哀慟中解脫。

她是不可能告訴布雷特的，就讓她把這個祕密帶進墳墓裡吧。

盡可能讓自己面無表情，或者該說，她希望自己面無表情，並沉默不語。凱特逼迫自己直視布雷特的雙眼，眨也不眨。

她以為會在布雷特眼中看到瘋狂的怒火，但她見到的卻是烈火燒盡後的空寂。布雷特露出一個不出我所料的自嘲神情，彷彿對他來說，與她的對質僅是浪費時間，完全不具意義。

「……我真不知道跟妳還能有什麼話好講。」

搖搖頭，布雷特轉身就走。雪原熊低哼一聲，厚爪重重地抓在雪地上。原本預期被痛罵的凱特，心中像是破了一個大洞般空虛，她拚命地瞪著眼睛，彷彿只要這麼做，在眼眶轉著不肯落下的淚水就會被吸收回去。

啊，這個祕密就讓她一個人承擔，一個人帶進墳墓裡。多餘的真相，於事無補，並不被這個世界需要。

✝

布雷特將她安置在峭壁的岩洞裡，岩洞在背風處，乾燥而狹小。布雷特讓雪原熊把她放下後，便一聲不吭地走了出去。雪原熊也沒在岩洞裡待多久，很快地跟隨布雷特跑得不見蹤影，留下凱特獨自留守。她知道自己是安全的，但她的心情前所未見的灰暗。

背對冰冷的岩壁，凱特裹緊大衣，坐了下來。這麼多年，布雷特是怎麼過來的呢？她一想就心痛，曾經那麼意氣風發的第一武士，現在半張臉沒有了。他究竟怎麼面對這個世界？怎麼面對自己？而她不聞不問，人間蒸發了十年。

冷，好冷。凱特眼角沒完全落下的淚水，已結成冰。

我不是一個稱職的城主繼承人、不是一個稱職的姐姐、不是一個稱職的情人、不是一個稱職的母親。她欠布雷特一個道歉，適才被布雷特質問時，她只驚慌失措地想藏起自己的祕密，卻忘了她依舊是虧欠布雷特的。

岩洞裡非常寒冷。凱特半瞇著眼睛，拉緊大衣。她會道歉，她必須要。

熊主的能力既然重現刀鋒港岸，那麼，她是不是能容許自己在這一片冰天雪地中，看到一絲曙光？或許一切沒有那麼糟，或許在格蘭塔山脈裡藏個幾天，她可以說服布雷特帶她下山，找到一條路回刀鋒灣城，將一切撥亂反正。她得警告艾里莎，培賽利的野心過大，或許她……

——誰？

嗯？凱特蹙了蹙眉頭，她以為她聽到某個熟悉的嗓音這麼說。但那聲音是如此微弱，在大海拍打沿岸的潮汐掩蓋下，幾乎像聲輕嘆。

等等，大海？

她人在格蘭塔山脈的深處，怎麼可能會有大海的聲響？可是如果不是大海，那麼這規律、有節奏的敲擊聲，拍打著岩石海畔，又是什麼？

——是誰？

這是夢嗎？她做了夢？

凱特錯愕地發現，眼前不再是自己身處的岩洞。相當困惑，她在原地轉了一圈，發現自己竟在某座建築裡，四周都是窗口，冰冷的寒風不斷灌進來。建築中央有一個凹槽，凹槽裡本應裝著生火的乾草和油，現在卻空空如也，什麼都沒有。

向外眺望，她身處沿海的某個至高點。從上至下，漆黑的海洋在好幾呎下，潮起潮落。

凱特明白自己在哪裡了，這裡是守望者波勒・博昂雷歇建造的廢棄燈塔。她想捏自己一把，但卻在最後一秒阻止了自己。她並不是真正出現在這裡，也不是實際看見這一切。

這是夢途，是之前她持續嘗試卻無法開闢的夢途，她要是真捏了自己，恐怕就醒了。

在誤打誤撞用心眼看見茱兒阿提埃及米娜烏里絲後，凱特也思索過，究竟「心眼」和「夢途」的差異是什麼？雖然不敢肯定，但她猜測「心眼」是單向的，也就是她藉由異能，看清世上肉眼不可及的事物：她見證了法洛的覆亡、看透布雷特與雪原熊的羈絆，以及短暫地窺見茱兒阿提埃和米娜烏里絲的所在。

「夢途」則是雙向的，上一次的夢途由她開闢，並與瀆諭言者的婦人共享。這一回，她並沒有刻意開闢夢途，反而更像不自覺地踏進他人的夢中。但這麼說又不大精確，若是細想，凱特覺得她是被那聲「誰？」的呼喚吸引了注意力，才延展出夢途的。

現實跟夢境間的界線竟如此模糊——而現下與她分享這場夢境的人，又是誰？

「原來是妳啊，凱特閣下。妳怎麼會在這裡？」

謎底揭曉，這愉快又欠缺禮儀的口吻凱特實在太熟悉。

「多恩爵士！」凱特忍不住提高了音量，四下搜尋對方的身影：「這句話，應該是我問你吧？」

這次的夢途和先前不大一樣，上回見到瀆諭言者時，夢境真切而確實，宛若當面對談。然而這一回，凱特花了一番努力才勉強看清多恩爵士。

多恩爵士的輪廓模糊，並不明顯，凱特覺得自己幾乎是用意志力強迫夢途裡的多恩爵士浮現在眼前。

該怎麼形容呢？有些夢是有意志的，有著既定的走向。然而，另一些夢境的走向卻可以改變，雖然不總是奏效，但有時如果一心一意地想著「不不，我不要這麼做」或硬逼自己醒來，都可以粗暴地破壞一個夢的結構。

凱特幾乎篤定這個夢境是在被她破壞後，才逼出多恩爵士的形體。對方的身形飄忽不定，像燭火般搖曳。凱特很納悶，為什麼會這樣？

難道夢途僅供具有預言天賦的人使用？多恩爵士因為缺乏天賦，無法以實體現身？但這不是多恩爵士本人的夢嗎？身為夢的主人，連自身都消亡、喪失實體，這正常嗎？

「你怎麼啦？」凱特忍不住問道。

「我嗎？」多恩爵士嘲弄地一笑，看起來很苦澀：「比起這個，我更想問，妳是怎麼啦？妳知不知道妳掀起多大的波瀾？我知道老莫奈不怎麼討人喜歡，但朝他的背後猛捅一刀，實在不是妳的作風。」

「那不是我，」凱特解釋：「我被老臣擄走，差一點就——」

「成為梅嘉‧曼倪夫人？」多恩爵士縱聲大笑：「看來這事後來沒成囉？」

當然沒成，「銀爪」布雷特可是送了頭雪原熊大鬧婚禮現場——或者該稱他為「熊主」布雷特？算了，消息太新，或許還沒來得及傳到多恩爵士的耳中，就讓他以自己的方式獲得消息吧。

「多恩爵士，我妹妹還好嗎？」

就算模糊，多恩爵士臉上耐人尋味的神情仍清晰易見：「艾里莎城主夫人在老臣宣布擁護您為刀鋒灣新城主後，暴跳如雷。眼睜睜看著自己的城池分裂，您覺得，她能有多好？」

「告訴她，這不是我的意志。告訴她……」告訴她什麼？告訴她自己多麼反對這件事情？

現在這麼說又有什麼意義？「告訴她我從舊議事堂逃了出來，已經擺脫老臣了。」
歪著頭，多恩爵士似笑非笑地看著她：「凱特閣下，您看，我們這是在哪裡？我要怎麼告訴城主夫人？」
「我知道這裡是波勒燈塔，但聽我說，等你回到刀鋒灣城——」
「太遲了，凱特閣下。」多恩爵士望著她，露出了一抹功虧一簣的苦笑：「培賽利攝政王領著軍隊，已經出發了，他要以武力鎮壓叛亂的老臣。」
「根本沒必要！我已經離開舊議事堂，而老臣們——」
「在培賽利攝政王和艾里莎城主夫人的眼裡，他們就是該死。」
「不，多恩爵士，你聽好，培賽利是個混帳東西，是他毒死了馬羅爵爺！他甚至試圖毒死我！」
「喔？」多恩爵士一挑眉，笑了：「那我真是太低估愛情的盲目了，其實某種程度上來說，能為心愛的女人做到這個地步，我是很欽佩培賽利‧烏譯的。」
「……什麼意思？你在說什麼？」凱特不明白：「你沒聽懂我的話嗎？我剛剛不是跟你說——」
「不，凱特‧博昂雷歇，是妳沒聽懂。」多恩爵士神色一凜，連名帶姓地對凱特大喝：「培賽利‧烏譯是不可能獨力做出這一切的，沒有城主夫人艾里莎，他根本不是個有骨氣獨當一面的男人。」

「……不可能，艾里莎曾說發生過兩回針對她的暗殺，而馬羅爵爺否認了老臣的參與，甚至表示他們完全不知情。那麼，只可能是培賽利——」

「馬羅爵爺能代表所有的老臣發言嗎？就算能，妳肯定他沒說謊嗎？老臣有多麼想奪權，妳不會不知道。」

面對多恩爵士，凱特一時啞口無言。

「城主夫人與老臣想法迥異，明裡暗裡的摩擦在所難免，但是——沒有艾里莎・博昂雷歐的默許，烏譯家族不可能坐大；沒有艾里莎・博昂雷歐的首肯，培賽利・烏譯就像一把收在鞘裡的劍，是不會出招的。」多恩爵士抽離不帶情感的說法，像一桶冰水朝凱特的頭頂毫不留情地澆了下去：「凱特閣下，妳差點連命都丟了，到底要自欺欺人到什麼時候？」

「你的意思是，」凱特有些艱難地說道：「培賽利・烏譯，出自對我妹妹的愛，甘願扮演黑臉，殺了馬羅爵爺，甚至想殺我——而這一切，都是憑照我妹妹的指示？」

「出於對艾里莎城主夫人的愛、出於對烏譯家族的愛、出於對攝政王培賽利・烏譯這個稱號的愛，或許吧，誰知道呢？」多恩爵士冷淡地說：「老臣龐大的號召力，瞎子才看不出來。妳在敏感時間回到刀鋒灣城，對於城主夫人來說是一大威脅。像她那麼聰明的人，要是沒有派出培賽利做點什麼，我才對她的政治手腕感到惋惜。當妳接到老臣晚宴的邀請時，我不就警告過妳了嗎？」

「我又沒做什麼！即便參加，也只是重中我的立場。」

「我不是警告過妳，她會試探妳對此事的反應嗎？」多恩爵士看她的神情帶著挫敗：「如果她試圖讓培賽利毒死妳，那麼很顯然，那一題妳是答錯了。不管妳在晚宴上重申了什麼立場，對她來講，妳只要在那個場合露臉——露臉本身即為背叛。」

凱特一時之間啞口無言。如果她一開始就背過身，不去理會老臣的請求，說不定不會衍生出這麼多旁枝末節。

「誰讓你的警告那麼隱晦！」惱羞成怒，凱特忍不住責怪起眼前的多柬外交官。

「我根本不知道事態這麼嚴重——妳為什麼不告訴我，培賽利曾試圖毒死妳？」

「我為什麼要告訴你！」這幾乎是幼稚了，但凱特就想這麼回。深吸一口氣，她續道：「我不懂，艾里莎是博昂雷歇家的人，她怎麼可能把刀鋒灣城的權力拱手讓給培賽利・烏譯？老臣會背叛，其中最大的心結，就是源於烏譯家族的再度坐大。艾里莎如此著迷於政治遊戲，怎麼連這個道理都不明白？」

「是啊，她可真是深精此道，有時連我也會被她對權力的激烈渴望嚇一跳。」多恩爵士嘆了一口氣：「她可真愛這一切，不是嗎？連親生姐姐都背叛，向父親告密之後，從妳身上把繼承權都搶來了，如果——」

「你可以不要離題嗎？」凱特已經顧不了自己口氣中的尖銳了：「她到底為什麼會把這一切交給培賽利・烏譯？你知道嗎？」

「我知道啊，我很清楚。」多恩爵士抬起頭，無奈地笑著，淺淺的酒窩若隱若現：「因為我提供了她一個更大的戰場，一局她從未看過的精深博弈。」

沉默了一下，凱特懂了，終於懂了。

「你，建議她和索格爾帝國結盟。」

†

「成為索格爾人有什麼不好？」多恩爵士理直氣壯地說。在激烈的爭執後，兩人仍各執己見。

「我好好的一個刀鋒灣人，為什麼沒事要去當索格爾人？」凱特也不遑多讓，同樣理直氣壯地頂回去。

「您誤會我了，凱特閣下。我的意思純粹只是，索格爾人沒什麼不好。其實索格爾是個很正直的民族，不像法洛人高高在上、不似克格多爾人奸詐狡猾，有什麼不好？」

「我愛我的故鄉，我愛刀鋒港岸，索格爾再怎麼好，我以身為刀鋒灣人為榮。」挺起胸膛，凱特驕傲地說。

「但我並非要您放棄刀鋒港岸啊。我和艾里莎城主夫人是希望推動刀鋒灣城成為索格爾的盟友，而非成為索格爾的一部分。這兩者不是、也不應該是只能擇一的，刀鋒灣人仍然是刀鋒灣人，這一點並不會改變，妳對刀鋒港岸的愛一點都不會因為刀鋒灣城和索格爾結盟就有所減損。或者說，正是因為愛刀鋒港岸，才會願意推動這樣的結盟。」

可萬一，凱特就是喜歡現在這個相貌的刀鋒灣城呢？如果她就是喜歡，現下、這一刻，冰天雪地的一方荒城呢？就算充滿缺陷，可是她捨不得看到一絲一毫的改變啊。

「沒錯，多恩爵士，索格爾沒什麼不好，但我不希望索格爾人進駐刀鋒灣城，我不想要索格爾國教士滿街跑，四處宣揚索格爾教義。我想要刀鋒港岸，一如我鍾愛的刀鋒港岸那樣，你明白嗎？因為那才是我深愛的刀鋒港岸啊。」

「凱特閣下，您對刀鋒港岸的愛是狹隘的、是自私的，彷彿只要和索格爾成為盟友，這份純淨的愛就遭到了玷汙。您害怕改變，所以緊抓著所知的一切不願鬆手，但不應是這樣的。您應該對這塊土地有更多的信心，堅信就算跟索格爾結盟，也不會減損這塊土地的利益。」

凱特也很想相信啊，真的很想相信這樣的話語。但這是不可能的，不論艾里莎和多恩爵士推動的是什麼，對於刀鋒港岸再怎麼有益，她也無法不懷疑索格爾帝國的動機。如果刀鋒灣城和索格爾帝國是對等的國與國關係，那凱特並不會對這樣的結盟抱持高度質疑的態度。然而，今天索格爾卻是佔有絕對優勢的國家，有著強大的軍事力量和法洛技術作為後盾，不可能做出對自己毫無益處的事情，刀鋒港岸有什麼值得索格爾皇帝勞師動眾地來跟這冷的要命的孤港結盟？

「對於索格爾帝國而言，刀鋒港岸一點都不值錢，我不明白結盟對索格爾有什麼益處。如果索格爾真的想要對我們做什麼，它完全不需要花費心力談什麼結盟，直接派一支軍隊踏平我們就行了。當年他們踏平法洛古城的時候，也沒聽說他們和法洛王司討論過結盟。」

聽到凱特提起法洛古城，多恩爵士的眼睛瞇了起來：「首先，我要澄清，法洛古城和刀鋒灣城是兩個完全不一樣的狀況，沒有任何可比性。再者，索格爾帝國確實沒有蠻橫不講理地直接派出軍隊到刀鋒灣城，這難道不是釋出善意的一種？」

「這怎麼會是釋出善意呢？任何一個國家都不應該隨便派出軍隊啊，這是最基本的！跟釋出善意一點關係都沒有！不會貿然攻打別人的國家才是正常的，不要把和平這件事情當成是索格爾帝國施予其他國家的恩惠。」

停頓了一下，凱特深呼吸。

「……有時候我不知道艾里莎在想什麼。我不明白是不是我不夠了解她，才無法理解她到底對刀鋒港岸這塊土地抱持著什麼樣的心態。」

多恩爵士看著她，黑色的眼眸意外地篤定：「艾里莎城主夫人跟妳一樣深深地愛著刀鋒港岸。」

「是嗎？」凱特搖搖頭，無法克制嘴角的苦澀：「那她為什麼要把刀鋒灣城拱手讓給索格爾帝國？為什麼要放任烏譯家族坐大？這樣跟賣掉刀鋒港岸有什麼不同？她難道不覺得這樣怎麼對得起刀鋒港岸的人民？難道不認為這是對於父親的一種背叛？」

「這個嘛。」多恩爵士抓了抓後腦：「怎麼說呢？愛是有很多種的。」

「什麼意思？」

「嗯，就是，或許大家都很愛這塊土地，但是愛的方式不一樣，行為表現也就不一樣。於是她眼中的愛，看在妳的眼裡，就顯得陌生了。」

多恩爵士的眼神飄向遠方，他心不在焉地摘下假鬍子，拿在手上把玩。

少了假鬍子，他的五官看起來格外年輕。凱特發現自己想著，多恩爵士在外貌上實在不怎麼像普遍的多東游牧民，他看起來太……不知道該怎麼形容。他無論如何都不符合騎一匹快馬，持彎刀在沙漠馳聘的形象。然而，一席黑色索格爾國教袍，穆肅地唸著禱詞，抬起頭時還會露出老謀深算的笑容——這種形象，反倒頗適合多恩爵士。

「我也常常不理解我的族人。有時候我覺得自己雖然跟他們生長在同塊土地上，卻更像個外人，有很多想法和做法上的歧異，也有許多摩擦。」多恩爵士輕聲說道：「不用說別人，光說我家人吧，同樣是一個家裡出來的，我卻往往無法理解他們到底怎麼想的。都是抱持著為國家盡心盡力的想法，展露出的行為卻大相逕庭。」

「你所說的家人，是指絡革嗎？」凱特詢問，想起多恩爵士曾提及與自己相差十四歲的弟弟。

然而，出乎意料之外，多恩爵士露出了非常迷惘的神情：「誰？」

凱特反而錯愕了，是因為她多東發音太不標準，多恩爵士聽不懂嗎？

「絡革？你弟弟？」

多恩爵士遲疑了幾秒，才豁然開朗。他笑了起來，兩側酒窩再次浮現。

「他啊。不，不是他。他對這些事情沒有興趣，我深愛他，但他實在不是塊定國平天下的料。」

凱特不禁皺眉，多恩爵士怎麼連自己弟弟的名字都要想那麼久？但凱特沒有追究：「他是一個什麼樣的人？」

多恩爵士看了她一眼，沒有立刻回答她，他將視線放遠，望向塔外飄落的細雪。他的神情很複雜，帶了絲無處宣洩的憤怒和某種無能為力的莫可奈何。

「……不一樣。」

「嗯？」

「他是個跟我截然不同的人。」多恩爵士冷哼一聲。凱特能聽出他的語氣中迫切、恨鐵不成鋼的期望：「別弄錯我的意思，他是個好孩子，但僅此而已。艾里莎城主夫人有野心、有謀略，擁有這樣的妹妹您應該感到慶幸。」

「或許他還有成長的空間，」凱特斟酌了一下：「你這麼說會不會太嚴苛了？」

「我太嚴苛？」多恩爵士揚起眉毛：「在這種要命的關鍵，難道要怪我強人所難？」

要命的關鍵？凱特眯起眼，但多恩爵士迅速地意識到自己的失態。他誇張地聳聳肩，輕鬆一笑，突地扭轉了緊繃的氣氛。多恩爵士總能自在的用笑容拉近或推離人群，他看似友善，其實極度抽離，總是一翻手，就能輕易地擺脫不願意觸及的話題。

多恩爵士的聲音放得很輕，帶著罕見的溫柔：「我愛他，並非對他不滿。」

「但你是不是打算做出使他為難的事情？」

多恩爵士有些驚訝，瞪視著凱特幾秒鐘，才說：「……也不能說是為難。」

「那是什麼呢？」

「我們都必須犧牲些什麼，為了國家和家族。」多恩爵士垂下視線：「我以為您會比任何人都還要明白，凱特閣下。」

她太清楚那種感覺了。凱特心中一緊，想起了那些無眠的夜，她反覆自責不該讓父親失望。我曾經一敗塗地，我仍是一敗塗地。

一時間，凱特拿不定主意怎麼回應多恩爵士，但多恩爵士毫不在意，接續說著，咬字格外清晰：「凱特閣下，您記得戰神彌亞希・博昂雷歇之後，下一任刀鋒灣城主是誰嗎？」

「咦？」話鋒這麼一轉，凱特愣是沒能答出來。

「沒辦法立即回答吧？以刀鋒灣城為例的話，這可能是最相似的狀況了。戰神彌亞希城主做了太多豐功偉業、太過耀眼，導致人們根本不記得他的繼任者是誰。」

多恩爵士的口氣輕描淡寫，但他的眼眸承載著暗影。

「這樣不是很慘嗎？繼任者只能活在他的陰影之下，既無法改變自己生來就被賦予的角色，縱使有無奈或不甘，也只能繼續演下去。凱特閣下，如果說艾里莎城主夫人和我有什麼相似之處，那大概就是這份心情了。」

「您的往事我是知道的，在我看來，艾里莎夫人向父親密告您和第一武士的戀情，並不是針對您本人的攻擊，而是她的政治計劃。她不甘於城主夫人胞妹的角色，為了做出突破，她只好暴力地將您從繼任者的位置上拉下來。為了要在歷史上占有一席之地，她只能這麼做。沒有人會記得戰神彌亞希的繼任者，如果是您即位，那麼她永遠就只能成為一道陰影，沒有任何故事能被傳頌。」

「其實我是欽佩您的，凱特閣下，相信我，您的妹妹也是欽佩您的。您是傳統刀鋒港岸的典範，骨子裡根深蒂固地烙印著刀鋒灣城的規則。身為一介局外人，當我剛認識您的時候，我覺得您雖然有自己獨特的見解及體悟，卻是一個墨守成規的人。然而，在我理解您之後，我明白是亞道浮・博昂雷歇城主把您訓練成這個樣子的：一名將整個道統和階級制度傳承下去的人。您會下意識地糾正他人在頭銜和稱謂上的敬語，是因為您已經將整套價值觀內化，可以想都不想就判斷出最有利於城主家族的反應。如果艾里莎不跳出來密告，您很可能會是刀鋒灣城史上最傳統守紀的君主，那麼，歷史上哪裡還有艾里莎・博昂雷歇的位置呢？」

「我也是一樣的，我的父親……做出了常人所不能及的事情。我今年已經三十七歲了，卻還是一事無成。在我這個年紀的時候，父親早已排除萬難，掃平最大的外患，一戰成名了。但我能怎麼做呢？神賜予我這個角色，我不能說不演就不演。如果能當一介平凡的國教士該有多好，或許那才是我真正想要的，可是我做不到。」

「我對弟弟不是嚴苛，我只是需要他做更多。他或許也明白，但他選擇不回應——我們都是活在父親的陰影之下，所以我很清楚。他是次子，或許還能自我逃避，但我、我不是那樣的人，我要證明給父親看，他賜予我這個角色，我一定會演好，而且要演得比他更好。為了爭這一口氣，我還在拚命，而我多麼希望弟弟可以站在我身邊，跟我一起努力。」

凱特看著多恩爵士，對方挺起胸膛，眼神熠熠發光。多年以後，當她回想起這段談話，她想起的依舊是這個瞬間：這才是多恩爵士的本質、是他靈魂中最深的追尋，奮力伸出雙臂，試圖捕捉眼前的夢想與希望——這是多恩爵士心中的光芒，而他未曾放棄。

「凱特閣下，妳，會害怕死亡嗎？」多恩爵士突然問道。

死亡嗎？凱特在心中琢磨著，吞紋塔上的教誨、索格爾國教的戒條、刀鋒灣城的實際。多恩爵士想聽到什麼樣的答案？

「你呢？」凱特避開回應，將問題拋了回去：「你怎麼想？」

「嗯，大概不會吧。如果事情做完了大概就不會。」

「什麼事情？」

「想做的事情。」多恩爵士戲謔地一笑，彷彿一點都不在乎，但凱特是知道的，他的眼神中憂慮的影子太深、太沉：「我想做的事情很多，所以大概很難不害怕，總覺得什麼事情都還沒做到，說不定就死了，有時候會很焦慮，覺得真是不甘心。」

一頓，多恩爵士續道：「不過，有時候又很放得開。如果妳去過帝陵，或許能理解我的意思，當我在帝陵裡的時候，看著排排列列的諸位先帝，只覺得自己非常渺小，一切努力都是毫無意義的。因為說實話，千百年之後，又有誰記得誰呢？或許再也沒有人記得我。」

「什麼地方的帝陵？」凱特聽不明白，她從沒聽過多東游牧民族有興建帝陵的傳統。

「索格爾啊。」

一個多束人怎麼會突然講起索格爾的帝陵？「多束人的帝陵在索格爾嗎？」

「嗯？不，我是在說索格爾帝國的帝陵。」

「你去過索格爾的帝陵？」凱特非常驚訝，索格爾的帝陵開放讓一般人進去參觀嗎？依照刀鋒灣城的傳統，城主古墓在刀鋒灣城正下方，只有現任城主及城主的直系血親得以進入，一般人無緣參見。

「呃。」多恩爵士遲疑了一下：「我進去過，在於索格爾求學的時期。」

有一瞬間，凱特真的很想追問：身為多束人，到底多恩爵士有什麼門路能一窺索格爾先帝的帝陵？但她心中有另一個更大的疑問：「多恩爵士，你開口閉口都是索格爾帝國，索格爾真的那麼好嗎？」

「有機會的話，凱特閣下，我希望有一天能親自帶妳去索格爾看看，真的。」

他的眼睛熠熠發亮，嘴角掛著微笑，描述的口吻帶著深厚的思念。

「除卻國境北方靠近多束的地域較為炎熱以外，索格爾很溫暖，溫暖而乾燥。首都索格爾卡比氣候宜人，我無意冒犯，但那真的和又溼又冷的刀鋒港岸完全不一樣。」

「索格爾卡比是個四季分明的地方，比如說現在吧，當我行走在刀鋒灣城永恆的冬季中，我會格外思念索格爾卡比的春天：春季降臨時，所有因寒冷落下葉子的樹木，會被色彩鮮明的花朵覆蓋。索格爾卡比盛開的花朵既大而豔，彷彿向全世界宣告春天的來臨。空氣嗅起來帶著草地溼潤的水份——妳知道萬物重新復甦的感覺有多好嗎？」

「當妳走在街上，風一吹拂，花朵的香氣迎面而來，落下的花瓣像細雨一般綿綿密密地覆蓋妳的視線。遠方，索格爾宗廷的尖頂在陽光下閃爍著神聖的光芒，宗廷旁是索格爾皇殿，磅礴而宏偉，白色素砂岩磨成的五百階殿梯，每五十階，兩側陳列一對古獸石雕，雄的在左、雌的在右，階階通往權力的核心。妳能想像嗎？凱特閣下，妳能體會我所描述的景象嗎？」

「這個世界不齒索格爾帝國，我知道，他是一個貧瘠的內陸國家，突如其來地征服了法洛文明，如暴發戶般一躍成為這塊土地上的王者。我可以想像這對其他國家造成的衝擊，也明白人們對於軍事化管理以及索格爾帝國所掌握的法洛技術抱持的恐懼心理。我同意索格爾皇帝和公爵鐸血洗法洛森林時，採取了不必要的激進手段，但凱特閣下，任何一個國家都不是單一面向的，而是立體的，索格爾還是有很多美好之處，我是多麼地希望人們可以摒棄對於索格爾的成見，看到它真實的相貌。」

「索格爾人是真誠善良的、是務實而單純的。自古以來索格爾其實是個貧窮的國家，天然資源並不豐富，甚至一度被法洛森林奴役，妳知道這一段歷史嗎？法洛人納索格爾人為奴，他們的城池、廳堂、大殿和噴泉，是索格爾奴隸一磚一瓦蓋出來的。這樣的歷史，這個世界還有人記得嗎？還是大家看到纖細又美麗的法洛人，就認定他們只需要揮揮手，那些繁複華麗的建築就會拔地而起？」

「法洛不認為除了自己以外的人是人類。這件事，整個世界都忘了嗎？還是只有與法洛比鄰、不幸被奴役的索格爾記得？法洛排斥外人，認為外族會玷汙他們的血脈，視混血的孩子為雜種，多次在法洛及索格爾邊境進行大規模的種族肅清屠殺，大家全都不當一回事嗎？」

「法洛人是多麼高高在上，你們不知道、也不記得嗎？他們做了那麼多可怕的事情，難道在他們崇尚的純淨血脈、前衛技術的名義之下，那些骯髒事難道就可以一筆勾銷？到了法洛王司統治的後期，他們甚至認為自己是超脫凡俗的存在，是神的後裔，來自世界的另一端——索格爾帝國軍事化歸軍事化，可從來沒有這種狂妄僭越的想法。」

「這個世界撻伐索格爾殲滅法洛一役，但難道在那之前，沒有人思考過索格爾為什麼會忍無可忍地，用一把火燒掉法洛森林嗎？難道索格爾皇帝只是一時興起，就決定踏平法洛？沒有人會做這種事情的，戰爭是勞民傷財的啊。」

多恩爵士越講越激動，凱特在一旁看著走來走去，捶胸頓足的多恩爵士。她突然意識到眼前這名男子是多麼深愛著索格爾，他愛索格爾帝國的程度，不亞於她自己對於刀鋒灣城的愛——那是一種驕傲與依戀相織的情感、一種恨鐵不成鋼的意念。我們以自己的土地為傲，並希望將這份心意完完整整地訴諸世界。

她不能說認同多恩爵士對法洛文明的看法，畢竟她對那兩個國家的恩怨涉獵不深，但她可以理解多恩爵士的感受。雖然，也僅止於理解，她仍舊有著屬於她個人的、不可動搖的立場。

「不論索格爾帝國再怎麼好，或它侵略法洛森林的理由再怎麼正當，這不代表刀鋒灣城就該和索格爾結盟，這是兩件事情。」揚起一隻手，凱特阻止正打算繼續抗辯的多恩爵士：「我可以欣賞索格爾的優點，也願意理解你們的文化，當你描述索格爾時，我可以感受到你對它的愛，我也希望有一天能親眼目睹你眼中的帝國。但，多恩爵士，也請你明白，在兩國勢力不均等的狀況下，結盟或是被併吞，其實界線並不明確。我為了刀鋒灣城的獨特性及獨立性，無法認同艾里莎或你試圖迫使刀鋒灣城臣服於帝國腳下的行為。」

多恩爵士深深地看著她，彷彿挨了一棍，眼神複雜而悲傷。

「你到底提供了艾里莎什麼？多恩爵士，請你告訴我。」這是解開一切的關鍵，就是這一點，她非得弄明白不可，否則這一局棋，她怎麼下都會輸：「我很清楚我妹妹是不會在沒有個人利益的事情上浪費力氣的，所以請告訴我，除了建議她和索格爾帝國結盟，你到底給了她什麼個人的誘因，讓她為了更大的博弈，甘願架空自己的權力，將刀鋒灣城出賣給烏譯家族？」

多恩爵士憂傷地笑了，那神情像個難過的孩子，在海灘上堆起一座沙堡，浪一來，就被打碎了。

「別提了，反正沒有成功。」

「什麼意思？你做了什麼？」一陣不安襲來。這一切不對勁，這個夢途不對勁，有什麼東西出錯了，**這裡怎麼這麼冷？**

「沒有用，都沒有用了，因為船沒有來。」多恩爵士的身影再度開始飄忽不定。這是怎麼一回事？為什麼這麼冷？

「船？什麼船？」凱特急急逼問。是先前在酒館，多恩爵士向酒保詢問的船隻嗎？

「船……宜，我不知道。」多恩爵士的輪廓開始崩解，凱特聽見他喃喃地說：「……避免城池因為一張漂亮臉蛋淪陷，竟這麼艱難。」

漂亮臉蛋？淪陷？多恩爵士在說什麼？

就在這個時候，凱特不確定是自己能力有限，抑或是缺乏練習，夢途彷彿有了自己的意志，脫出凱特的操控。她的視野飛出高塔、掠過刀鋒港岸——她看見在不遠的雪原，兩軍交會，殺聲震天。如多恩爵士所說的，培賽利攝政王領著軍隊，以武力鎮壓叛亂的老臣。

而在更遙遠的外海，凱特看見一組艦隊，點點散落在海面。

「有船……」她脫口而出。

「紅色的旗幟嗎？」多恩爵士的聲音非常虛弱：「如果不是，就不對……我不知道，宜為什麼不肯來？」

宜？宜是誰？

「不是紅色，」凱特瞇起眼，艱難地在夜色中辨認，並心一沉：「……是戰艦。」

船艦、先帝帝陵、絡革、宜。

電光火石的一瞬間，凱特想通了。透徹的寒意從脊髓竄了上來，原來一切都擺在眼前。

當她詢問多恩爵士「多恩」這個字眼的多束語意涵，對方回答：明察秋毫。好傢伙，他竟敢把自己的真名藏在多東文字的涵義中——察。

原來，原來啊。

難怪這傢伙怎麼看怎麼不像多東人，穿著、談吐、外貌，以及對於索格爾帝國抱持的熱情，這人就是索格爾人。也難怪他不習慣使用敬語，他不是一般百姓，是索格爾皇帝的長子、帝國的繼承人——皇子察。

為了不露餡，他在提及自己的弟弟時，還刻意將弟弟的名字調整成多東語：「絡革」，涵義是宜人、合適、心曠神怡。同樣藏真名於寓意，他的弟弟是索格爾皇帝的次子——王子宜。難怪剛才凱特用多東語說出絡革這個名字時，多恩爵士很困惑，因為那本來就不是他弟弟的真名，絡革只是皇子察粗略將「宜」翻譯成多東語的產物。

一切，就非常明白了。

皇子察以索格爾帝國的密使身分，出訪刀鋒灣城。難怪僅僅身為外交大臣，多恩爵士可以在刀鋒灣主城擁有自己的寢室，他的身分可是索格爾皇子，把城主大人的房間讓出來都嫌怠慢。

而皇子察心心念念等待的船隻，也有了解答。

「你給艾里莎的誘餌，是讓她成為索格爾王妃。」凱特一個字、一個字地說出口：「你想讓王子宜搭乘紅色的禮船，迎娶刀鋒港岸的夫人。」

她太清楚妹妹的個性了，這麼大的一場博弈，艾里莎不可能不蠢蠢欲動，難怪她將刀鋒灣城直接讓給培賽利・烏譯——有了更大的舞台大顯身手，冰天雪地的一方孤城又算什麼？

皇子察說，培賽利是出自於愛，才情願聽從艾里莎的計劃。他是嗎？如果他是，對於深愛的女人心心念念地想成為別人的王妃，他怎麼想呢？即便獲得刀鋒灣城的統治權，這足以彌補艾里莎對他造成的傷害嗎？當艾里莎將培賽利推向鎮壓老臣的戰場，他是不是也明白，如果他死了，新寡的城主夫人理所當然地可以再嫁？

凱特這才真正明白，長久以來，她對培賽利的不滿都是錯置的。他只是一枚棋子，像老臣試圖告訴她的，也像皇子察所分析的，只是她選擇不去相信。

如果連刀鋒灣城主夫人都拋下了這座城，投向索格爾，那麼說真的，老臣們造反難道有錯嗎？刀鋒港岸的主人都拋棄它了，他們難道要坐以待斃嗎？所以，馬羅爵爺站出來了，挪臨爵士、門朵爵士和曼倪爵士也都站出來了，他們的初衷，正是守護自己深愛的刀鋒灣城。

皇子察說的沒有錯。大家都很愛這塊土地，但是愛的方式不一樣，行為表現也就不一樣。在刀鋒港岸的雪原上，人們正用鮮血染紅純白的大地。

不知道是不是憤怒的力量使然，凱特的夢途視野猛地轉回了波勒燈塔，在這麼長的談話中，她首度看清皇子察真正的狀況。皇子察整個人倒在雪堆裡，一動也不動。

難怪這個夢途會這麼冷，也難怪他的輪廓飄忽不定，因為皇子察意識不清，就快凍死了。

為了眺望船隻，皇子察隻身來到了波勒燈塔這個能看清刀鋒灣海岸線的至高點，卻被惡劣的天候困在燈塔上。凱特忍不住想，這人好歹是索格爾的帝位繼承人，卻孤單地跑到這天寒地凍的地方，到底圖什麼？

「你的弟弟對於這場婚事感到為難，對吧？船沒有來，代表他不支持這項提案。」莫名其妙的政治聯姻，換作是凱特也不會支持：「若真要牽線，你也不是不能拿自己的婚姻做賭注，不是嗎？何苦強迫你弟弟。」

「我……」皇子察艱難地說：「我是不行的。我的婚姻，已是另一筆交易的籌碼了。」

凱特望向對方，心中忍不住感到有些同情。她很清楚這種感受，身為長子和長女，這些事情不是他們所能掌控的，他們的婚姻總是被賦予很深的政治意涵。

然而，凱特能理解是一回事，但皇子察想將同樣的身不由己強加到弟弟身上，那又是另一回事。更何況，凱特仍想弄明白：「究竟有什麼必要，索格爾的皇位繼承人得紆尊降貴地來這一方孤城提親？而且，在說了那麼多好聽話之後，最後來的竟是戰艦？一言不合就開打，這才是索格爾的真面目吧？」

「不，你不了解。要是我不來，你們只會更慘。」聲音微弱，皇子察聽起來筋疲力竭：「……米娜烏里絲夫人快死了，而我攔不住公爵鐸。」

公爵鐸——索格爾帝國聲名狼藉的軍務最高統帥。米娜烏里絲——法洛森林焚燒時泫然欲泣的佳人。凱特想起她之前見證的瞬間，瀆諭言者說的沒錯，當預知降臨時，她確實求助無門。那場如夢似幻的畫面彷彿是在一切還沒走到山窮水盡前針對她的示警，只可惜，她沒能明白。

「你的意思是，外海那些艦隊不是你的？」凱特心臟狂跳，急迫地問：「他們不歸你管，只聽公爵鐸的指揮？」

皇子察沒有回話，他的沉默明示著答案。

「索格爾皇帝不能約束他嗎？任由他毫無理由地出兵？」絕望之下，凱特有些語無倫次：「為什麼挑現在突然向刀鋒灣城宣戰？明明法洛滅亡後，這些年都沒有大動作的。」

「父王……年事已高，很多事情力有未逮。如果我保住了內政首長的位子，或許還能跟公爵鐸抗衡，但這幾年……」皇子察的聲音輕得像嘆息：「最糟的，是茱兒阿提埃突然的失蹤。」

茱兒阿提埃，那位乍看之下神似末代大祭司，既蒼白又纖細的法洛女子。凱特曾在心眼中看過她，對方在某艘船上，酒紅色的長髮微微遮去她的面容。

「她是誰？」凱特追問：「這個茱兒阿提埃，她到底是誰？」

「她是公爵鐸的情婦，至少，人們是這麼說的……事實上，她是負責救治米娜烏里絲夫人的醫者，是她讓罹患怪病的法洛大祭司苟延殘喘到現在。」皇子察呢喃著，寒冷使他意識模糊，凱特幾乎無法維持對方的形體，皇子察的意識一直在潰散：「她一走，誰也救不了末代的法洛大祭司。」

渙散的意志導致夢途崩塌，凱特無力挽回，但她離事實只差一小步，怎麼可以就此收手？

「凱特閣下……快逃，在還來得及的時候快逃。」皇子察墨黑的眼眸逐漸失焦：「為了米娜烏里絲夫人，公爵鐸連地獄都願意焚燒……」

凱特的心中不禁燃起熊熊怒火。

「逃？你要我逃？」是你的族人帶著艦隊攻打我們，是你不安好心地來到刀鋒港岸，把平靜的小城攪得天翻地覆，你居然建議我夾著尾巴逃走？「憑什麼法洛大祭司要死去，刀鋒灣城卻要陪葬？這跟我們有什麼關係？」

她不知道皇子察有沒有聽清，因為對方再次開口時，他說的話跟她的問句一點關係都沒有。

「……不要再去吞紋塔，那裡沒有妳尋覓的安寧。」皇子察的聲音無比微弱，卻不忘叮囑：「不要為了很年輕的時候犯的小錯，耿耿於懷。」

凱特簡直不可置信，都什麼時候了，這個人還在說些什麼？

如果可以，她真想轉過身去不再理會對方。索格爾帝國的皇子，你活該，你就死在你想征服的冰原裡吧！

但她沒有離去，凱特一動也不動，凝視著眼前的皇子察。那些錯綜複雜的索格爾政治她不懂，但她明白這個孤零零躺在雪地裡的傢伙，再這樣下去不行。

他好歹也是個帝位繼承人，不是嗎？堂堂索格爾帝國的皇子，被人鬥下政壇，千辛萬苦地試圖牽上一樁聯姻，最後身邊卻沒有半個人陪伴，在冰天雪地中孤單死去。

她不禁為他感到不值。這就是皇子察的感受嗎？什麼都還來不及做，就死了，真不甘心。在說這些話的時候，他很清楚自己的處境吧，所以才會不顧一切、滔滔不絕，想在死前將自己的抱負一吐為快。

皇子察的夢境暗了下來，一如夜幕降臨的刀鋒港岸。

「……喂，你！對，就是你！」

握緊拳頭，凱特終於忍不住了：「大言不慚地說什麼索格爾很好，說什麼自己不甘心死！你就要可笑地死啦！」

激烈的情緒在心中翻攪，凱特發出一陣嗚噎，不顧一切地大喊。

「你給我起來！給我好好地收拾這個你捅出來的爛攤子！」

還沒有機會多說，凱特就被一陣粗暴的搖晃拉回現實世界。熊主布雷特瘋狂地搖晃著她的肩膀，將她喚醒。

坐起身時，凱特頭痛欲裂——上回使用心眼觀看茱兒阿提埃與米娜烏里絲時，只有些微的不適，這次卻截然不同。她的頭彷彿遭暴力擊打，脹痛感如潮水般襲來。頭暈目眩，她好想吐。

「培賽利和老臣打起來了。」壓下湧起的酸水，她勉強說道。

「我知道。」布雷特放鬆捏著她肩膀的力道：「……妳還好嗎？妳在睡夢裡不停尖叫。」

凱特沒有回答，只說：「索格爾人要來了，有戰艦。」

「我知道，熊看到了。」

直到這一刻，凱特才意識到自己在激烈地啜泣。世界就要顛覆了，她所理解的刀鋒灣城就要瓦解了，索格爾人駛著艦隊要敲開刀鋒灣城的大門，刀鋒灣人卻忙著自相殘殺。

常識和邏輯所建構的宇宙似乎瓦解了，她的世界中心正在傾斜並迅速崩壞、坍塌。

「我們能做什麼？」凱特低喃。

「現在？什麼也做不了。」布雷特站起身，望向洞穴外：「他們不會冒險在夜晚登陸，刀鋒灣外海的浮冰不是好對付的。」

凱特沉默了一下，當她再度開口，她多希望自己的聲音聽上去不要那麼單薄：「萬一，他們登陸了呢？」

「那妳要相信城主夫人身為刀鋒灣城之首，有能力處理這場外交危機。」

艾里莎嗎？可是艾里莎想把自己嫁去索格爾當王妃，凱特怎麼還能對艾里莎保有信心？

布雷特似乎看出了她的疑慮，他靜默了一陣子，最後一抿唇，淡然詢問。

「……妳打算怎麼做？」

†

凱特輾轉反側，她頭疼得很厲害，而布雷特也沒怎麼睡，盤著腿擦拭他的劍，空氣間懸著緊繃的氛圍，直到雪原熊踏著粗重的步伐回來，兩人才鬆了一口氣。

布雷特將熊揹負著的人扯了下來，探了探對方的鼻息，凱特也起身，遞上自己的熊皮斗篷。布雷特接過，掏出小刀，俐落地切開對方冰凍在身上的外衣，迅速換上乾燥的衣物，並用斗篷將那人包了起來，挪到火源旁。

「他還活著。」

凱特一言不發地看著。雪原熊完成了任務，在她身邊挨著坐下，她摸了摸雪原熊溫暖的身軀。

「再遲一些，他必死無疑。」除去對方結冰的靴子，布雷特詢問：「這是什麼人？」

「索格爾帝國的皇子察。」凱特回答。對方的睫毛冰凍在一塊兒，正隨著火光的溫熱慢慢融化：「這是我的人質，我打算拿他交換整座刀鋒灣城的平安。」

「索格爾人會買帳嗎？」布雷特微微一挑眉，低聲問道：「妳說他是皇子？身為皇子卻一個侍衛也不帶，冒失地深入刀鋒港岸，這合理嗎？」

不合理。凱特想著，但她不確定該怎麼回答布雷特。只見對方帶著強烈懷疑的神色，嚴厲地審視皇子察。不等凱特回答，他再次開口：「而且，他的艦隊就在外海，他一個人在深夜爬上波勒燈塔做什麼？」

這個她知道。「他們好像不是一夥的。」

「那就更奇怪了，如果軍隊不聽他的，他真的還是皇位繼承人嗎？」

「皇子察沒有實權這件事是肯定的。」凱特同意，但帝國那些權力糾葛她確實沒弄明白：「不過，索格爾皇帝總不可能連自己的兒子都見死不救吧？」

布雷特冷笑一聲，將皇子察的雙腳包裹進熊皮斗篷，確認保暖後，才抬手朝外頭一指：「皇帝遠在天邊。你需要的，是外海上的統帥肯買帳，願意拯救皇子察的性命。」

那倒是真的。從皇子察的言行判斷，他跟公爵鐸恐怕不怎麼對盤，但他仍是索格爾的帝位繼承人，身分擺在那裡，不可能一文不值吧？

凱特倚靠岩壁坐著，按摩著自己的太陽穴。這次從夢途出來的後遺症很嚴重，她乾嘔了好幾回，連一直對她漠然以待的布雷特都用擔憂的神情望著她。凱特懷疑在夢途裡，她為了維持多恩爵士的潰散的形體，耗費了太多力量，才會變成這樣。

即便如此，她還是想再嘗試一回。雙向的夢途太難掌控，但單向的心眼，她應該做得到。

皇子察說，他攔不住公爵鐸。面對即將病逝的米娜烏里絲，公爵鐸不知道基於什麼原因，認為攻打刀鋒灣城可以挽救什麼。凱特雖然不理解這之中有什麼必然的關聯，但從皇子察的話語中，她感覺催化公爵鐸付諸行動的關鍵，是醫者茱兒阿提埃的失蹤。

在對方失蹤前，公爵鐸似乎能容許一些緩衝，接受皇子察以多恩爵士的身分，在刀鋒灣城活動。整件事情是在醫者失蹤之後，才急速走向失控。

如果是這樣，只要凱特能藉由心眼找出醫者茱兒阿提埃，她或許能以此為籌碼，緩解劍拔弩張的局勢。

清空心中的雜念，凱特試著忽略又開始抽痛的頭部，正準備——

「啊啊……」

一陣如尖錐般的刺痛鑽入她的腦殼，劇烈的痛感讓她眼前一黑，溫熱的液體滑落，滴在地面上。

「妳在做什麼？」布雷特的聲音很嚴厲。他迅速走了過來，拿著一塊手帕按住凱特的鼻樑：「妳……沒事吧？」

恢復視力的瞬間，首先映入凱特眼簾的，是自己滴落滿地的鼻血，原來這些異能都是有代價的。她突然很挫折，上天賦予她這項能力，不該是任她使用、讓她為刀鋒港岸盡一份心嗎？如果這些幻視、這些夢境，都沒辦法在她需要的時候發揮作用，那麼擁有這些能力又有什麼意義？

她發出一陣痛苦的呻吟，才注意到布雷特幾乎是輕柔地托著她的後頸，用另一隻手謹慎地幫她壓著鼻樑。

不知從何而來的尷尬油然而生，這個動作太過體貼，讓她一時不知所措，只能慌張地說：「謝謝，我沒事……」

戴著頭盔，神情藏在陰影中，布雷特鬆手，依言退到一旁。

按著自己的鼻子，凱特在頭痛的侵襲下，疼得瞇起眼睛。雪原熊發出一聲鼻息，緊貼著她的身軀躺下。牠簡直像明瞭凱特正在承受痛楚似的，朝她蹭了蹭，用潔白的毛皮將暖意傳遞過來。

「……牠真喜歡妳。」

抬起頭，凱特望向布雷特：「牠跟隨的對象是你，不是嗎？你是熊主。」

聽到「熊主」這個稱號，布雷特直挺的背脊略顯僵硬：「我不是什麼『熊主』。」

「可是你能和雪原熊溝通。」

「不是妳想像的那樣。」布雷特有些緊繃：「我只是恰好能跟一個和我同病相憐的生物產生共鳴，僅此而已。除了牠之外，我跟其他的雪原熊牽繫並不深，我可以嘗試建立溝通，但他們不一定會回應，我並不是妳口中的『熊主』。」

凱特不理解，他所展現出來的能力，明明就是「熊主」的力量，他為什麼要抗拒「熊主」這個稱號？

然後，凱特想到了自己所擁有的能力。這樣的她，算是一個瀆諭言者嗎？如果有人在路上稱她為「瀆諭言者」，她難道會高興嗎？

不，她不會的。

他們都同樣繼承了超出理解範圍的奇異力量，並且對這份能力一無所知。

「牠曾把我撕得支離破碎，而我也傷牠至體無完膚，我們最後一起倒下，妳的父親以為我們都死了。」耳邊，她聽見布雷特說著：「一陣混亂後，大家都散了，武場只剩下我跟熊。我看著牠的眼睛，牠也望進我的眼睛，我感受到牠跟我有著相同的痛苦、絕望和恐懼。在那一瞬間，我跟牠牽繫了起來。」

突如其來的氣息把凱特嚇了一跳，雪原熊將整個頭湊近凱特，將巨大的頭顱歇在凱特的腿上，深棕色的眼睛凝視著凱特——那樣的凝視，溫柔得不可思議。

鼓起勇氣，凱特摸了摸熊後頸的軟毛。

「我並不總是能理解牠，」布雷特輕聲說道，在凱特的面前坐了下來：「我不認為人類能夠真正理解野生動物，這不實際，但我一直很感謝牠。」

凱特這才明白，這些年來，布雷特都是跟雪原熊相互扶持、跌跌撞撞地走過來的。失去一切的他並未絕望，因為自始至終，他有夥伴相陪。

微微彎下身子，凱特抱住了雪原熊，胸中滿溢而出的情緒，讓她幾乎要哭出來。

布雷特是什麼時候一言不發地站起來，凱特並沒有發現。留意到的時候，對方已摘下頭盔，用手肘夾著，背過身子在洞穴的角落閉目養神。

那天晚上，凱特沒有再嘗試睜開心眼或另闢夢途，雖然她多麼希望可以透過夢途聯絡艾里莎，或用心眼打探茱兒阿提埃的位置，如果能這樣該有多好？

然而，做不到的事情就是做不到，無論她多麼努力，都是徒勞無功。

身旁的皇子察則一直處於昏迷的狀態，他的臉很紅，分不清是凍傷或高燒，他一次也沒有醒來。

接近天亮的時候，布雷特喚醒了她。凱特是一直到布雷特很靠近，才意識到她不自覺地睡著了。燒盡了的火堆非常微弱，她貼著雪原熊，昏昏沉沉不知道睡了多久。

布雷特蹲下身子，輕拍她的手臂。

「妳得看看這個。」

凱特勉強伸展了一下四肢，她全身的肌肉都相當痠痛。布雷特看著她掙扎起身，沒有說什麼，只在凱特準備就緒時，突然披了一件薄長袍在她的肩上。

「來。」頭也不回，布雷特領著她朝洞口走去。

凱特捉著長袍的襟口，以笨拙的方式跟在布雷特身後，她的腦袋仍舊沉甸甸的，眩暈的很厲害。然而，越是靠近洞口，她越覺得奇怪，空氣間帶有厚重的溼氣。這是什麼？一種奇怪的溼潤感。這是什麼氣味？

踏出洞口，從格蘭塔山脈峭壁遠眺刀鋒灣雪原，凱特忍不住倒吸了一口氣。本應被冰雪覆蓋的刀鋒灣雪原，現在卻像被侵蝕了一般，露出大塊大塊裸露的大地，黑色的堅土從地底探出頭，有相當比例的冰雪已經融化。

格蘭塔山脈距離海岸線太遠，所以凱特看不清楚，但若是在波勒燈塔，就可以清晰地看見：海洋上的浮冰被融化的七零八落，無法適應溫度驟變的海洋生物翻起肚子，漂浮在海面，死亡。

刀鋒港岸的夏日竟突如其來地降臨。沒有浮冰的保護，索格爾的艦隊長驅直入，直搗刀鋒灣城。

†

在各色宗教兼容並存、人聲鼎沸的示亞撒半島上，崇敬太陽的拜日樓顯得格外低調。拜日樓本身是一座五層的寶塔：簡單的木造建築，飛簷屋瓦漆成鮮豔的紅色，塔身維持著簡樸的風貌，沒有多餘的裝飾。寶塔的頂端用木雕窗櫺保護著的，是赫赫有名的拜日樓石鐘。

拜日樓石鐘每日敲響兩次——破曉日光乍現的那一瞬間、黃昏餘暉落盡的最後一秒。石鐘的聲音不特別響亮，相較於九星辰院的嗩吶與號角、流水與熱炎祭司的歌舞，拜日樓的石鐘低不可聞。

在日光照耀大地的時分，拜日樓的神官從不介意外人進入樓閣，參拜石鐘，信徒或非信徒，皆可入內。

不明就理的外人常誤以為拜日樓和南方列嶼政教合一、嶼王即是神的化身那套政治理論沒什麼不同。特別是南方列嶼禕極島也同樣是太陽神信仰——不都是膜拜日光、崇敬太陽？

這是天大的誤解。

在示亞撒半島的日子裡，凱特也曾登上拜日樓寶塔，親眼見過拜日樓石鐘。寶塔頂端的鐘樓沒有階梯，只有一座垂直的木梯，木梯被神官、信徒、存著好奇心的外人爬過千千萬萬遍，表面被磨得光滑無比，並且相當脆弱。凱特必須撩起長裙，手腳並用、小心翼翼地爬上狹窄的鐘樓。

光線從木雕窗櫺篩落，將空氣中飄浮的塵土照得格外神聖。金黃色的日光打在石鐘上，雖然不是信徒，凱特也為眼前的景象震懾。

石鐘，顧名思義，是石頭打造的鐘，但凱特從未想過拜日樓的石鐘如此原始——石鐘是人工一刀一斧鑿出來的，粗曠的痕跡表露無遺。某個人、或是某一群人，在不可考的古老年代，不屈不撓地將一塊堅硬的巨石挖空，鑿成鐘的形狀。若是細看鐘面磨損、破裂的邊緣，甚至會擔心這麼脆弱的石鐘，是不是禁不起拜日樓神官每日撞兩回鐘？要是有人告訴凱特，再多敲一次，整個石鐘就會分崩離析，她一點也不意外。

石鐘的表面，被人用鑿子密密麻麻，一遍又一遍地刻滿了拙劣卻深刻的字跡，字與字之間，層層密密地再次書寫。字跡有大有小，並不一致，一致的是文字的內容，同樣的句子，一次又一次，不斷重複，布滿了石鐘的外表。初看，凱特幾乎喘不過氣，無論創造出石鐘的人是誰，他、她、或他們都極度渴望、甚至可以說是歇斯底里的，急欲將這項訊息傳達給世界。載錄在石鐘上的諭意太過深刻，穿越時間與空間，衝擊著每一位參拜拜日樓石鐘的人們。

世界終將灰飛煙滅。

凱特對其他國家的語言並不熟悉、也沒有特別的研究，但在示亞撒半島龍蛇雜處的環境裡生活了那麼多年，她多多少少還是能從往來的信徒身上學個粗略——拜日樓石鐘上的文字，是古馬辛納語的某種變異。「世界」這個字的書寫形態和現今不同，如果硬是發音，約略可以意會；「灰飛煙滅」這個字，則有著現今不會使用的怪異字根，不過仍能猜出意思。

馬辛納，一個神祕低調的小國，位於索格爾帝國南方、杜博拉拉以東。示亞撒半島上的拜日樓和九星辰院，最早都是在馬辛納發跡的，後來因過於極端，被當時的馬辛納議會逐出國境：九星辰院的信徒流浪到杜博拉拉，輾轉抵達示亞撒半島；拜日樓的信眾則扛著石鐘，一開始就決意遠航示亞撒，在此生根。

世界終將灰飛煙滅。

與其說拜日樓崇拜太陽，不如說他們膜拜的是毀滅，是世界永恆的終止。拜日樓的神官曾向凱特解釋，在不遠的未來，某一天，當石鐘碎裂，那即是時間的結束，萬事萬物的終結。屆時，世界將被黑暗吞噬，星星、月亮、花草終將消逝。海水升起，覆蓋陸地，太陽灑下最後的餘暉，烈焰燒乾海面上的一切。

死亡會披著夜晚的外衣，悄然無息地降臨，天地之間，只剩虛無。

當凱特和布雷特徒步下山，一路走向刀鋒灣城時，凱特從未料想她竟會想起拜日樓的誡示。事情的開端，是揹著皇子察的雪原熊偏離了主道，躲進隱密的小徑。

「牠晚些時候會跟我們碰面，」注意到凱特的視線追了過去，布雷特解釋：「前面有陌生人的氣味。」

果不其然，他們立刻遇上了人。他們遇上第一位難民。

凱特永遠記得，當她看見第一位難民時，那種空白、茫然的情緒。說句實話，她一開始不知道自己看到了什麼，遠遠地，只是看到某個髒汙的顏色緩慢地移動，一邊看她還一邊想，那到底是什麼呢？然後她才意識到，那是一名披頭散髮，滿身是血的刀鋒灣城平民，四肢著地的爬著。

布雷特反應比凱特快很多，他飛也似的衝了過去，一邊喊著：「喂，你還好吧！」一邊伸出手，試圖扶起受傷的對方。

那人身上插滿箭矢，鮮血早已浸透衣物，在布雷特伸手扶起對方前，那人便斷氣了。

這不是唯一的例子，隨著凱特和布雷特接近平地，他們遇上了更多的難民，那些人各個身受重傷，不顧一切地朝格蘭塔山脈逃。在示亞撒半島的吞紋塔上，凱特不是沒有看過受苦受難的人們，但直接面對這麼衝擊的血腥場面，還是第一次。

好幾次布雷特喊凱特來幫忙，她卻渾渾噩噩，只有強烈的不現實感。一開始，她以為這些人是老臣和培賽利對戰的犧牲品，但後來，零零落落地從一些傷勢較輕的難民們口中聽到，他們是在睡夢中、在自己家裡遇襲的：昨天夜裡，突如其來的夏日，融化了刀鋒港岸的冰霜。南方海盜連夜登陸，燒掉了刀鋒港岸的船隻，截斷他們的後路。趁著夜深人靜，帶著白晃晃的刀子，登堂入室，燒殺擄掠。

一如當年「雜種」溫斯登以及「戰神」彌亞希曾經遇過的，刀鋒港岸再度遭到南方海盜血洗。

南方海盜？凱特既困惑又迷惘，她什麼都不敢確定了。透過夢途，她看到的不是索格爾的戰艦嗎？

然而，她沒有多餘的時間迷茫。許多難民認出了凱特・博昂雷歇，那些認出凱特的人，抓著凱特的裙腳，他們哭泣、哀嚎、乞求。凱特向他們詢問艾里莎城主夫人的狀況，卻沒有人可以回答她，他們只是一味地重複，他們現在該怎麼辦？該怎麼辦？

凱特怎麼會知道怎麼辦？她從沒想過這麼驚天動地的事件，卻是以一種無聲的姿態，悄然無息地降臨——死神披著夜晚的外衣，在無月的星夜，讓世界灰飛煙滅。

一開始凱特還試圖安撫一兩位難民，後來實在太多了，難民潮漸漸湧來，凱特不可能照顧每一個人，她只能指引他們方向——格蘭塔山脈沒有海盜？對，我是從那邊過來的，昨晚海盜沒上山。啊，是的。上山吧，山上可能比較安全。

天啊，這就是萬事萬物的終結嗎？好不容易，當凱特抵達培賽利與老臣的戰場時，她幾乎要昏厥。散落在融了一半的雪地上，是手臂、腿、七橫八豎的屍體、迸裂的腦漿。這到底是什麼樣的現實？凱特完全看不出來勝利的是哪一方，大量的軍用品被棄置在原地，沒有使用、沒有收拾，什麼都還來不及做，大家就都死了。

他們一定很驚訝吧？老臣和培賽利可能打到一半、或是勝利的一方才剛結束戰役，還來不及休息，南方海盜就殺了過來。凱特看著他們圓睜、無生命的雙眼，茫然地瞪視著天空。他們看起來好驚訝，微張的嘴唇彷彿在問：我就這樣死掉了嗎？

是啊，這個人、那個人、那邊倒著的那一個，大家全都驚訝地死了，戰爭就是這麼沒道理。凱特看著染紅了整片雪原的戰場，她彎下腰，用雙手按住嘴巴，濃厚的血腥味加上水氣的溽熱，令她連連乾嘔，這一切荒謬到她幾乎要縱聲大笑，但她的眼眶卻溼了。

一夜之間，怎麼可能一切都顛覆了？這些昨天還參加梅嘉・曼倪婚禮的人們、這些昨天跟著培賽利・烏譯，憑著滿腔熱血想討伐亂臣賊子的人們，今天全部支離破碎地曝屍荒野，或許明天就成為蠕蟲的食物、土壤的養分。

是什麼將生死隔開了？老臣也好，培賽利也好，不都只是想要一個更好的生活？不都是在內心中打造著自己想要的刀鋒港岸？只是因為想法的不同，愛這塊土地的表現方式不同，就活該以這麼原始、這麼血腥的方式結束一切嗎？

他們怎麼可以就這麼死了？「想活下去」這樣理所當然的事情，竟如此暴力地被戰爭打碎了。

看見培賽利・烏譯的屍體時，連凱特自己都沒有意識到，眼淚已從眼眶落下，只有一滴，迅速被裸露的土壤吸收。培賽利的身體不知道去了哪裡，混在屍堆裡看不出來了，但頭顱被人割下，暴力地插在某根折斷的矛上。

……憑什麼？南方海盜憑什麼這麼做？到底憑什麼？

一股悲憤的情緒油然而生，她從來沒有想過自己會為了培賽利感到如此怒不可遏。任何一個人，都不該輕易地決定他人的生死，不是嗎？就算刀鋒灣城貧瘠、偏僻、與世隔絕，這也不代表我們就活該被屠殺啊！如果只是一個國家的人比另一個國家的人擁有更多的力氣，難道弱者就理所當然地喪失了生存的權力嗎？

世界怎麼可以就這樣灰飛煙滅？拜日樓的銘言怎麼能夠真實得這麼殘酷？呑紋塔教導人們放下世界上的一切萬象，但是目睹了這樣的景象，要如何放下？如果這是諸神給予人們的考驗，那麼究竟是多麼殘忍的諸神，才會放任這個世界發生這樣的事情？

凱特不知道自己是憑藉著什麼樣的意志力穿過那一片血腥的戰場，等回過神來，布雷特已從戰場上找出了尚可使用的莫爾格橇車和三隻驚慌失措的莫爾格犬，莫爾格犬的毛皮上沾著血跡，其中一隻還瘸了腿。

「回格蘭塔山脈吧。」半推半拉地，布雷特想將她弄上橇車：「往城裡去是不會有結果的，妳難道還沒看夠嗎？海盜不會進到山裡的，路途太艱險，他們不會敢。」

「你怎麼能確定呢？」凱特苦笑，眼淚又落了下來：「我們不也以為，他們不會冒險在夜裡登陸，誰知道能讓他們遇上夏季？不，我不能逃避，我有籌碼，我得去刀鋒灣城幫艾里莎。」

「妳的籌碼是索格爾的皇子，但突擊刀鋒灣城的，不是索格爾人，是南方列嶼的海盜。」

「你還不明白嗎？」凱特苦澀地說：「索格爾帝國是個內陸國家，他沒有港灣，如果要從海路，勢必要借道別人的港口、使用別人的船隻，索格爾帝國利用了南方列嶼的貧窮，跟他們結盟，用他們的船登陸刀鋒港岸——縱容海盜對刀鋒灣城的掠奪，這就是索格爾帝國和南方列嶼談妥的條件。我要把皇子還給索格爾帝國，以換得他們帶著海盜，無條件撤離刀鋒港岸。」

「這只是妳的推測。」布雷特存疑：「萬一妳錯了呢？如果索格爾皇帝不肯買單呢？他又不是沒有另一個兒子。」

「那麼，我就在那些海盜面前殺掉皇子察，」凱特聽見自己的聲音不帶一絲溫度，彷彿從很遠的地方傳來：「反正刀鋒灣城已經毀滅，我也不在乎我的死活了。但我要索格爾皇帝知道，我就是要他……」

「小凱、小凱妳看著我，」布雷特將雙手搭在她的肩膀上，使用年輕時的暱稱呼喚她：「妳仔細想想妳剛剛說的話，妳和我，就只是兩個人。兩個人要面對一群殺紅了眼的海盜，我們只有一個人質、一頭熊和三隻半死不活的莫爾格犬。小凱，這沒有勝算的，妳充其量只能在海盜面前發洩一下情緒，以結果來說，我們不會贏的。這場仗刀鋒港岸已經澈底輸掉了，能打仗的人都死在妳所見到的戰場上，而不能打仗的人，如果沒有死，也就剩那些妳剛才遇上的難民了。城內只會更慘，不會更好，妳就算到了那裡，也於事無補。」

「你怎麼可以這麼說？艾里莎需要我的幫助啊！我根本不知道她現在的狀況，你要我怎麼對得起我的良心？」凱特的聲音尖銳而淒厲，近似海鷗的悲鳴：「你看到刀鋒港岸變成這個樣子，難道一點都不心痛嗎？」

「我當然心痛啊！但我不會因此喪失理智。小凱，妳以為孤注一擲地到了刀鋒灣城，妳就可以讓一切傷害消失、讓妳心中的愧責消失嗎？不可能的，小凱，整個刀鋒港岸一路上都沒能擋住南方海盜的突擊，艾里莎・博昂雷歇縱使是政治舞台上的曠世奇才，她也仍是個手無縛雞之力的女孩子。妳就算闖進了刀鋒灣城，死掉的人也不會再復生了——還是妳求的，只是某種道德良知上的心安理得？」

「是啊，可以這麼說。」凱特激動地比著手勢。為什麼布雷特就是不能了解呢？她頭痛欲裂，溫熱的鼻血再次流了出來。她顧不得禮儀，狼狽地用手背胡亂抹去：「我是城主家族博昂雷歇的一員，我不能拋棄我的城，我要是遺棄了他們，你要我對自己怎麼交代？他們本是仰賴城主給予保護的啊！」

「小凱，」布雷特嘆了一口氣，摘下了頭盔，用完好的那一隻眼睛，定定地凝視著凱特：「妳自己想想，這一路上遇見了多少難民？以現下的刀鋒港岸來說，他們才是妳的臣民。妳如果憑著一股魯莽，衝進刀鋒灣城單挑海盜，把自己弄死了，那麼誰來幫助這些又冷又餓的難民？妳以為這場屠殺就是萬事萬物的終結嗎？妳錯了，這才不是結局，而是開始。這些僥倖活下來的人們，所面對的是一條艱辛無比的路。妳以為他們剛才抓著妳，問妳他們要怎麼辦，只是隨口問問嗎？他們沒了家、沒了財產，甚至喪失了至親，這一群孤苦無依的靈魂，要由誰來帶領他們？妳告訴他們逃上山，那妳要他們在山上怎麼生存？被熊吃嗎？等死嗎？」

凱特靜了下來，天地間突然像沒了聲音似的，只有呼呼作響的風吹過曠野。不遠處，三隻莫爾格犬喘著氣，神經兮兮地豎著耳朵，彷彿仍害怕著什麼。凱特低著頭，和布雷特對站，雪原中沒有半點聲響，融了一半的白雪和血汙混雜在一起，讓地面顯得格外骯髒。

好靜啊。

仰起頭，凱特望著刀鋒港岸夏季的蒼穹。啊啊，多麼蔚藍的天空啊。這個世界發生了這麼悲慘的事情，天空卻還是這麼藍。

深深地吸了一口氣——吸進了溼潤的夏日空氣、戰場上鐵鏽般的血腥味、以及肌肉組織開始腐敗的臭氣。凱特．博昂雷歇以輕到不能再輕的聲音說。

「帶我回到人民的身邊。」

在布雷特催促著莫爾格犬，朝格蘭塔山脈移動時，凱特將臉埋進雙手，痛哭失聲。她再也見不到妹妹艾里莎了，她選擇了職責，放棄了至親。作為一個姐姐，她徹頭徹尾地失敗了。

†

布雷特和凱特想盡辦法把四散的難民集結在阡柏村——這是多柬人與刀鋒灣人貿易的集市，布雷特推斷南方海盜對於山區不熟悉，一時半刻不會追殺過來，難民可以暫時在此落腳。

阡柏村這個小鎮，大約十多戶，人口不過二、三十人，突如其來地湧進了幾百名難民，自然是無法負荷，但一時之間，凱特也沒有別的辦法。不過，凱特．博昂雷歇的這個身分，多少還算是有些號召力。她讓沒受傷的人照顧受傷的人，並做了一些基本的防禦編配——挑出沒受傷的男子，成立巡邏隊，在阡柏村附近放哨，萬一海盜靠近，能立刻通知眾人。然而，巡邏隊的配備很差，都是在阡柏村就地找尋器具。這些人拿著耙子、斧頭和菜刀，預警的作用遠大於防衛的實效。
凱特也召集了阡柏村的村民，統整物資，並且規劃撤退路線。要是海盜真的打來，他們得讓難民們以最快的速度撤退到艱險難行的格蘭塔山脈上。凱特也派出兩位志願者作為嚮導，帶著八位難民，先行翻過格蘭塔山脈，和熟悉的多柬商人打交道，看能不能徵調一些物資應急。
翻越格蘭塔山脈可以花上幾個禮拜的時間，凱特不知道海盜什麼時候會攻打過來，但凱特明白她越早發出斥候越好。這樣要是有什麼意外，至少已經有人先向多柬那些馬背上的游牧民族打過招呼，降低雙方造成誤會的可能。
在她忙著打點一切時，布雷特則在幫助那些受傷的人們。凱特發現布雷特精通藥草，也很了解刀劍傷，可能早年練武時受傷慣了，知道怎麼處理。他隨身帶著藥草，幫身受重傷的人們治療。
夜幕低垂時，凱特只能做到讓每個人在阡柏村都有一塊乾燥的地面可以坐下，並且分到一些食物，最少也有一碗湯，壓壓心中的驚恐。她盡可能地確認是否每個人都有足夠的禦寒衣物，雖說時逢刀鋒港岸夏季，但夜晚的空氣依舊帶著寒意，她可不希望傳染病在這個時間點爆發。
等到她好不容易坐下來，已經很晚了。阡柏村民原本想讓一間屋子給她，但她婉拒了，身受重傷的難民比她更需要房屋的庇蔭。凱特在村外找到獨自一人的布雷特，他盤著腿，坐在鋪黃草堆上，沒有升火，在星空下整理著藥草。
在走近布雷特之前，凱特遠遠地觀察了一下對方，布雷特現在對她的態度柔和許多。稍早忙著整頓難民，凱特沒有多餘的時間理清自己的感受，現在一靜下來，反而有些尷尬。

凱特望向布雷特，他微微貓著背，傾身向前，專注地將藥草分門別類。舉手投足，對她來說，就像呼吸一樣熟悉。

「我可以坐下嗎？」凱特輕聲詢問。

布雷特連頭也沒抬，只哼了一聲，表示沒有異議。

凱特拉起裙子，坐了下來，她仍然穿著準備嫁給梅嘉・曼倪的蒼冰色禮服，只是衣服沾染上許多髒汙和血漬，已經完全看不出原先的顏色。她的熊皮斗篷讓給皇子察了，身外只是隨便披著一件駝色長袍。

「牠還好嗎？」

「很好，」布雷特明白她在說什麼：「牠回山上了，這裡太多人，牠不喜歡。」

凱特點了點頭，嘆了口氣。

「那個人也還行。沒醒，發著高燒。」雖然凱特什麼也沒說，但布雷特了解她在想什麼：「牠幫忙看著。」

凱特笑了一下，他們的默契竟沒有因時間消損。

「妳看起來很累，」布雷特手上沒停，熟練地將藥草混在木碗裡、碾碎：「我泡點藥茶，妳喝了比較好睡。」

「我不睏。」凱特固執地說，然後打了一個哈欠，她搖搖頭，希望甩開睡意，並慶幸現在有夜色作為掩飾。她換了個話題：「你什麼時候研究起藥草的？」

「在比武大會時，我不是和熊彼此傷得很重嗎？」布雷特輕描淡寫：「有個老藥草師把我們救了。他是一位密醫，處事低調，即便看了我和熊的互動，也不驚駭，單純地接受了我們。是他收留我們，教導我藥草的知識。」

布雷特掏出打火石，三兩下便升起了一個小小的火堆，用簡陋的陶壺燒起融雪，火光像跳舞一般映在他的頭盔上。在阡柏村，布雷特自始至終都戴著頭盔，從不取下。

「老藥草師在刀鋒灣城有個小鋪子，專賣稀有的藥草。他年紀大了，有些需要的藥草不方便親自上山去採，我們就幫他跑腿。我和熊上山是容易的，我們一起打獵、一起找尋藥草，算是間接學了點基礎。」

凱特看著他搗碎藥草熟練的動作，小心翼翼地拿捏劑量，再將藥草散至燒開的熱水裡。

「你說他的鋪子在刀鋒灣城？」

「是。」布雷特停頓了一下：「希望他沒事。」

雖然沒表現出來，凱特能感受到布雷特的擔憂。刀鋒港岸被南方海盜重創，誰也不知道城裡的狀況。只是，現下無論是她或布雷特，都是無計可施。

她伸出手，想順手幫他收拾一旁的物件。布雷特卻出聲制止：「別碰。」

在四散的藥草中，布雷特很小心地挑起一個裹得嚴實的小包，將它挪到凱特碰不到的地方：「有些藥草很危險。這是我在格蘭塔山脈幫老藥草師傅摘的，還來不及拿給他，我不知道為什麼有人想買。這東西很可怕，叫做雅夕薇。」

「雅夕薇？」凱特猛地抬起頭，用不可置信的眼神看著布雷特。

布雷特有些訝異：「妳知道這藥草？」

凱特驚慌失措地瞪著布雷特——貧民窟的地下藥鋪、蒼老的聲音、需事先告知暗語的店面。她不知道那位老藥草師傅還記不記得凱特最黑暗的祕密？十年前的凱特・博昂雷歇沾染著血汙，哭著請求幫忙。她不知道那位老藥草師傅是否知道孩子的父親，正是他所收留的布雷特？

這一切純粹是巧合嗎？如果是，那這是什麼樣的緣份？又是什麼樣的因果？

「怎麼了？」

注意到凱特的異樣，布雷特眼神銳利地審視她。凱特幾乎不能言語，布雷特知道嗎？如果布雷特知道，她要怎麼面對他？他們的孩子死了啊，因為她是一位失職的母親，她既年輕又愚蠢，什麼都不懂。

「凱特，妳怎麼了？」

這句問話點醒了凱特。不，布雷特不知道，他要是知道，就不會這麼問；他要是知道，就會曉得凱特的神情為什麼轉為黯淡。況且，以布雷特的個性來說，如果他知道，他早就提出來了。

幸好，真是謝天謝地。

但布雷特察覺了異狀，他迅速站起身，像陣風似的走過來。凱特可以感覺到頭盔之下，布雷特端詳著她的審慎目光。

「我、有些難受……」凱特彎下身子，盡可能將臉藏進臂彎裡。

「又頭疼？流鼻血了嗎？」

「不，只是累了。」

「是嗎？」布雷特觀察了她一下：「那妳別動，我倒茶，喝了會比較舒服。」

「嗯。」

布雷特背過身去，將陶壺中的熱茶倒進水袋。凱特則從臂彎中微微抬頭，盯著那裹著雅夕薇的藥草包。

在被戰場的殘酷震撼時，凱特也曾玉石俱焚地想著乾脆殺了皇子察。但在冷靜下來後，她很慶幸布雷特即時勸退了她，已經死去了太多人，那樣的做法僅是宣洩情緒，無法解決問題。

雅夕薇，凱特想著。她需要雅夕薇。

她手上僅有皇子察這一張牌，連管用不管用都不肯定，根本不足以構成談判的籌碼。但如果她能找到失蹤的醫者茱兒阿提埃，那麼或許能扳回一城。

不論心眼或夢途，如果憑藉著凱特自己的力量，目前是開啟不了的，劇烈的頭疼阻止她進一步地嘗試下去。然而，若瀆諭言者認為雅夕薇有誘發幻視的能力，那麼，為了刀鋒港岸，凱特無所畏懼。

看準了布雷特分神的瞬間，凱特一躍而上，用迅雷不及掩耳的速度奪過裝著雅夕薇的藥草包。由於事發突然，布雷特只能錯愕地望向凱特，沒來得及阻止。

原諒我，布雷特。

鬆開麻繩，落在掌心的雅夕薇看上去很普通，細小的藤蔓上點綴著白色的花苞。隨著鼻腔充滿甜膩蝕心的香味，凱特．博昂雷歇的意識隨之滑落，落到很深、很深的黑暗縫隙，迅速墜落。

†

漂浮。

世界由夢境相連。弧形的夢境散發柔和的珍珠白。這個人的夢境、那個人的夢境，她只要伸手觸碰，就能分享。

無聲。

潮水般的意識沖刷著她的靈魂，浩瀚的宇宙中，她像無意間落入洪流的孤葉。她循著心的方向，不再隨波逐流。

平靜。

雖說本意是為了找尋茱兒阿提埃，但凱特下意識地搜尋起艾里莎。對於艾里莎，凱特的情感仍是濃烈而矛盾的——利用被雅夕薇增幅的能力，她篩出妹妹那場黑暗驚慌的夢境：艾里莎還活著！

艾里莎的夢境並不安穩，她與幾名親信死守在主城的某間廂房內，企望背水一戰。他們所處的環境惡劣，食物和水都極度缺乏，艾里莎受了傷，半昏睡地倚靠在角落休息。

凱特默默凝視著妹妹的夢境，艾里莎吐出的夢囈全是復仇的誓言。在夢裡，艾里莎化為一隻豎起頸毛、齜牙咧嘴的小貓——她用小小的爪子刨抓、撕裂著，卻做不出真正能傷害到對手的攻擊。

夢境都是反映現實的。凱特悲傷地想著，並迫使自己抽離屬於艾里莎的夢境。但也許她還能做什麼，凱特想，無論是為了艾里莎，或是為了刀鋒港岸——她非去執行不可。

夢途的空間並不流暢，某種凝滯的黏膩感令她困擾。在這靜謐得不可思議的場所，即便感知被雅夕薇延伸，仍窒礙難行。

無妨。她想，放任自己的意識在夢與夢的邊界穿梭。她需要找到對的夢。

意識的另一端遭到拉扯，凱特連忙回神，驚愕地發現艾里莎化作的金色小貓，竟毫不費力地滑入這珍珠白的世界。

瞪著黃綠色的大眼，艾里莎以凱特的意識為媒介，好奇地四處張望。

凱特先是驚慌，不確定妹妹離開屬於她自己的夢，會不會有什麼影響？不過她隨即想：這是夢境，不是嗎？千百萬人，每晚都得進入的夢土。

凱特彎下腰，將金色小貓抱進懷裡，小心翼翼地護著。這樣溫柔的觸碰勾起了凱特久遠的記憶，在她們很小的時候，或許也有過這種時刻。凱特身為姐姐，萬分小心地保護著妹妹艾里莎。

但那似乎是好久、好久以前的事情——連凱特也記不清了。

在夢的世界，她們的身影異常渺小。弧狀的夢境環環相扣，有些夢境宛若一輪蒼月高掛蒼穹，散發出冷色的光輝。有些夢境龐大而迫人，宛若地表巨大的龍起，一眼望去看不清全貌。甚至還有夢境像搖曳的霧境，漂浮在半空，將凱特的視野化為一團模糊的銀白色。

偶爾，眼角會劃過變幻莫測的光影，夢境柔和地散發珍珠白和霧銀的微光，稍縱即逝——每一場夢境都是一個完整的宇宙。

遍處尋不著醫者茱兒阿提埃的夢境，不過，凱特意外地找到了索格爾公爵鐸的夢境。

公爵的夢染著某種抑鬱的藍，埋藏在許多耀眼燦爛的夢境下，她必須小心地先撥開其他璀璨的光輝，挖掘更幽深的隱蔽。

金色的小貓蜷在她的臂彎，黃綠色的眼眸將一切收進眼底。

當公爵的夢境完整地呈現在凱特面前，她反而有些不知所措。她原是要找尋茱兒阿提埃的夢，現在怎麼辦？

艾里莎倒是毫不猶豫，探出貓爪，觸碰那透著藏青光芒的脆弱夢境。

「等等……」凱特連忙制止，卻已太遲。

揚起頭，貓兒的眼眸閃爍著。沒有說話，但艾里莎的意思很明確。沒什麼好等的。

隨著夢境的邊緣潰散，凱特和貓兒被接納進夢中。公爵鐸本人似乎身在刀鋒灣主城內，但他的夢境卻不是呈現這樣的畫面。隨著輪廓漸趨明顯，凱特發現她置身於一座陌生的大廳內，高聳的石柱支撐起拱型的天頂，彩繪玻璃透著窗，灑下七彩的光芒。

坐在主位上，居高臨下的，正是這場夢境的主人。

「……誰在那裡？」

公爵鐸的聲音沙啞而低沉，有一股習於發號施令的強悍。

身穿黑色的索格爾軍袍——公爵在自己夢境中的形象，絕對比他實際年紀來得小，或許沒有法洛森林焚毀時那麼年輕，不過也相差不遠。

或許，在他心目中，凱特想，他認為自己還很年輕。

「我是凱特・博昂雷歇，前刀鋒灣城主亞道浮・博昂雷歇之女，現任刀鋒灣城主艾里莎・博昂雷歇之胞姐。」

「喔？」公爵偏過頭，審視凱特。他的語氣好整以暇：「那麼，妳可知道我是誰？」

「知道。」凱特答：「您是索格爾帝國的軍務最高統領，率領南方海盜入侵刀鋒港岸的主帥——公爵鐸。」

金色的貓兒掙脫了她的懷抱，弓身站在地上，身軀微微貼著凱特的小腿。

「公爵鐸，」凱特行了一個簡單的索格爾禮：「我在此請求您帶著南方海盜，迅速退出刀鋒港岸，您此舉已侵犯到刀鋒灣城的主權，請立刻離開。」

公爵鐸饒富興味地看著她：「我為什麼要這麼做？」

「我手中握有索格爾帝國的皇子察，」凱特一個字、一個字清晰地說：「作為交換，我會將皇子察毫髮無傷地還給索格爾皇帝。」

「難怪我找不到那小子。」公爵鐸笑了，嘴角的弧度有些殘忍：「我可以明白地告訴妳，他要死要活，都不干我的事，帝國並不需要他。」

凱特的心沉到了谷底，布雷特是對的，幸好她沒有隻身闖進刀鋒灣城。她要是當真闖進去，不但談判無果，無法轉圜局勢，更救不了任何人。

即便如此，她仍不放棄：「您說帝國不需要他，這可是索格爾皇帝的旨意？抑或你個人的解讀？」

凱特原以為公爵鐸會被激怒，但對方笑了。這個笑容一出來，使對方的容貌產生了變化——眸子透出一股老練深沉，唇畔的細紋加深。

「察那小子，活在太理想的世界裡了。」扭曲著薄唇，公爵鐸說道：「你不可能一無所覺吧？會單槍匹馬跑來這天寒地凍的地方，推動弟弟與刀鋒灣城的政治聯姻，並認為這能成就些什麼。妳自己說，難道不覺得他太輕率、有點過度浪漫？」

凱特沒吭聲，感覺公爵鐸的話還沒說完。果然，對方續道：「口口聲聲說著戰爭只會帶來毀滅，說這個世界上必定有著除卻戰爭以外的其他方式。那麼，他做了什麼呢？孤身一人來到你們的城池，把弟弟的未來賣給一個瘋女人。」

凱特感到來自金色小貓的情緒波動，貓兒發著怒，毛都豎了起來，嘶聲低吼。

公爵鐸似是沒留意，搖搖頭：「他被保護得太好了，以為這個世界只有愛與和平，卻不了解恐懼和威權是並行的。索格爾帝國的強大，是建立在澈底的軍事化和絕對的集權之上，如果沒有法洛森林一役，帝國根本不會擁有國際舞台。在真正的世界裡，只有吃人或是被吃；如果太信任他人，就會被欺騙；疏忽大意的話，就會被暗算，所以，在他人動手之前，要先發制人。」

朝前踏一步，凱特將暴躁的小貓護在身後：「……不是這樣的。」

公爵鐸冰冷的目光投向她。

「至少、不完全是這樣。」凱特大著膽子，深吸了一口氣：「皇子察或許是位理想主義者，但這不代表他的努力就是徒然。身為刀鋒灣人，我或許無法認同他處心積慮地想將刀鋒灣城納入索格爾的版圖，但他對和平的理念、或他企圖用聯姻取代戰爭的做法，這都未必是錯誤的。」

公爵鐸莫測高深，不透露心緒，但凱特不再畏懼：「反倒是您，您硬生生地截斷了他的後路，確保他的失敗——聯合南方列嶼的海盜，攻打刀鋒灣城，這是任何外交手段都無可挽回的破局。」

公爵鐸沉著地接下凱特的控訴。

「為了帝國著想，皇子察失敗與否並不重要，重要的是確保帝國的勝利。」他的回答順理成章：「只要利用法洛知識，推斷刀鋒港岸的四季更迭——一旦知道什麼時候冰雪會融化，方便艦隊登陸，剩下就只是有沒有船的問題。這並不難解決，索格爾帝國一直都想要擁有自己的艦隊，比起冰天雪地的刀鋒港岸，南方列嶼禕極島的公主嫁妝豐富多了，而王子宜遠比他愛作夢的哥哥實際。」

聲音壓得很低，宛若向誰立誓，公爵鐸道：「皇帝授權我以鐵和血捍衛索格爾，我必定將這城池獻予吾皇。」

「捍衛索格爾？」凱特抓住關鍵字，忍不住揚起了聲音：「說得真好聽，刀鋒港岸對索格爾做過什麼？索格爾的權益何以被侵犯？」

公爵鐸縱聲一笑，聲調中沒有一絲溫度。

「你知道大國怎麼維持自己的地位嗎？」公爵鐸的眼眸又深又黑，當凱特凝視著對方，彷彿望進古老帝國最黑暗的深淵：「持之以恆地彰顯國力——這是唯一的路徑。不顧內部的紛擾、邊境的糾葛，不停地用鐵與血擊垮比自己弱小的對手，直到世界在顫抖中屈服。」

手腳冰冷，凱特感受到了恐懼。她想，公爵鐸瘋了嗎？然後她明白了：他相信自己是絕對正確的——站在索格爾的角度，他，即是正義。

「要怪，就只能怪你們自己得天獨厚，前有黑暗洋海，後有格蘭塔山脈，地勢艱險，易守難攻。」公爵鐸冷然一笑：「這座幾乎不可能被拿下的城，在索格爾的權力交接之際，這是宣揚國威的絕佳舞台……」

索格爾的權力交接？凱特瞪大眼睛，索格爾皇帝怎麼了？

「帝國不會被打倒。」公爵鐸的黑眼除卻堅毅，還帶著一股危險的偏執：「不管發生什麼事，只要我還留有一口氣，我會確保帝國的勝利。」

跟這個人是說不通的，凱特絕望地意識到這一點。不管索格爾內部出了什麼問題——和皇子察截然不同，公爵鐸完全沉浸在自己的世界裡、追逐著凱特無法理解的榮耀，他不可能願意和站在對立面的人相互理解。

硬碰硬凱特絕對會輸，這一點她很清楚。她不可能用道理動搖對方，更不可能在物理攻擊上獲勝。

然而，耍點小聰明，或許還能談談條件。

「那麼，」凱特豁出去了，只能賭一把：「米娜烏里絲呢？」

公爵鐸的臉色變了。

「她被詛咒了，對吧？她快死了。」凱特暗地希望自己的聲音聽來沒那麼單薄：「就算摧毀皇子察的計畫、佔領刀鋒港岸、成就你心目中的帝國，你也無法阻止她走向那萬事萬物的終點。」

凱特的這段話，像是利刃般刺入公爵鐸的靈魂。他所有的痛苦、懊悔、哀傷、愁苦，像毒液一樣猛然爆發出來。

夢境突地轉換，高聳的石柱和七彩玻璃消失了，取而代之的是焚燒法洛森林的烈火。橘黑的火光竄的比天高，狂怒的烈焰彷彿要吞噬整個宇宙，凱特知道她戳中了索格爾統帥的痛處。

烈火轉瞬即逝，凱特回到了幻視中見過的美麗城市。在斷垣殘壁中，雕花細柱染上了煙燻的漆黑、平整的階梯早已崩壞。圓弧形的露天講堂中央，立著一根又一根的奇怪支柱。

「那是什麼」的心思還來不及升起，凱特便留意到與木柱交纏的人骨——那是在一根根尖銳的木柱上，被戳成人串的遺骸。這酷刑想必以無法想像的方式實行，隨著歲月，風化的骨骸尚存。

這是傳說中的「人柱」。在索格爾帝國摧毀法洛古城的戰事中，公爵鐸將王司遺族趕至古城大廳，執行的「人柱」。

「……我想過，非常多次。」公爵鐸的聲音很低，環顧四周：「我到底還可以怎麼樣傷害他們？狠狠地、**傷害他們**。」

空氣間有一股焚燒殆盡的氣息，那幾乎像無可宣洩的仇恨所發出的惡臭。

「我要他們償還——像他們折磨我的米娜那樣，以千倍、百倍的方式，奉還給他們。」

微風掃過頹傾的大廳，月光灑下的陰影拖得很長。

「我不否忍出兵一事，我存有自己的私心。」公爵鐸平靜地說，彷彿只是在敘述一個最平凡不過的事實：「凱特・博昂雷歇，妳聽說過吞紋蛻變咒嗎？」

吞紋蛻變咒？

這跟吞紋蛻變咒能有什麼關係？

「為什麼……」

既震怒又害怕，一直以來堅信的事物動搖了，她的信仰背叛了她。如高牆轟然倒塌，這些年來，凱特所信任、所仰賴的力量在眼前崩解。

「米娜因為背叛法洛，遭到臨死的王司詛咒，染上怪病。妳應該不難理解我們選擇吞紋蛻變咒，讓她好過一些的初衷：被病魔摧殘的身軀、日益消磨的意志。吞紋先知沒有理由拒絕她成為放下萬象的蛻蛹者。」瞇起眼，公爵鐸的聲音猛地壓低：「至少，那是我們原本的計畫。」

原本的計畫？

凱特還沒聽明白，卻見一旁的金色小貓猛然竄上前，張牙舞爪地撲了過去。公爵鐸毫不在乎，他揮出拳頭，輕而易舉地將小貓擊落在地。

這個變故發生的太快，凱特一個箭步，衝過去護住小貓。

「……不願意她知道？」俯視貓兒，公爵鐸的神情有些難解：「這不是什麼了不起的祕密——當年可是你們先來求我的。」

「不讓我知道什麼？」凱特的視線在公爵和艾里莎之間猶疑，她的嗓音有些尖銳：「什麼祕密？誰接觸誰？」

「渡天劫，褐古唯倖。」公爵鐸輕聲念道：「身為博昂雷歇的一員，妳不可能不知道吧？」

凱特瞪視著對方，不明白他的意思。

「當年的刀鋒灣城主帶著這則預言來找我，不願相信瀆諭言者原本的解讀。在他看來，『褐』指的是博昂雷歇家族，『古』指的是烏譯家族，根據這個預言，他安排了博昂雷歇和烏譯的聯姻。」公爵鐸的眼神很深：「至於『天劫』，他認為是索格爾帝國未來將發動的戰爭。」

不，不對。

稍早凱特初聽這七字預言時，便感受到了異樣。在能力被雅夕薇增強後，她終於有了解答。父親的解讀是錯誤的，「褐」是博昂雷歇沒錯，但「古」指的是古老的山民血脈。這份預言的含意是，博昂雷歇和山民血脈若生下子嗣，將帶領刀鋒港岸渡過天劫——然而，凱特・博昂雷歇和「銀爪」布雷特流產的孩子，在這個世界上所留下的痕跡，僅剩一灘血水。

「……他不相信瀆諭言者的解讀？」

「來拜託我的時候，已經是他執政的晚期，年事已高的前城主執拗地堅信索格爾必然會以某種形式入侵刀鋒灣城，像當年入侵法洛那樣。」純黑的眼眸連一絲光芒都沒有，公爵鐸緩聲說道：「他說他什麼代價都願意付出。」

「那時候父親、」凱特哽了一下，想起艾里莎提過年老的父親神智不清，卻仍執掌城主大權。她的聲音破碎：「……你就這樣誆個老人？」

「怎麼能說是我欺騙他？他對於預言有什麼誤會，與我何干？」公爵鐸事不關己：「他允許我將艾里莎・博昂雷歇的生命力，透過調整過的吞紋蛻變咒，分享給米娜烏里絲。」

宛若遭受雷擊，凱特不可置信地望向公爵鐸。

啊啊，那場夢境。凱特赫然憶起，原來一切早被預言：負傷的銀鷗、身後的驚濤駭浪、吞紋塔。在她陪伴艾里莎入眠的夜晚，她早已預見，她只是無法判讀。面對這一切，她醒得太晚，痛得太苦。

「現在妳明白為什麼艾里莎・博昂雷歐會久病不癒了吧？長期以來，她的生命一直跟一名早該死去的人分享——吞紋先知欠我一個大人情，完成靈魂共享不是難事。我們將米娜烏里絲所承受的苦痛，完完全全地傳導到艾里莎・博昂雷歐的體內。」

凱特將視線轉向懷中的金色小貓。艾里莎維持著貓兒的外貌，身體微微顫抖，沒有駁斥公爵鐸的說法。

再也無法忍耐，凱特抱緊懷裡的妹妹，劇烈起伏的情緒分不清是憤怒或心疼：「你不是索格爾人嗎？不是信奉索格爾國教嗎？做出這樣的事情，你對得起自己的良心嗎？」

「米娜對我而言，是無可替代的人，為了延長她的生命，我什麼都願意做。」公爵鐸望向博昂雷歐姐妹的神情毫無溫度：「我承諾過，我會保護她，我必須做到。」

誓言。是的，凱特確實預見了。男子緊抱著女人，在城破國亡之際許下承諾。

「妳知道米娜是什麼人嗎？在能力的巔峰，她導致了法洛森林的覆亡，奠定了索格爾帝國的強盛——只可惜，我們當時太年輕，不明白逆天悖道是有代價的。」

凱特瞪著對方。不管米娜烏里絲多麼前無古人後無來者，這跟凱特有什麼關係？跟刀鋒港岸有什麼關係？

難怪艾里莎要召見瀆諭言者：發生在自己身體上的變化，她必須弄明白，她不能坐以待斃。推動索格爾和刀鋒灣城的合作只是表象——透過皇子察，艾里莎試圖將健康換回來。這種怪力亂神的真相無法公開，她、培賽利和皇子察才會這樣遮遮掩掩，卻反而導致老臣的猜忌。

父親用艾里莎的生命換取刀鋒灣城的安全，卻勾起紛擾、引狼入室。

掌心冰冷，凱特用力捏成拳：「……艾里莎提供米娜烏里絲生命力那麼多年，現在米娜烏里絲撐不下去，你居然還有臉拉整座刀鋒灣城陪葬？」

金色小貓將腦袋搭在凱特的手臂上，睜大眼睛，直視公爵鐸。那個眼神彷彿在質問：憑什麼？

「……我等不了了，我不能讓米娜死去。」以最平靜的面貌，公爵鐸說出最殘酷的話：「艾里莎城主夫人得跟我去一趟吞紋塔，一定……還有救米娜的辦法。」

難怪皇子察會說，要避免城池因為一張漂亮臉蛋淪陷，竟如此艱難。若不是親眼所見，凱特也無法相信。

這位索格爾瘋子寧可雙手染血，攻破城池，打著冠冕堂皇的帝國大旗，僅僅是為了讓心愛的女人多活一天。

凱特不顧一切地喊：「我幫你找醫者茱兒阿提埃，我知道辦法！我可以找到她！」

第一次、也是唯一的一次，凱特看到公爵鐸流露出近似遺憾的神色。

「……沒有用的。」

這脆弱的瞬間一閃即逝，公爵鐸的面容像被微風吹過的湖面，風止，湖面恢復平靜。他揚起一邊眉毛，慵懶的神色藏著冰冷。

「我很遺憾，博昂雷歐。但這就是現實世界，弱小就會被欺壓、無知就會被誆騙。沒有人會為自己做的事情負起全部的責任。」

這是什麼話？

凱特感覺血液在體內沸騰，正要惱怒地駁斥對方的歪理，卻發現艾里莎幻化而成的金色小貓在改變——艾里莎的意識脫離了貓的軀體。為此，凱特先是一驚，隨即不動聲色。

艾里莎醒了？躡手躡腳地離開夢境，將貓的軀殼留在夢中，這是為什麼？她有什麼打算？不明白妹妹的動機。凱特現下唯一能做的，就是拖延公爵鐸發現真相的時間。

抬起頭，公爵鐸持續訴說著某些話語，但她沒有細聽。凱特倚仗著被雅夕薇增強的能力，操縱起夢境的意志——在夢裡維持金色貓兒的表象，瞞騙眼前的夢境主人。

公爵鐸仍在說著：「……妳以為皇子察是聖人？他的做法和我的，差異僅在於是以索格爾王妃的名義把城主夫人請進索格爾皇殿，抑或我直接帶兵過來，以結果來說，是一樣的。」

抱著金色小貓的軀殼，凱特一言不發。

「……厲害的一向是他身邊的人。之前好不容易弄走的陰沉傢伙，和現在這八面玲瓏的笑面虎，兩位幕僚都不好對付。至於皇子察本人，他不過就是——」

公爵鐸的話語突然停頓，望著眼前的凱特，他的臉色猛地一沉。

凱特還來不及有什麼想法，整個人就遭受重擊，頭部傳來劇烈的疼痛，眼前更是一片漆黑。差一點，她就被用蠻力撞出夢境。

「妳做了什麼？」公爵鐸厲聲喝道：「在我的夢中，妳做了什麼？」

凱特緊抿唇角，緊緊護住金色小貓的軀殼。

另一波重擊再度襲來，凱特唯有耗盡精神，才能勉強維持自己不被夢的主人逐出夢土。痛感如潮水般襲來，凱特可以感受到雅夕薇的效用正在褪去，在她的肉身中，像是溫水的東西不斷地從鼻子流出來，鐵鏽般的腥味流淌，漸漸滲入口中。

就在這個時候，凱特感覺到一把利刃，劃開肌肉和血管，刺進自己的胸口。

她慘嚎出聲，耳邊重疊著公爵鐸痛楚的怒吼。

彷彿突然被漩渦拉近似的，凱特竟短暫地透過公爵鐸的視角，目睹了現實世界發生的一切：首先映入眼簾的，是拿著一把匕首的艾里莎・博昂雷歇——艾里莎採取了實際行動，她和**護衛衝破包圍，給予仍在睡夢中的公爵鐸措手不及的突襲。**

……凱特低下頭，自己的胸口沾染著鮮血。

不對，不是凱特自己的，這是公爵鐸的視角。凱特彷彿躲在公爵鐸的腦中，與他共享著視線及痛感。

難怪艾里莎溜出了夢境，她打算趁公爵沉睡時，做出意料外的反擊。運氣好的話，說不定還能行刺索格爾帝國的最高統帥。

從夢中醒來的公爵鐸怒喝一聲，一躍而起，反手抽出長劍。艾里莎似是沒料到她的第一擊竟沒有讓公爵鐸徹底喪失行動能力，她踉蹌地退了幾步，想急忙逃走，但公爵鐸毫不留情。

只見艾里莎・博昂雷歐瘦削的身子，在公爵鐸的猛烈攻擊下，像枯枝般應聲斷裂，無聲地滑落地面。

凱特發出了肝膽俱裂的悲鳴。

基於某種不明白的原因，她和公爵鐸竟仍分享著痛感。她在公爵的腦中尖叫，而公爵肉身的傷害也傳遞到她的身軀——痛到極致時，凱特的身體瘋狂地顫抖，眼淚不聽使喚地流出來。她拚命地忍耐、拚命地忍耐。

啊，好痛、好痛啊。

然而，即便承受著極大的痛楚，凱特仍感覺到一件不可思議的事情——隨著艾里莎的軀體被公爵鐸擊倒，她懷中的金色小貓竟又動了起來。

艾里莎脫離了現實世界，回到了夢土。

還來不及多想，一股強而有力的外力迅速介入，輕而易舉地劃開凱特和公爵鐸共享著的痛感。像個破碎的洋娃娃，凱特被用力拉離公爵鐸的意識。因為劇痛，她無法立即睜開雙眼，蜷縮著的身軀幾近痙攣。

「……我還在想，是誰在夢的疆域鬧出這麼大的騷動？」

熟悉的嗓音，爽朗的語調。

勉強逼迫自己睜眼，浮現在凱特眼前的竟是瀆諭言者的中年婦人。

「凱特・博昂雷歇。」瀆諭言者婦人回望著她，眼神審慎而帶有評估的意味：「妳很強大，親愛的。但這樣不知節制、不講方法地使用妳的能力，只會耗盡妳的天賦。」

凱特痛到發不出聲音，她不明白對方怎麼會出現在這裡。

「跟別人共享夢境是很危險的。」婦人絮絮叨叨：「當你們分享一個夢境的時候，基本上就是同一個人，如果他在夢中死了，妳也活不成。」

懷裡的金色小貓動了一下，露出了腦袋。

「……喔？妳還偷渡東西出來啊。」

凱特微微鬆開手臂，貓兒輕巧地一躍而下，落到地面，以謹慎的眼神望向瀆諭言者。

婦人一笑，彷彿完全明白艾里莎無聲的詢問：「我要是不來，放任妳們毀了夢土，這對誰都沒有好處。」

語畢，她做出一個手勢，收攏、揉捏，最後拋擲。

隨著她的動作，凱特和艾里莎澈底離開公爵鐸和他那瘋狂與憂鬱夾雜的晦暗夢境，返回珍珠白的弧形夢土。

然而，稍早的寧靜已不復見，或大或小的夢境正在幻滅——有些夢境如泡泡般破滅，啵的一聲便消失無蹤。有些夢境像融化的雪，逐漸暈開。還有一些夢境宛若焚燒的香火，裊裊飄向天際。

「妳看看……」

婦人瞅了凱特一眼，帶著些許責怪的意味，沒再多說。

凱特感覺自己的力量正在迅速地消失，她萬分疲憊，實在沒辦法反駁什麼。不過，有一件事情，她無論如何都想弄清楚。

「妳怎麼……我父親對於預言的誤解，妳為什麼……」

妳為什麼沒有盡一切能力說服我父親？讓他看清現實？

「我沒有騙他。」婦人明白凱特的提問，有些無奈地苦笑：「是他堅持用自己的方式做出轉圜，非用他的詮釋去解釋世界——到了這個時候，妳難道還不明白？世上事情大抵如此，人們只願意相信自己所相信的，即便那不是真實。」

「渡天劫，褐古唯倖。」瀆諭言者的婦人輕聲念道，嗓音帶著落寞：「我沒有辦法改變亞道浮・博昂雷歇怎麼想，只能盡可能索取我自認對等的代價。一株雅夕薇，換一個過時的預言。」

凱特最初的直覺是正確的，這個預言的代價確實過輕。

婦人低下頭，看著艾里莎幻化而成的小貓。貓兒仰著頭，尾巴的末端捲曲著，微微擺動。

「……好了，我們該拿妳怎麼辦呢？」

凱特第一時間沒有明白對方的意思，腦子麻木地想著。什麼怎麼辦？不就是將艾里莎放回她的夢境裡，讓她自然醒來嗎？
然後她想起來了、想起自己透過公爵鐸的雙眼，看見艾里莎・博昂雷歇瘦削的身子被狠狠擊垮。
瞭解到這一點，凱特掙扎著要起身，奮力凝聚最後一絲力量，試圖在夢境的世界和婦人抗衡，然而，她破敗、頹微的勢力，在婦人渾厚豐沛的意識中如滄海一粟，起不了任何作用。
「親愛的，別太激動，再這樣下去，妳會死的。」婦人的聲音很輕，幾乎可以稱得上溫柔：「我跟妳說，艾里莎回不去，也不全然是件壞事。」
妳在說些什麼？凱特瞪視著對方。怎麼可以不回去？
「公爵鐸還沒回過神來。他太憤怒，還沒機會細想——米娜烏里絲和艾里莎的生命是連繫在一起的。他殺死艾里莎的瞬間，米娜烏里絲也活不成。」
凱特怔了。她來不及品嘗公爵鐸親手摧毀了想守護的愛人這份諷刺，她只是麻木地想著：艾里莎……死了？
低頭望向金色小貓，貓兒也閃爍著眼眸，回望著她。
如果艾里莎死了……那，這是什麼？
彷彿留意到凱特的思緒，金色小貓輕巧地躍上她的胸口，那黃綠色的眼眸清澈又乾淨。貓兒湊上前，嗅了嗅凱特的鼻尖，屬於動物的溼潤鼻頭輕觸凱特的臉龐。
如此親密的動作，簡直像在告別。

「或許妳現在聽不進去，」婦人的聲音輕柔地傳來：「但妳該好好活著，過好妳的人生。要活著，才有機會改變。」

語畢，婦人將凱特的意識輕輕推出夢土，疲憊不堪的凱特無力反抗，只能像被狂風吹拂的落葉般，無助地被掃開。

原來，這就是落敗的感覺。什麼都沒有，什麼都做不了，心靈遭逢掠劫，澈底被掏空。只能眼睜睜地看著城池陷落、人民被屠殺、世界被摧毀，未來落入虛空與黑暗之中。

凱特看到的最後一幕，是一道金色的身影掠過她，帶著貓科動物特有的靈敏跳躍，如流星般竄過珍珠白的夢土。

†

夜靜謐得詭異，難民們永遠忘不了在阡柏村的第一晚，大家像是約好了般，在同一個時間點自睡夢中驚起。

他們驚慌失措，四下逃竄，每個人都按著胸口，彷彿剛才被不知名的攻擊者在胸口猛刺了一刀。然而，環顧四周，什麼都沒有發生。

是夢嗎？所有人都做了同一場夢嗎？他們彼此詢問著，瞪大徬徨的雙眼。抑或他們參透了某人的夢境？是誰，在睡夢中遇刺？

眾人細語，僅存的莫爾格犬們朝著月光，發出淒厲的嚎叫，細細的月亮彎成一條銀線，遠看似是尖銳的鉤子。莫爾格犬的哭嚎在曠野中迴盪，被廣大的、死寂的刀鋒港灣吸收。

一直到破曉，東方的天空泛出魚肚白，眾人才稍稍鬆了一口氣，夢境過於強大，只要一閉眼，就能再度感受到胸膛撕裂的痛楚。那無止盡的黑暗似是有著魔力，令人不可自拔，無法開脫。

當然，凱特不會知道這些。她陷入昏迷。布雷特使出渾身解數，幫助凱特脫離雅夕薇的影響，並在她的胸口憑空出現刺傷時，手忙腳亂地幫忙止血。

迷迷糊糊地躺了好幾天，凱特在生與死、現實與虛幻中徘徊許久，對她而言，時間的流逝不再明確，光影的對比亦不再清晰。

凱特感覺自己在無垠的黑暗中旋轉、墜落，雅夕薇的香氣似乎從未真正離她而去。某個人頻繁地緊握她的手，是布雷特嗎？她並沒有再度探訪散發著珍珠白光芒的夢境疆域，一次也沒有。與其說她缺乏意願，不如說，她不得其門而入：夢境疆域不讓她進入，夢途無法開啟，心眼也緊閉。

或許像瀆諭言者婦人所說的，在凱特不知節制、不講方法地頻繁使用這項能力後，她的天賦已全然耗盡，一點都不剩。

於是，凱特持續在那無垠的黑暗中旋轉、墜落，感覺自己宛若枯葉般脆弱，唯有黑暗、沉靜，以及永恆的孤寂與她作伴。

†

痛。

好痛。

最終，是痛覺將凱特從深沉的昏迷中喚醒。

睜開眼，凱特的視野模糊成一片，分不清是白天或是黑夜。但能感覺到痛仍是一件好事，代表她還活著，還在掙扎著一口氣。

眨了眨眼，凱特想坐起身，卻感到一陣天旋地轉，只得再度躺下。

某種規律而低沉的聲音重複著，在凱特的耳裡聽來，如雷聲般隆隆作響。微微蹙起眉頭，凱特一開始沒搞懂那是什麼聲音，多聽幾次之後，凱特豁然領悟——那是布雷特的打呼聲。

因為暈眩得相當厲害，凱特不敢貿然移動身子，連頭的方向都不敢轉，怕一轉，就會嘔吐。她閉起雙眼，深呼吸，靜靜聆聽著布雷特深沉而均勻的呼吸聲。他睡得好熟啊，既安穩又平靜，彷彿世界上的一切都傷不了他，如此單純的幸福。

她不知道躺了多久，什麼都沒做，就只是聽著布雷特的呼吸聲，世界上的一切都變得無足輕重了。她和他，都只是純粹作為生命體，存在於這個世界而已，平凡而渺小。

不知不覺，她又睡了一下。再次喚醒她的，是擱在凱特前額的手掌。

凱特睜開眼睛，這回不再那麼暈了。映入眼簾的是布雷特，他沒有戴頭盔，殘缺的面容完整地呈現在眼前。

仰望著布雷特，凱特不禁納悶對方怎麼看起來蒼老了許多，滿臉的鬍渣。

就在此刻，布雷特的眼眸一下子睜得好大，連嘴巴也一併張了開來。如果不是一點力氣也沒有，凱特可能會忍不住笑出聲來。

「小凱？」布雷特的聲音很輕，沙啞又粗嘎，彷彿在確認一個不敢輕信的美夢。

凱特沒有力氣說話，只能勉強勾了一下唇角，意思意思。

猛地天旋地轉，凱特根本搞不清楚發生了什麼，眼前金星亂冒，胃更是翻騰。好一陣子後，凱特才意識到布雷特難以自抑地將她緊緊抱著——她則因極度不適而縮成一團，抗拒著對方，不過布雷特根本沒有察覺。

等對方抱夠了，才小心翼翼地將凱特鬆開，緊接著的是如雷的暴喝，布雷特的怒吼不絕於耳，震得凱特腦子嗡嗡亂響。

「妳——妳他媽的到底在想什麼東西！妳是燒壞腦子，把雅夕薇當成胡鬧的玩具嗎？」

太可怕了。凱特想，我要聾了。

她實在是太虛弱、太虛弱了，不只是說話，連思考都很費力。凱特閉起眼，讓腦中的回音靜一靜。

「天啊，小凱，不。」布雷特的嗓音一轉，從震怒轉為央求，生怕她一覺不醒：「不要走。」

凱特勉強撐開疲憊的眼瞼，看了布雷特一眼。

「好，好，」布雷特輕輕地拍她的手背，像是明白了，哄小孩一般地說道：「妳安心休息。」

凱特不記得之後的事，她再度陷入沉睡，這次她睡得很熟，不再是半夢半醒地徘徊在理智的邊緣，而是確實地熟睡。睜眼時，布雷特正在煮茶，味道很香、很清新。

留意到她醒了，布雷特將茶拿了過來，讓她喝。凱特還很不舒服，象徵性地淺嘗兩口，就喝不下去了。

恢復理智的布雷特再次將頭盔戴了起來，在他的協助之下，凱特坐起身，打量四周。

「……哪？」她的嗓子很乾，連發聲都有困難。

抓住這個機會，布雷特半強迫地逼她再喝了幾口茶，不疾不徐地說：「我們在格蘭塔山脈。」

凱特更困惑了，蹙起眉頭，喉嚨不時刺痛：「人民呢？」

「一部分留在阡柏村、一部分跟著我們上山。」嘆了一口氣，布雷特緩緩道來：「有些人想回刀鋒灣城，說他們的親人還在那裡，我勸他們別去，但他們根本不聽。後來，我只能勸剩下的人上山，山路艱險，海盜不會冒險入山，但有些人傷得太重，沒辦法一起走；有些人則畏懼格蘭塔山脈，覺得夏天很快就會結束，躲在山上反而不切實際，擔心挨餓受凍。」

天啊，這個時候還鬧分歧。「多少人？」

「跟我們上山的有六十人，大約還有兩百人留在阡柏村，其中一部分人涉險朝刀鋒灣城步行。」

只有六十人肯上山？那些溜回被海盜佔領的刀鋒灣城的人們，萬一被抓，供出阡柏村的根據地，對所有的難民都會是威脅。

「但妳醒來了，他們會服從博昂雷歇的名號，妳可以帶領他們上山，他們會聽妳的。」布雷特平靜地指出，並意味深長地看著她：「如果妳願意解釋妳吸入雅夕薇毒氣的那一晚，究竟發生了什麼事情，我相信他們會更死心蹋地。」

凱特這個時候才明白，那天她在公爵鐸的夢境裡所造成的騷動，影響了所有人的夢境。其實，凱特不認為她願意跟任何人分享那晚的事情，發生了那麼多、那麼多瘋狂的事情：夢的疆土、公爵鐸與他的執迷、瀆諭言者、艾里莎。

艾里莎，遊蕩在夢土的金色小貓。

凱特的鼻子酸了，帶著無法抑制的哀傷，她對布雷特娓娓道出一切。從在示亞撒半島碰上瀆諭言者的婦人開始，講到自己突然發現的能力以及預見的景象，再說到雅夕薇如何引領她來到夢境疆域，又說出艾里莎是多麼的勇敢、多麼的愚蠢——艾里莎親自領軍反擊，朝公爵鐸的胸口刺了一刀。

布雷特很有耐心，他讓凱特持續地說，不帶任何批判，就算聽到最不可思議、最異想天開的段落，他也沒有露出不屑一顧的神情。抱持著靜默，他讓凱特將整個事件從頭到尾解釋完後，才發問。

「那個……能力，妳現在還有嗎？」

「沒有了，」凱特疲憊地說：「我想我耗盡了天賦，現在的我，什麼都感覺不到。很奇怪，當我擁有那種能力時，一切如此理所當然，但現在卻像破了個洞般，我不再完整。」

「別想太多。」布雷特輕聲安撫：「那、艾里莎——」

凱特搖搖頭，失去能力讓她無法感知到對方，甚至不敢肯定自己最後見證的狀況是什麼？貓兒型態的艾里莎，還算活著嗎？如果是，那又意味著什麼呢？

如果可以，她一廂情願地希望金色的小貓能在那片珍珠白的夢土，過著自由自在的生活。在那裡，擺脫長年拖垮她的病症，去發掘、去感受新世界的未知。

然後或許，某一天，她們能再度相遇。

即便在夢中。

強忍著眼角的酸澀，凱特壓著聲音問：「……皇子察的狀況如何？」

「他醒了，熊看著，不用擔心。」

事到如今，皇子察想必也不好過。眼睜睜地看著自己努力的一切功虧一簣，他能回去索格爾帝國嗎？索格爾帝國還能有他的位置嗎？凱特深深嘆了一口氣，艾里莎確實重挫了公爵鐸，但，誰也說不準。

「如果我說……」凱特忍不住懇求道：「我想去一趟刀鋒灣城呢？萬一、我說萬一，艾里莎她還活著——」

「那妳的人民怎麼辦？」布雷特神色一凜，嚴肅了起來：「妳要棄他們於不顧嗎？他們已經跟隨妳到這裡了。小凱，妳想想，南方海盜是不會在這裡過冬的，夏天過去，嚴酷的冬季很快就會到來，他們勢必要回到南方列嶼。索格爾是借助他們的船隻過來的，說不定會跟著一起走？就算留人鎮守刀鋒灣城，人數必然不會多。依照妳的說法，公爵鐸被刺傷，他本人應該會隨著南方海盜回到索格爾帝國療傷，不會留下。」

布雷特眼睛閃爍著光芒，認真地說：「一旦他們離開了，我們就有機會奪回刀鋒灣城，我們只需要在山裡躲著，撐過夏日最後的幾個禮拜——刀鋒灣城的歷史還沒結束呢，我們是有機會重建家園的，而我們需要具有號召力的領導人，才有機會說服這些四分五裂的難民，讓他們暫時擱下歧見，齊心協力。」

事情真的會這麼順利嗎？凱特凝視著眼前的布雷特，真的能如想像中的那麼好嗎？

「扶我一把，」凱特輕聲說道，伸出一隻手，搭在布雷特肩上：「我想出去看看。」

兩人有些踉蹌地走出了岩穴，一開始，凱特被岩穴外刺眼的陽光逼得瞇起雙眼，什麼都看不見，然而，在適應了刀鋒港岸的夏日豔陽後，一幅如畫的江山便在她的眼前展開。

凱特四周被群山環繞，夏日溫暖的空氣融化了低地的積雪，地面已被茵綠的野草席捲，那翠嫩的青綠欲滴，緊緊地抓住了凱特的視線。從格蘭塔山脈的高度往下看，刀鋒港岸的峽灣地形一覽無遺，壯闊的峽灣和碧藍的海水相映，錯縱在曠野上的湖泊像遺落在地面的藍寶石，從凱特的角度看去，甚至像鏡面般反射出天上的白雲。

空氣很溫暖，有著溼潤的氣息，那是生機的展現。好奇怪啊，經歷了那麼多的死亡、那麼多的悲劇，展現在凱特面前的，卻是如此美麗的刀鋒港岸。不遠處，被融化的雪水結成涓涓細流，像一條銀色的緞帶，順著坡面緩緩流洩，優雅地劃過翠綠的草地。水流相擊，被拋在半空中的細小水滴，在太陽光的照射下反射出七彩的光芒。凱特可以看到有人在取水，有人在採集可食用的植物，更遠一些的地方，有人在迅速地奔跑，獵捕野生動物。

我們和古時的山民一樣。凱特驚異地想，而我身邊正站了一位熊主。當年拓荒者博昂・雷歇來到這塊土地時，是不是也曾被這樣的美景擄獲？於是，再也不願離開？

天空湛藍，美景一覽無遺，凱特似乎聽見蜜蜂嗡嗡振翅——連蜜蜂都吸引來了，想必低谷裡開滿了各色的小花。身旁，一名小女孩飛快地奔跑過來，大大的眼睛，無邪的笑靨，她估計是難民的一員。那孩子一點也不怕生，手上抓著一朵紫色的野花就朝凱特面前遞。她的母親氣急敗壞地喊她，叫她快回來，同時不好意思地向凱特笑笑，表達歉意。

這是難民嗎？短短幾天，他們似乎又振作了起來，人要活下去，日子還是要過。那一瞬間，凱特為刀鋒灣城人民的強韌感到驕傲不已。

如果世界上真有神的存在，那麼，或許，這世界的劇本，祂早已寫完。瀆謠言者不正是這麼認為的嗎？他們千方百計，不就是想參透那命定的未來，在未來成為現實之前，窺得一段真相的斷簡殘篇？

或許，只是或許。

或許這一切早已注定，神所創造出來的每個人，都有著他所要扮演的角色，以及所要盡的義務。而神給予每個人的考驗，即是人必須去摸索自己的定位，那定位不盡是他們心中最為想望的，卻是被這個世界所需要的。

在金黃色的太陽光下，凱特覺得自己幾乎看見了十年前，在盛夏奔跑歡笑的一對姐妹，從刀鋒灣城急急忙忙地衝了出來，風吹過她們的髮梢和裙襬，手牽著手，她們趕著去曠野中的舊議事堂，見識熱鬧的比武大會。世界在她們眼中，才剛剛展開，太多新奇的事情、太多對未知的好奇，促使她們義無反顧地大步前行，很快就不見了蹤影。

在那不再復返的年月，故事的結局早已命定。

刀鋒灣城歷任城主及重大事件

拓荒者	博昂・雷歇	征服刀鋒港岸 第一次烏譯戰爭 建築古城牆、議事堂
荊棘玫瑰	蕊拉・博昂雷歇	第二次烏譯戰爭
雜種	溫斯登・博昂雷歇	第一次南方海盜入侵
(具爭議)	夏妮・博昂雷歇	
護城者	弗立克・博昂雷歇	第三次烏譯戰爭
守望者	波勒・博昂雷歇	建造波勒燈塔 將午膳自議事堂遷至刀鋒灣城

戰神	彌亞希・博昂雷歐	第二次南方海盜入侵 多東部族望月之狼入侵 確立城主集權
釀造者	凱亞克・博昂雷歐	外銷刀鋒港岸冰酒至多東
海怪	葛林・博昂雷歐	擴張海權 企圖與克格多爾建立貿易失敗
雪后	席拉・博昂雷歐	多東部族聯合入侵
護道者	亞道浮・博昂雷歐	首創與烏譯家族聯姻
(現任)	艾里莎・博昂雷歐	

釀奇幻78　PG3004

夜沉於星空下

作　　者　ire
責任編輯　吳霽恆
圖文排版　許絜瑀
封面設計　魏振庭

出版策劃　釀出版
製作發行　秀威資訊科技股份有限公司
114 台北市內湖區瑞光路76巷65號1樓
電話：+886-2-2796-3638　傳真：+886-2-2796-1377
服務信箱：service@showwe.com.tw
http://www.showwe.com.tw
郵政劃撥　19563868　戶名：秀威資訊科技股份有限公司
展售門市　國家書店【松江門市】
104 台北市中山區松江路209號1樓
電話：+886-2-2518-0207　傳真：+886-2-2518-0778
網路訂購　秀威網路書店：http://www.bodbooks.com.tw
國家網路書店：http://www.govbooks.com.tw
法律顧問　毛國樑　律師
總 經 銷　聯合發行股份有限公司
231新北市新店區寶橋路235巷6弄6號4F
電話：+886-2-2917-8022　傳真：+886-2-2915-6275

出版日期　2024年01月　BOD一版
定　　價　420元

Printed in Taiwan

國家圖書館出版品預行編目

夜沉於星空下 / ire著. -- 一版. -- 臺北市 : 釀出版, 2024.01
面 ;　公分. -- (釀奇幻 ; 78)
BOD版
ISBN 978-986-445-889-9(平裝)

863.57　　112019675